10
18
12, AVENUE D'ITALIE. PARIS XIIIe

Sur l'auteur

Descendant d'une grande famille de l'Ouest américain, Thomas Savage (1915-2003) a été élevé dans un ranch du Montana. Auteur de treize romans – parmi lesquels *Le Pouvoir du chien*, *La Reine de l'Idaho*, *Rue du Pacifique* –, il a été récompensé par de nombreux prix aux États-Unis dont le PEN/Faulkner Award.

THOMAS SAVAGE

RUE DU PACIFIQUE

Traduit de l'américain
par Pierre FURLAN

10
18

« Domaine étranger »

dirigé par Jean-Claude Zylberstein

BELFOND

Du même auteur
aux Éditions 10/18

Titre original :
The Corner of Rife and Pacific
(Publié par William Morrow and Company, Inc., New York.)

ISBN 978-2-264-04590-4

Pour Martha Underwood Wellington

Isaïe XXV-4

1

LA RECONNAISSANCE OFFICIELLE de la ville de Grayling, dans le Montana, fut célébrée en 1890 par une petite cérémonie. Le premier maire, qui s'appelait Rife, n'hésita pas à faire peindre en lettres énormes CITÉ DE GRAYLING sur les flancs de la nouvelle arroseuse mobile, un gros tonneau monté sur roues. Le terme de « cité » était ambitieux pour une bourgade qui ne comptait pas encore mille âmes, mais il contenait un défi à relever. Quant à Rife, on donna son nom à une rue.

John Metlen siégeait au conseil municipal : il faisait partie de la demi-douzaine d'hommes jeunes qui avaient introduit du bétail dans la vallée au début des années 1880. John et quelques autres – y compris un individu astucieux du nom de Connor – venaient de familles californiennes qui avaient trouvé de l'or avant 1859 et de l'argent après. Tous convoitaient les riches prairies naturelles bordant la rivière Grayling et les bons pâturages d'été sur les pentes des montagnes. Quelque deux cent mille hectares de ces prairies appartenaient encore à moins de cinq cents Indiens Shoshones qui enterraient leurs morts dans les éboulis rocheux ou au fond de grottes naturelles gardées par des serpents à sonnette et des scorpions.

Ce n'était pas entièrement de son gré que John

Metlen était venu dans le Montana. Son frère aîné, déjà marié, estimait que John était de ceux qui « ne connaissent pas la valeur de l'argent » – jugement peu flatteur. Et puis, lorsque John se maria, ce même frère fit la remarque suivante : « Il n'y a pas de place pour deux femmes dans ce ranch. »

Le père de John, qui était veuf, avait gentiment déclaré : « Tu as la tête dans les nuages. Il faudrait que tu redescendes sur terre. »

D'autres fils ont déjà entendu ce genre de propos. « Redescendre sur terre » signifiait que John devait s'en aller parce que son père, tout en sachant que les compétences pratiques de John se limitaient au bétail, au foin et à la météo – et encore n'était-il pas très fort en ces domaines –, avait choisi son frère. D'autres fils ont connu cela.

« Mais tu sais, John, avait dit son père, tu seras bien loti. »

John ne perdait donc que la maison où il avait vécu pendant trente ans. Et il gagnait une nouvelle maison, sa femme et un grand manque de confiance en soi, parce qu'on ne l'avait pas choisi. Il ne pouvait pas parler de ces choses à Lizzie, parce qu'une femme cherche à se reposer sur un homme fort et pas sur quelqu'un qu'on a chassé.

John commença par se rendre dans le Montana pour y construire leur maison, et Lizzie fut renvoyée chez son père, qui fut content de la retrouver. Elle l'avait toujours intéressé et amusé, et, comme c'était un chirurgien et un homme sérieux, il respectait les principes qu'elle professait. À cause de ce respect, même s'il lui avait un jour fait remarquer que San Francisco comptait désormais deux cent mille habitants et qu'elle y trouverait donc sans mal suffisamment de Blancs à instruire, il ne s'était nullement opposé à ses projets lorsque, le gouvernement ayant ouvert quelques écoles sur leur territoire, elle était allée dans le Sud faire la classe aux Indiens Tehachapis. C'est là qu'elle avait rencontré et épousé John Metlen – et voilà où cela l'avait menée.

Son père s'était contenté de lui dire : « La ville va te manquer.

— C'est toi qui vas me manquer », avait répondu Lizzie.

Ils savaient tous les deux qu'ils risquaient de ne plus se revoir. Le trajet jusqu'au Montana était long et pénible, voire périlleux ; le chemin de fer de la Northern Pacific était encore en projet, et les lettres mettaient des mois à arriver, quand elles arrivaient. Pour cinq dollars, le Pony Express transportait quinze grammes de courrier de l'ouest à l'est du pays, mais sans passer par Grayling, Montana. Quand on partait de chez soi, il y avait de fortes chances pour que ce soit définitif.

Pendant ce temps, John se disait que si l'on bâtit une maison en pierre on ne peut pas se tromper car la pierre dure. On met plus de temps pour la construire, aussi il engagea un maçon allemand très adroit et une demi-douzaine de manœuvres car il avait été bien loti. Quand deux pièces furent terminées et que le plâtre eut séché, Lizzie vint le rejoindre à Grayling avec deux chariots remplis de trésors : ses livres, son harmonium, un service en porcelaine et des couverts en argent, des malles pleines de linge et de soieries. Elle apporta aussi un appareil photographique avec un capuchon noir qu'on mettait sur la tête pour ne pas laisser entrer la lumière, des piles de plaques, des bocaux de gélatine, des bouteilles d'acide et de chlorure d'argent. Ses Indiens s'étaient méfiés de son appareil. Ils avaient l'impression que, si leur spectre apparaissait sur le papier, c'était parce qu'ils avaient perdu une part d'eux-mêmes.

« Ne traite jamais ces Indiens de troglodytes, dit Lizzie. Comme si chacun n'avait pas sa tribu et sa propre valeur !

— Je ne le ferai pas », déclara simplement John, parce qu'il ne l'avait jamais fait.

Elle avait connu son jour de gloire lorsque le chef des Tehachapis avait consenti à poser pour elle – ce n'était d'ailleurs pas tant à cause du pouvoir de persuasion de Lizzie que parce que le vieil Indien n'imaginait pas qu'elle puisse faire du mal à qui que ce soit. Cette photo avait paru dans *Leslie's*. La fierté et le désespoir dans les yeux du vieillard avaient quelque chose d'obsédant : il savait que les Indiens étaient condamnés. Lizzie espérait que la photo dirait ce qu'elle en pensait.

Environ cinq ans après que les éleveurs eurent amené leurs troupeaux de Californie, Grayling fut institué chef-lieu d'un comté à peu près aussi grand que le Massachusetts. En 1892, mille cinq cents personnes y vivaient. Il y eut un moment de grande excitation : le chemin de fer allait arriver, peut-être dans l'année. Une grosse équipe comptant un bon nombre d'hommes bien connus à Grayling fabriquèrent des briques jaunes devant servir pour un palais de justice. Les propriétaires de ranches, gagnés par la fièvre générale, parlèrent ouvertement d'acheter des bâtiments en ville et d'y apporter des améliorations – ils appelaient cela « s'étendre ». Mais John Metlen et Martin Connor, eux, avaient les fonds pour le faire. John fit bâtir un hôtel, Connor une banque. Le chemin de fer arriva avant que l'un et l'autre soient terminés.

Dans la banque de Connor, la salle des coffres avait des murs construits avec la nouvelle brique recommandée par la société Mosler. Les cambrioleurs ne pouvaient guère espérer y pénétrer, sauf s'ils étaient experts en dynamite et en avaient beaucoup. La porte en acier de cette chambre forte, épaisse de trente centimètres, était arrivée sur un wagon plat : une douzaine d'hommes munis de leviers et d'un palan l'avaient soulevée, déplacée et poussée sur des roulettes. Ensuite, centimètre par centimètre, ils lui avaient fait traverser la rue du Pacifique-Sud jusqu'à la banque. Un jeune gars embauché sur les lieux avec du bon argent américain eut la jambe écrasée au cours de la manœuvre. Connor le paya aussitôt, en pleine rue, toujours avec du bon argent américain, et lui demanda un reçu pour « salaire versé ». Le jeune gars ne réclama rien de plus.

L'hôtel de John fut prêt pour l'ouverture en mai 1893. Il était situé à cent mètres à peine de la gare de l'Union Pacific, ce qui était commode pour les commis voyageurs, qui portaient eux-mêmes leurs valises. Mais un chariot monté sur une suspension à ressorts et affichant HÔTEL METLEN en lettres rouge vif était prêt à transporter les caisses les plus lourdes – celles qui contenaient des échantillons, par exemple – ou les malles de voyage qu'il fallait aux dames.

L'hôtel avait vingt chambres et une salle de bains à chacun des deux étages supérieurs – une pour les dames, l'autre pour les messieurs. Sous une fenêtre, dans chaque chambre, une corde en chanvre était soigneusement enroulée : les femmes loin de chez elles pensent beaucoup aux incendies et à la manière d'y échapper. Si on était appelé au téléphone de la réception, l'employé pressait un bouton et une sonnette tintait dans la chambre. Mais cela ne fut possible que lorsque la ligne téléphonique venant de Butte fut posée.

Le gérant et sa femme étaient déjà confortablement installés dans l'hôtel. Ils venaient de Denver, où le mari avait tenu un immeuble de chambres à louer. À présent, sa femme s'occupait de la cuisine ; quant à lui, il commandait les provisions, se chargeait de la plomberie et de la chaudière, et il déambulait avec un air satisfait.

Dans la salle à manger, il y avait dix tables couvertes de nappes blanches. Les hommes pouvaient trouver quelque chose de consistant à se mettre sous la dent : du rosbif, des biftecks, des huîtres, et du flétan arrivé de la côte par le train. Les femmes qui en avaient plus qu'assez de la friture pouvaient prendre la salade de poulet ou la truite arc-en-ciel de la région, pochée au court-bouillon. Rien d'étonnant, donc, que les citoyens de Grayling soient fiers de leur hôtel. Ils venaient s'asseoir dans les fauteuils en rotin du hall d'entrée et ils écoutaient le canari chanter dans sa cage en laiton. Les étrangers qui se trouvaient dans le train ne pouvaient manquer de se redresser et d'être attentifs quand le train arrivait à Grayling, y compris les passagers des voitures pullman, qui avaient pourtant vu toutes sortes de choses au cours de leur vie.

Ah, et le bar ! Il était en acajou massif avec une grosse barre de cuivre et des crachoirs du même métal. Quant à la partie arrière, ses lourdes colonnes et le linteau qu'elles soutenaient étaient aussi en acajou massif. L'énorme miroir était biseauté de manière magistrale. Au-dessus était accrochée une reproduction du *Dernier Combat de Custer*, réalisée par un vieux bonhomme qui avait débarqué de nulle part le premier hiver. Il n'avait pas un sou vaillant et s'était servi d'une illustration de magazine. Certaines personnes estimaient qu'il avait choisi un sujet bizarre, étant donné la relation que Lizzie Metlen avait avec les Indiens, mais Lizzie prenait le tableau pour ce qu'il était, un exemple de ce qui arrive à quelqu'un d'obstiné et de bête. De toute façon, à part Lizzie, personne ne pensait plus guère aux Indiens. Dans ce pays, leur sort était scellé.

Voilà donc ce qu'était l'hôtel Metlen, un gros cube de brique, un bâtiment fait pour durer, dont les fenêtres refléteraient sans doute éternellement le soleil se couchant dans son sang. Mais ce qui fascinait les étrangers, c'était la tour de brique jaune qui s'élevait à presque trente mètres au-dessus de l'entrée. Il n'existait aucun édifice plus haut entre Butte et Salt Lake City, pas même les silos à grain. Une telle tour aurait exigé une horloge, une cloche, voire une croix, mais elle n'était surmontée que d'un toit plat. Devait-elle servir d'entrepôt ? Il n'y avait pas un garçon en ville qui n'eût envie de monter au sommet pour voir à quoi ressemblait le monde de là-haut. Oui, on pouvait tirer son chapeau à John Metlen pour ce qui était de savoir impressionner les gens. Pas d'horloge, pas de cloche, pas de croix, mais tout là-haut une plaque en grès et, gravé profondément dedans, ce seul mot : METLEN.

On aurait pu dire de John Metlen que son bonheur était parfait, et il est fort possible qu'on l'ait dit. Il était endetté, à présent, mais cela ne le gênait guère. Il n'en parlait pas à Lizzie parce que les femmes ont tendance à considérer que l'argent apporte la sécurité. Et un homme ne doit pas inquiéter une femme.

Son bonheur était donc parfait.

Très peu de temps après, il fut plus que parfait.

Ils n'étaient plus tout jeunes quand leur premier client signa le registre. Lizzie avait trente-six ans et John quarante et un. Pendant dix ans, aucun des deux ne s'était ouvert à l'autre de ce qui le préoccupait. Elle ne disait rien parce qu'elle ne voulait pas avoir l'air d'accuser John, et il se taisait parce que parler serait revenu à accuser Lizzie (un homme ne doit pas inquiéter une femme). En réalité, leur grande chance était pour chacun d'avoir l'autre comme partenaire et de nourrir pour lui le genre de compréhension qui empêche de déverser ses soucis sur lui. Deux personnes de ce genre n'ont besoin de rien d'autre. Ni de qui que ce soit d'autre.

Et puis, un matin, très peu de temps après que leur premier client eut signé le registre, ils se retrouvèrent debout devant la fenêtre de leur maison en grès. Les piquets des clôtures et les enclos avaient subi l'usure du temps ; de l'herbe ondulait sur le toit en tourbe de la grange. Une belle collection de roues cassées et de pièces de chariot s'accumulait dans une cour qui avait pourtant été bien vide. Lizzie chuchota quelque chose à John. Il n'y avait personne alentour, mais elle chuchota quand même.

Il recula d'un pas et la regarda droit dans les yeux. Lorsqu'il fut en mesure de parler, il demanda : « Tu en es sûre, Lizzie ?

— Oui, j'en suis sûre. »

John Metlen était rarement capable de donner les raisons de ses pensées, et encore moins de ses actes. « Je vais atteler le boghei. Allons en ville. » Il voulait arpenter les rues et être vu par un grand nombre de gens.

C'était un dimanche matin de juin et, à coup sûr, le plus beau matin que John eût connu. Quand on levait les yeux, on pouvait distinguer trois sortes de temps dans le vaste ciel et choisir celui qu'on voulait. Les champs de John étaient verts et ses troupeaux de vaches – des herefords – se trouvaient dans les pâturages de montagne. Il y avait seize kilomètres jusqu'à la ville, et ses chevaux, des hambletonians au pas majestueux, accomplirent le trajet en moins d'une heure sans avoir d'écume aux lèvres.

Lizzie n'avait jamais été aussi belle. Ces derniers temps, il s'était dit qu'elle était plus jolie que d'habitude, et c'était évidemment le cas parce qu'une femme est en effet plus jolie quand elle est enceinte.

Ils rirent et chantèrent tout le long du trajet. Ils laissèrent le boghei et l'attelage au jeune homme que John avait embauché pour attendre les trains et s'occuper des chevaux. Puis ils allèrent à pied dans les rues. Il n'y avait pas grand monde dehors : il n'était pas encore midi. Les gens étaient à l'église ou, pour la plupart, sans doute encore au lit ou en train de lire les journaux de Butte arrivés par le train de 10 heures. John aurait souhaité une rue pleine d'hommes et de femmes qui auraient dit après les avoir vus : « Nous avons croisé les Metlen dans la rue. Il a dû leur arriver quelque chose de merveilleux. »

Juste devant Lizzie et John marchaient deux jeunes dames et deux jeunes hommes – en couple. Six ou sept mètres devant eux.

Ils avançaient tranquillement, sans se presser, comme si le monde leur appartenait. Ils parlaient doucement, penchés l'un vers l'autre. Peut-être, après une semaine à se courtiser, en étaient-ils à échanger des confidences, et chacun osait-il enfin se présenter tel qu'il ou elle était en réalité au lieu de se montrer comme l'énigme attirante qu'il ou elle était encore seulement la veille ; mais ils ne donnaient pas l'impression d'être allés bien plus loin que l'aveu de telle ou telle préférence culinaire ou de leur couleur favorite.

Avec John et Lizzie dans leur sillage, ils s'approchèrent d'une porte qui donnait sur le trottoir entre la pharmacie et la sellerie. Derrière la porte se trouvait un escalier, mais John n'avait jamais vu personne entrer ou sortir par là. Ceux qui voulaient se rendre à l'étage supérieur arrivaient et repartaient par une porte située dans l'allée à l'arrière du bâtiment, et on accédait à cette porte-là par des marches de bois fort raides qui faisaient penser à un escalier de secours.

Le jour, on ne rencontrait pas dans la rue les femmes qui habitaient là-haut. Elles faisaient venir des sandwichs du café Sugar Bowl tard le soir et très tôt le matin. Le jeune homme qui les apportait était aussi chargé de la plonge au café. Ses amis le pressaient de questions.

Les fenêtres donnant sur la rue, sous lesquelles s'avançaient les deux couples d'amoureux ainsi que John et Lizzie, étaient pourvues de lourds rideaux de dentelle mécanique. Tous ceux qui ont tant soit peu l'expérience des rideaux de dentelle savent qu'on peut voir à travers en direction de la lumière extérieure, mais pas dans l'autre sens, ce qui avantage nettement ceux qui sont à l'intérieur. Sans doute les jeunes femmes qui se trouvaient là-haut, quand elles n'étaient pas occupées autrement, regardaient-elles celles qui passaient dans la rue et enviaient-elles l'innocence qui leur permettait de marcher en pleine lumière. Mais il était sans doute également vrai que certaines de celles qui passaient en bas, parce qu'elles avaient souvent eu la sensation de rater quelque chose, enviaient de temps à autre la dépravation de celles qui vivaient à l'étage.

En tout cas, quelque chose s'était passé là-haut. Quand les deux couples d'amoureux furent arrivés devant la porte, celle-ci s'ouvrit violemment : une jeune femme jaillit sur le trottoir et vint heurter les quatre promeneurs.

On aurait pu penser à un faucon fondant sur un poulailler. Ce fut certainement la soudaineté de l'apparition de cette femme, et non pas son peu de vertu, qui poussa les jeunes dames à s'aplatir contre le côté du bâtiment en portant leur main à la bouche. Mais les garçons, voyant là une occasion de montrer à leurs promises qu'ils étaient prêts à défendre la moralité avec leur propre corps s'il le fallait, se précipitèrent et, ce faisant, bousculèrent la jeune femme, qui fut projetée dans la rue. Elle trébucha et quelque chose lui tomba des mains.

Les jeunes dames ôtèrent leur main de devant leur bouche, vérifièrent les plis de leur robe et repartirent avec les deux jeunes hommes.

La jeune femme n'était absolument pas habillée pour la rue et pas tout à fait non plus pour la chambre à coucher. John s'arrêta. Lizzie s'approcha d'elle.

« Excusez-moi », fit Lizzie. Elle s'agenouilla et ramassa un petit sac à main en cuir au vernis craquelé. Elle le tendit à la jeune femme. « Ça va ? »

La jeune femme fit oui de la tête.

« J'ai un sac tout à fait comme celui-là », dit Lizzie. Ses yeux rencontrèrent ceux de la jeune femme. Et ce fut tout. John et Lizzie poursuivirent leur chemin.

« Tu es adorable », dit John.

Lizzie parla doucement mais avec passion. « Elle avait peur de le ramasser. Peur de tout geste qui pourrait attirer l'attention sur elle. Imagine un peu, avoir besoin d'être invisible. Elle était incapable de parler. Ç'aurait été moins dur pour elle si les deux garçons l'avaient giflée. Au moins, elle n'aurait pas eu l'impression d'être une intouchable.

— Tu la défends ?

— Je la comprends, ou plutôt j'essaye. Et ne me dis pas que tu ne viendrais pas à son secours. Personne ne sait ce que les autres sont obligés de faire – ce qu'une femme est obligée de faire. Je ne connais pas les circonstances de sa vie et je remercie mon étoile de n'avoir jamais dû faire ce genre de choix. » Ils continuèrent à avancer en silence, puis Lizzie déclara : « Et nous ne sommes même pas sûrs que ce soit une prostituée.

— Quoi ? Pas sûrs ? Peinturlurée comme elle l'est ? Habillée comme elle l'est ? Mais alors, bon sang, qu'est-ce qu'elle faisait là-haut ?

— Oh, elle devait être en visite. »

John regardait souvent ses mains ; elles n'avaient apparemment pas changé, mais le calendrier, lui, avançait. Deux ans, cinq, et puis leur fils, qu'ils avaient appelé Zachary, eut six ans. À six ans, voilà qu'il se trouvait debout devant la grande maison en grès, sur la route poussiéreuse, avec son copain du même âge, le petit Indien. Ils étaient très amis depuis deux ans, depuis qu'ils avaient tous les deux compris qu'avec un compagnon la vie devient encore plus aventureuse, les galets plus brillants et les petits poissons plus faciles à attraper. Ils allaient continuer à être amis, mais ils ne se verraient plus que l'été, désormais. Deux jours plus tard, Zachary Metlen entrerait à l'école de Grayling, où son père avait fait bâtir une seconde maison, et Pied d'Aigle ne le suivrait pas.

Tendoy, le père de ce petit garçon, était le chef des Indiens Shoshones de ce pays. Durant son enfance, Tendoy avait fréquenté une école de mission tenue par des jésuites, mais cette école avait disparu depuis longtemps et il ne voulait pas envoyer son fils dans un établissement pour Blancs. Les enfants blancs, en effet, se moquaient éperdument du fait que Pied d'Aigle fût le fils d'un chef. Les jeunes Blancs considéraient son fils comme appartenant à une race en voie de disparition qu'ils méprisaient parce qu'elle ne pouvait rivaliser avec la leur. Son fils n'avait pas la même peau qu'eux et ses coutumes étaient absurdes.

Le chef Tendoy pressentait une vérité, à savoir que les enfants sont cruels par nature et que, telles des cellules, ils cherchent à expulser ou à détruire ceux qui ne leur ressemblent pas.

Tendoy était arrivé dans son boghei pour chercher son fils qui venait de passer deux semaines chez les Metlen. Le chef avait environ trente-cinq ans, il était mince avec des muscles durs. Son héritage asiatique était évident : il aurait pu être l'un des jeunes lieutenants favoris de Gengis Khan lancés au galop vers l'est sur leur coursier pour traverser le détroit de Béring avant la fonte des glaces. En tant que chef, il était en relation avec le Bureau des Affaires indiennes et sans doute stupéfiait-il les gens de Washington par la qualité des lettres qu'il leur envoyait – elles étaient toutes soigneusement revues par Lizzie.

En cette première semaine de septembre, une épaisse couche de givre recouvrait chaque matin le chaume des champs ; la fumée de lointains incendies de forêt flottait autour des pics de la montagne avant de descendre lentement vers la vallée. Pour les deux jeunes amis, c'était une période de tristesse. Lorsqu'ils furent remontés du ruisseau où ils avaient joué, Tendoy s'adressa à son fils en shoshone et à Zack en anglais.

« Vous êtes d'accord pour faire une course, les gars ? »

Tous deux comprirent que ce n'était pas une question mais un ordre.

John, qui était alors debout avec Tendoy dans la véranda, pensa qu'une course conclurait bien mal un été qui allait marquer le début d'une longue séparation. Car on risquait de s'en souvenir comme d'un été où l'un des deux garçons avait gagné et l'autre perdu, où l'un avait triomphé et où l'autre avait été battu, un été qui les aurait laissés non plus amis mais rivaux.

Les deux petits garçons allèrent dans la rue poussiéreuse et se mirent côte à côte.

« Le premier à la clôture, ordonna Tendoy. Partez ! »

Zack fut battu à plate couture, mais, curieusement, il n'en parut pas contrarié. Ensuite, ils s'assirent tous à l'ombre, verte et profonde, du houblon qui grimpait chaque année le long de la lourde corde de chanvre contre la véranda de la grande maison. Tendoy prit une petite gorgée de thé glacé et reposa son verre. Il n'avait encore émis aucun commentaire sur le résultat de la course. Mais il déclara alors : « J'ai fait un rêve, un jour. » Avant la naissance de son fils, poursuivit-il, il avait vu un enfant qui avait des ailes aux pieds, et sa vision s'était réalisée. Les ailes étaient invisibles – sauf peut-être pour un appareil photographique – parce que si on pouvait les voir d'autres pères seraient jaloux.

Pied d'Aigle se tenait debout près de lui : il observait et attendait des ordres.

Si Tendoy n'avait pas parlé entre amis à l'ombre du houblon dont les vrilles circonscrivaient un univers privé où l'on avait le droit de tout dire, John aurait été gêné pour lui. Il aurait été gêné de l'entendre parler avec cette innocence enfantine qui faisait de lui une cible facile pour le mépris des adultes. Ce qui avait précipité la ruine des Indiens, n'était-ce pas justement cette tendance à se fier aux rêves plutôt qu'à la réalité ? En tout cas, quels qu'eussent pu être les rêves que John nourrissait pour Zack, la course à pied venait déjà de confirmer un de ceux de Tendoy. Peu importait que le monde eût tellement changé pour les Indiens qu'il ne servait plus à rien de courir vite.

« Mais tout va bien, murmura Tendoy avec un sourire triomphant. Je crois que votre garçon sera riche. »

John et Lizzie jetèrent tous les deux un regard sur Zack. Que leur fils devienne riche était plus que possible. Aux yeux de beaucoup, il l'était déjà : quatre mille hectares de terres fertiles, un toit solide au-dessus de sa tête, une pièce réservée à ses livres...

« Et je crois, poursuivit Tendoy, qu'il se mariera. »

Voilà qui était également plus que possible. En tout cas si l'on considérait le milieu de Zack. Pourquoi Tendoy, plutôt réservé d'habitude, avait-il parlé de ce mariage comme d'une éventualité un peu surprenante ? Lizzie, envoûtée par l'ombre verte et épaisse, se demanda si Tendoy n'avait pas réellement une connaissance particulière de l'avenir et, comme tous ceux qui veulent croire, elle mit un instant sa raison de côté pour se dire que la Nature, parce que les Indiens sont si proches d'elle, parce qu'ils connaissent si bien l'éclair poursuivant ses victimes à travers la plaine, parce qu'ils communiquent avec le murmure des eaux souterraines (on peut l'entendre tout au fond des grottes où ils enterrent leurs morts), chuchote aux Indiens des secrets dont les Blancs n'ont aucune idée.

« Que voulez-vous dire, demanda-t-elle, quand vous dites qu'il va se marier ? » En même temps, elle pensait : Quelle idiote je suis d'aimer tellement mon fils que j'écoute des rêves et des bêtises.

John, lui aussi, avait essayé de sonder ces paroles mystérieuses, mais il était tellement conscient de son propre penchant pour tout ce qui était signe ou présage qu'il se sentit obligé de prendre les choses à la légère. « Lizzie, expliqua-t-il d'un ton très raisonnable, Tendoy veut dire que Zack se mariera et qu'il aura des enfants qui l'aideront, l'honoreront et gagneront des courses. D'ailleurs, ils pourraient même avoir des pieds ailés. » Il sourit, puis se mit à rire, mais son rire résonna étrangement à ses oreilles. « N'est-ce pas ce que vous voulez dire, Tendoy ? N'est-ce pas ça ? »

Soudain, des hauteurs de Black Canyon, un coup de vent descendit sur les vrilles de houblon et les secoua.

Après un moment, Tendoy déclara : « Non. Ce n'est pas ça. »

2

PEU DE TEMPS APRÈS QUE LES METLEN SE FURENT INSTALLÉS dans leur nouvelle maison de Grayling pour que Zack puisse aller à l'école, John prit le train pour Denver. Il se rendait à la foire au bétail pour y trouver quelques taureaux herefords de souche Domino. Il aimait Denver : c'était la plus grande ville entre Saint Louis et la côte, et les bijouteries y présentaient un bon choix d'émeraudes. Il avait l'intention d'en acheter une autre pour Lizzie – cette fois ce serait pour célébrer un nouvel événement marquant : l'entrée de Zack à l'école. De toute façon, il adorait faire des cadeaux, voir la lueur dans les yeux de ceux qui les recevaient.

Il descendit de nouveau à l'hôtel Brown Palace ; les bons hôtels lui plaisaient. Il était novice en gestion hôtelière, et même si son établissement n'était pas, loin s'en fallait, à l'échelle du Brown Palace, John avait le sentiment d'offrir à chacun de ses clients la possibilité de se lever tranquillement, de se raser et de mettre de bons vêtements avec un col propre, de descendre la tête haute, de prendre un bon et copieux petit déjeuner, de le payer en laissant un pourboire généreux, puis de gagner le hall d'entrée d'un pas nonchalant. Là, chacun pouvait s'asseoir et, à son aise, confortablement installé, fumer un long cigare – un García y Vega ou un Antonio y Cleopatra – en regardant passer les gens. Ce matin-là au Brown Palace, avant de descendre, John avait entendu frapper légèrement à sa porte. Quand il ouvrit il trouva, en parfait état, neuf et plié à plat, un exemplaire du quotidien *Rocky Mountain News*. Quelle idée formidable, se dit-il. Et il la nota pour son propre hôtel.

À l'heure où les magasins ouvraient, il était déjà dans la rue avec son beau costume et son col blanc du jour, la tête haute, un bon et copieux petit déjeuner dans l'estomac. Soudain, il s'arrêta, stupéfait.

Dans une vitrine était exposé le plus magnifique jouet du monde. Deux armées, celle des États-Unis et celle des Confédérés, avec chacune plus de cinquante hommes, s'affrontaient sur un champ de bataille fait de terre véritable et authentique. Chacune avait un général, deux capitaines, et pléthore de sergents. Quelques fantassins étaient debout, d'autres avaient un genou à terre et visaient avec leur carabine. La cavalerie déferlait depuis l'arrière, des deux côtés ; des attelages de percherons et de clydesdales tiraient le canon. On avait l'impression que la grenaille allait jaillir de la gueule du canon. Et c'était le cas. À l'intérieur, de minuscules ressorts étaient actionnés par des déclencheurs. John le découvrit parce qu'il entra dans la boutique.

Le jeune employé était extrêmement franc et honnête : il irait sans doute loin.

« Nous ne comptons pas vraiment vendre ce jouet, déclara-t-il. Mais il y a des gens qui ont voulu se renseigner. »

Il n'y comptait pas à cause du prix.

« Je me demandais si vous me permettriez d'examiner quelques-unes des pièces, dit John.

— Avec plaisir. » L'honnête jeune homme se pencha dans l'espace qui le séparait de la vitrine et retira deux pièces – l'une des deux était un canon. « Qu'est-ce qu'on aimerait être de nouveau gamin !

— Si vous ne comptez pas le vendre, pourquoi le mettez-vous en vitrine ? »

Le jeune homme se mit à rire. « Parce que ça fait entrer des gens.

— Oui, évidemment. Vous êtes des malins, vous. Je me demande quel prix vous en voulez. »

Le jeune homme le lui dit.

John émit un sifflement.

« Voyez-vous, dit le jeune homme, chaque visage est peint à la main. » Chaque soldat – du fait que c'était une main et pas une machine qui l'avait créé – possédait des défauts qui lui donnaient une personnalité.

« La queue des chevaux ? demanda John.

— En véritable crin, monsieur.

— Ces drapeaux ?

— De la soie, monsieur. Et il y a la boîte... Attendez que je la trouve. »

Du bois dur poli, des côtés assemblés à queue d'aronde, des charnières de cuivre vissées, et non pas clouées. Une fois les armées rangées dedans, on pouvait cacher la boîte. Mais quiconque la regardait comprenait en voyant la serrure que ce qui était à l'intérieur avait de la valeur.

« Je vous remercie, dit John. J'espère que je ne vous ai pas embêté.

— Pas du tout, monsieur. Je suppose que vous avez un garçon.

— Oui, j'ai un garçon.

— Moi, j'ai une fille. Je pense que ça n'intéresserait pas une fille. Je n'aurais aucun prétexte pour l'acheter, même si j'avais assez d'argent. »

John repartit en direction du Brown Palace. Quelle bêtise il aurait faite d'acheter ce jouet. Parce que inévitablement une pièce se serait perdue, d'emblée. Et alors on ne pourrait s'empêcher de se dire – même si on s'efforçait de l'oublier – que l'armée n'était plus au complet. Qu'elle était défectueuse. Il faudrait alors enlever une autre pièce pour mettre les deux côtés à égalité. Mais on ne retrouverait jamais les armées au complet. Le jouet serait fichu.

Ce n'était pas une question d'argent. Ce jouet, John pouvait se permettre de l'acheter. Mais c'était tout simplement hors de proportion. Ces deux armées parfaites n'étaient pas destinées à être vendues. Le jeune homme l'avait bien dit : « Nous ne comptons pas le vendre. »

C'étaient des malins.

Aucun enfant n'attendrait de son père qu'il lui achète un tel jouet. Autant espérer qu'il lui offre un éléphant. Certaines choses sont possibles, d'autres pas. De toute façon, ce serait créer un précédent terrible pour un enfant : il en viendrait à attendre beaucoup trop de l'avenir. Et ce serait la faute du père, bien sûr.

Pourtant, tout père passant seul devant cette boutique était susceptible d'y entrer pour se renseigner. D'autres étaient venus s'informer avant lui. Le jeune homme ne l'aurait pas dit, sinon. John n'avait pas l'impression que ce fût son genre.

Quel bonheur pour John de regagner sa chambre au Brown Palace ! Mais d'abord, il allait s'asseoir dans le hall et regarder passer les gens. Parmi eux, il y aurait sûrement une ou deux personnes qui s'arrêteraient pour contempler le jouet dans la vitrine.

Sauf, évidemment, si le jouet n'y était plus.

Oui, à cet instant même, un autre père pouvait très bien se préparer à donner une suite concrète à sa demande d'« information » – un père souhaitant que son enfant ait un cadeau que nul autre ne possédait.

À cet instant précis, ce monsieur était peut-être en train de mettre la main sur son chéquier.

John s'arrêta net et fit demi-tour.

La maison en ville n'était qu'une maison. À Noël, ils allèrent vraiment chez eux : au ranch.

Comme d'habitude, John avait choisi un sapin de Noël parfait dès le début de l'automne, quand il avait fait descendre le bétail de la montagne jusqu'aux pâturages d'hiver, alors qu'il n'y avait pas encore un seul flocon de neige dans la vallée du Big Hole. Personne ne savait qu'il choisissait son sapin si tôt : on l'aurait trouvé idiot. De bon matin, la veille de Noël, il attela deux chevaux au traîneau, y jeta une hache et un pot de café chaud, puis il partit. Lizzie répéta ce qu'elle disait chaque année : « Il ne te faut pas longtemps pour trouver un bon sapin, n'est-ce pas, John ?

— Eh bien, il faut en repérer un dans un endroit dégagé, un dont le soleil fait le tour. »

Lizzie prépara un hachis avec de la viande de cerf sans gras, des raisins secs, des pommes, du cédrat, du miel et une bonne cuillerée de brandy. Les tourtes de Noël faisaient partie de la tradition qu'elle maintenait. John se souvenait de deux sortes de laits de poule : l'un au whisky pour les hommes, l'autre au sherry pour les femmes. Mais ça, c'était en Californie. Ici, dans le Montana, les gens de la ville rendaient visite à d'autres gens de la ville et personne, pour la soirée de Noël, n'allait dans un endroit aussi reculé que ce ranch. Lizzie et John prendraient un punch au brandy et peut-être plus tard un morceau de tourte avant d'aller se coucher : avec la tourte de Noël, c'est du lait froid qu'il faut boire. Ils passeraient doucement devant la porte où dormait leur enfant. Quelle chance que la leur !

Tous les matins de Noël, le cuisinier frappait sur le triangle accroché à l'arrière de la maison et les journaliers arrivaient en groupe. Il faisait encore noir, dehors, les étoiles brillaient et des chiens aboyaient près de la grange lorsque les hommes prirent place autour de la longue table de la salle à manger de derrière et trouvèrent, cette année encore, une enveloppe carrée à côté de chaque assiette.

C'était Lizzie qui avait eu l'idée des cartes. « Un chèque tout seul, John, c'est tellement froid. »

Les hommes aimaient les cartes parce qu'ils pouvaient les ouvrir et être surpris.

« Ah, dis donc, regarde un peu ! »

Il est plus facile d'être étonné que reconnaissant, et c'est moins gênant pour tout le monde.

Si les hommes pouvaient se rendre en ville le soir même – c'est-à-dire s'il n'y avait pas de tempête qui menaçait à Black Canyon –, dès le lendemain les chèques seraient rangés à plat dans la caisse d'un saloon de Grayling ou bien pliés et glissés à l'intérieur des bas d'une pute. John s'abstenait de tout jugement. Il n'avait pas besoin d'alcool, il n'avait pas besoin d'oublier ni d'avoir la sensation – pendant le bref moment que dure l'effet de l'alcool – d'être un homme avec lequel on doit compter. Il est vraiment moche de voir à quel point ce sont les malheureux qui vous donnent le sentiment d'être bien loti. John était marié à la meilleure femme du monde et il avait un fils. Les journaliers avaient peut-être aussi une famille quelque part. On ne posait pas de questions.

John fut content de s'esquiver après le petit déjeuner et d'aller dans la salle à manger de devant. Là, il y avait de l'acajou et de l'argent, une cheminée avec un feu dans la pièce adjacente, et Lizzie qui buvait son café.

À sept heures du matin, le balancier brillant de la grande horloge de parquet dans le séjour reflétait sous forme de huit la pâle lumière de l'aube. Zack dormait encore. Il n'avait que six ans et on n'attendait pas encore de lui qu'il se lève pour prendre le petit déjeuner avec les hommes.

« Ça a dû coûter très cher », dit Lizzie.

Décela-t-il une critique ? Un souci ? Elle n'avait pas encore vu les armées. Il avait fait expédier la boîte par le magasin. On lui avait promis qu'elle arriverait à temps et qu'elle serait assurée dans les règles. Mais, dès qu'il avait quitté Denver, il avait regretté d'avoir demandé qu'on l'envoie. Si elle se perdait, l'assurance ne serait qu'une piètre consolation. Elle était irremplaçable. L'argent n'est pas d'un grand secours, sauf s'il permet d'échanger exactement l'objet perdu. Mais comment John aurait-il pu emporter la boîte ? Il y aurait eu des questions. De la part de Zack. Un enfant est curieux quand il voit un paquet. Ces petits monstres d'égoïsme supposent, puisqu'on les aime, que ce qui se trouve dans une boîte leur appartient. Et des questions de Lizzie. Oui, d'emblée il avait eu l'impression qu'elle ne serait pas d'accord. Il ne savait pas exactement pourquoi, mais, au fond de lui, il avait senti un petit noyau de doute au moment où il avait quitté la boutique pour la première fois et s'était redirigé vers son hôtel.

« En effet, dit-il à Lizzie, ce n'était pas bon marché. » Il s'était souvent trompé en comptant sur la franchise pour se faire pardonner une erreur de jugement.

« Ces pièces sont sculptées à la main, John. » Quand elle l'appelait John, il se méfiait.

Il examina une des pièces. « Oui, on dirait.

— Chaque pièce a sa personnalité.

— Oui, ça me semble être le cas.

— John, cet ensemble doit représenter une part importante de la vie de quelqu'un. »

Une vilaine pensée s'imposa alors. Lizzie avait raison. Personne ne pouvait se permettre de créer de telles pièces, même au prix que John les avait payées, à part un homme n'ayant d'autre avenir que l'achèvement de ce jouet extravagant. John savait de quel genre de tâche il s'agissait. Un travail accompli derrière les murs de pierre grise d'un pénitencier d'État : une chaîne de montre si minutieusement tressée avec des crins de cheval noir qu'elle faisait penser à du jais flexible ; des cordes semblables à des serpents, des fouets en cuir brut ; un ciselage de l'argent aussi délicat que du givre sur des feuilles. Tout cela était l'aboutissement d'un dévouement désespéré, un moyen de se cacher l'horreur du passé, du présent et de l'avenir. John espéra que ce n'était pas sous le coup d'une idée de ce genre que Lizzie avait remarqué que ces soldats avaient occupé une grande partie de la vie de quelqu'un. Elle ne formula pas ce qu'il comprit de sa pensée : un enfant doit-il avoir pour jouet une chose ayant donné un sens à la vie d'un homme ?

Elle se contenta d'un : « Laisse-moi l'emballer. »

Le jouet fut donc emballé le matin précédant le jour de Noël et déballé le lendemain matin. Mais il ne suscita chez Zack aucune joie que John pût déceler. Le petit garçon examina le canon. Il en ôta les minuscules ressorts ; il les replaça. Puis il mit le tout de côté.

Ce soir-là, lorsque Zack fut monté se coucher, John apporta à Lizzie un verre de sherry et se versa un whisky. « Bon sang, Lizzie, je ne reconnais pas mon propre fils !

— Allons, John.

— Bon, il se peut que j'aie acheté ce machin pour moi.

— Il y a peut-être un peu de ça, dit-elle, mais pas trop. Tu ne penses pas tellement à toi. »

Comme elle se trompait !

Elle continua : « Ce n'est pas pour un enfant aussi jeune. Il n'apprécie pas ce que ce jouet a de spécial, que chaque visage soit différent, que chaque soldat soit un individu particulier. Que celui qui les a sculptés… »

Elle s'interrompit.

Il termina la phrase à sa place : « Que celui qui les a sculptés ait été un peu comme Dieu. »

Ce que Zack apprécia, en revanche, et qu'il transporta avec lui dans son lit, était un objet de rien du tout. Le père de Lizzie l'avait ajouté à la boîte de cadeaux qu'il avait envoyée : un petit aimant en fer à cheval avec un manche rouge vif, et puis un bout de tige en fer.

3

IL ÉTAIT NOTOIRE QUE LIZZIE METLEN prenait haut et fort le parti des Indiens, et, dans le fond, on lui accordait le respect qu'on éprouve pour tous ceux qui soutiennent les gens qui se sont fait dépouiller, qui ont échoué, qui ont été battus. Mais même Lizzie Metlen devait se rendre à l'évidence : les Indiens de ce pays étaient désormais condamnés – ils l'avaient été, en réalité, dès que les premiers pèlerins avaient posé le pied sur le rocher de Plymouth. Les Blancs voulaient les biens des Indiens ; et, par le fusil et la tricherie, ils les obtinrent. À présent, il n'y avait pas de place dans la société américaine pour les Indiens, sauf en tant que phénomènes à exhiber dans des cirques ou autres spectacles itinérants. Certes, les gens admiraient Lizzie, mais admirer une personne située du côté des perdants ne va pas sans déplaisir, car elle donne l'impression d'être elle aussi une perdante.

Un matin de la fin du mois de juin, alors que l'école avait fermé pour l'été, Lizzie, un déplantoir à la main, s'agenouilla près de la vanne principale qui se trouvait d'un côté de la maison. Par cette vanne, on pouvait augmenter le niveau dans le fossé d'irrigation pour que l'eau passe dans un fossé plus petit et atteigne aussi bien les peupliers de Virginie plantés par Lizzie qu'un sapin bleu qu'elle avait fait venir du Wisconsin. Les peupliers, elle les avait repiqués assez grands déjà, et, à présent, ils donnaient réellement de l'ombre. Leurs feuilles chuchotaient.

Il avait plu pendant la nuit ; du sol émanaient des odeurs germinales, et l'air était chargé de promesses de croissance. Lizzie transplantait des jacinthes des bois qu'elle était allée chercher sur une colline avoisinante. Lors de ses précédentes tentatives, elle avait eu peu de réussites – aucune, en fait. Tout comme les pivoines, les jacinthes détestaient la transplantation : elles se flétrissaient, duraient juste assez pour susciter quelque espoir, puis mouraient dans leur nouvel environnement. Mais Lizzie supportait mal son échec et, cette année, elle allait ruser. Elle déterrerait si profondément les jacinthes que leurs racines ne seraient pas privées de leur terre familière. Elle comptait leur faire croire ainsi qu'elles n'avaient pas changé de place.

Elle s'interrompit et se retourna.

John arrivait devant la maison sur un cheval bai ; il avait passé la nuit dans son hôtel de Grayling pour diriger quelque opération. On le voyait rarement chevaucher jusqu'à l'entrée de la maison. D'habitude, il conduisait sa monture à l'écurie.

Que se passait-il ? Lizzie eut un sourire. « Quelle agréable surprise. »

John sauta de son cheval bai et laissa pendre les rênes sur le plus haut piquet de la petite clôture – barrière supposée protéger du bétail errant les pavots de Californie que Lizzie avait semés. Passant le portail, il alla s'asseoir sur les marches de la véranda comme quelqu'un de fatigué. Lizzie vint prendre place près de lui.

« Qu'est-ce qui ne va pas ? »

Il ôta son chapeau et se passa les doigts dans les

cheveux. « On dit que le gouvernement va envoyer les Indiens dans une réserve.

— Apparemment, dit-elle, quelqu'un doit trouver plus facile de chasser les Indiens de leurs terres que de conclure un accord honorable avec eux.

— Ça doit être ça.

— Mais même le gouvernement n'est pas d'une telle insensibilité qu'il puisse les chasser sans raison. Sauf si l'on s'est servi de quelque "incident". »

John dirigea son regard vers le chapeau qu'il tenait à la main, puis vers l'autre côté de la vallée. « Il y a eu un incident.

— Tu veux dire récemment ?

— Non.

— Ce vieux truc, alors, de l'été dernier ? »

Une meule de foin avait été incendiée en plein champ, au milieu de la nuit, et voir brûler cette meule comme une énorme torche à un endroit où l'on n'avait encore jamais rien vu brûler avait fait réfléchir les gens.

Un jeune Indien avait été arrêté. Parce qu'il était incapable d'expliquer où il se trouvait quand le feu avait pris et parce que, en tant qu'Indien, il avait des raisons d'en vouloir à des Blancs et d'endommager leurs biens. Évidemment, le criminel aurait pu être un vagabond qu'on avait chassé ou un journalier qu'on avait mis à la porte.

On avait entendu le jeune Indien proférer ce qui ressemblait à des menaces contre les Blancs dans un bar où il n'avait pas le droit de se trouver. Il était illégal de servir à boire à un Indien et illégal pour un Indien de boire. On supposait que, contrairement aux Blancs, les Indiens s'enflammaient quand ils buvaient.

Le vagabond chassé ou le journalier mécontent s'était depuis longtemps adapté à d'autres circonstances, mais le jeune Indien, lui, croupissait au pénitencier fédéral de

Leavenworth, et peut-être pour toujours. Le chef, Tendoy, n'avait pas été en mesure de le sauver. Le Kansas est loin ; le Kansas n'a ni arbres ni montagnes.

« Tu n'as pas l'air très troublée, dit John.

— Non, parce que j'ai l'intention de rédiger une pétition et de la faire signer par nos amis. Washington tient compte des pétitions quand elles viennent de là où il faut. Nous ne sommes pas sans pouvoir.

— Je suis désolé, répondit John, mais j'ai de mauvaises nouvelles. Il est trop tard pour une pétition. Le Président a déjà signé les papiers.

— Je ne peux pas le croire. Il faut des mois, même des années pour que ce genre de papiers arrivent au Président. Il y a toute la bureaucratie. Les audiences, et le Bureau des Affaires indiennes *après* le ministère de l'Intérieur. On l'aurait vu dans les journaux. On en aurait entendu parler !

— Je ne fais que répéter ce que j'ai entendu dire.

— Et sais-tu qui a déclaré que le Président a signé ?

— Il paraît que c'est Martin Connor.

— Je vois. C'était sa meule de foin. Eh bien, John, il ment.

— Je n'ai pas envie de le lui dire en face.

— Moi, ça m'est égal. Les menteurs ne méritent pas le respect. Il craint une pétition. Il ne voudrait pas qu'on en lance une. Il veut faire croire à tout le monde que le départ des Indiens est un fait acquis.

— Et ça ne l'est pas ?

— Bien sûr que non. Je vais aller voir Connor dès demain matin et je vais le mettre au pied du mur. »

John eut un moment d'hésitation. « Tu veux que je vienne avec toi ?

— Non, je me débrouillerai toute seule. Sans doute les Indiens me concernent-ils davantage. Et puis c'est naturel, pour une femme, de manifester de la compassion. La compassion ne gêne pas les femmes. » Elle lui adressa un sourire.

Le lendemain matin, elle entra en grand style au nord de la ville dans son boghei Studebaker. Elle était très chic, en tailleur gris, chapeau également gris et voilette. Elle conduisait bien, et les chevaux, des hambletonians noirs, levaient haut le pied. C'était le genre de journée idéale pour aller demander que justice soit rendue.

Dans le nord de la ville, Lizzie passa d'abord devant sa propre maison, celle qui avait été construite en 1902 quand Zack avait eu l'âge d'aller à l'école. C'était une maison blanche de belle taille avec une charpente de bois, mais on ne pouvait aucunement la comparer à celle de Martin Connor, beaucoup plus bas dans la même rue. Car celle de Connor était la plus belle de la ville. Il fallait aller jusqu'à Butte, à cent kilomètres au nord, là où les rois du cuivre avaient édifié des châteaux et des palais, pour trouver une demeure pouvant l'égaler en taille et en élégance. Elle était bâtie avec la même brique que la banque de Connor – cette banque où Lizzie allait justement l'affronter. Le cerf en fer, sur la pelouse devant la maison de Connor, aurait pu passer pour vivant. Debout, la tête dressée, il avait le nez qui humait l'air comme s'il vérifiait le temps. Les enfants trop curieux étaient tenus à distance par une haute clôture de barreaux de fer aux pointes acérées.

Le fils de Connor, un garçon de dix ans – donc un an de plus que Zack –, était aussi brun que Zack était blond. Cet enfant ne fréquentait pas l'école publique de Grayling, mais vivait pendant l'année scolaire chez sa tante, à Seattle, dans une maison à colonnades située sur la colline Queen Anne. Cette tante le ramenait tous les ans à Grayling, dans un pullman, et, grande et raide, elle surveillait les bagages sortant du fourgon en comptant sur ses lèvres. C'était la sœur de Connor. Quant au garçon, Harry, on ne le voyait pratiquement jamais en ville ; un boghei tiré par des trotteurs alezan clair de race Orloff descendait au galop le chercher à la gare. On disait que, dans le ranch des Connor, il se conduisait « comme un Indien sauvage ».

« Pauvre petit môme, murmurait une dame au-dessus de la table où elle jouait au whist. Pauvre petit môme sans mère. » C'était sa façon de se présenter comme une dame digne de confiance et de se mettre en ligne pour accéder aux biens de Connor. La mère dudit môme était en effet morte en couches, et l'on passe bien des choses à un enfant qui a ainsi perdu sa génitrice.

Le gamin était grand pour son âge, et les hommes du ranch de Connor en avaient peur – ils craignaient d'être tenus pour responsables s'il lui arrivait un accident de cheval ou de montagne. Connor partait du principe qu'il y a toujours un responsable au bout du compte et que, bien entendu, tout le monde l'est. On racontait que le jeune Harry Connor ne respectait que le chef d'équipe du ranch, à qui le père Connor avait donné le droit de corriger physiquement le gamin si nécessaire. Pour son bien. Éprouver de bonne heure les douloureuses rigueurs de la discipline ne rend-il pas tout un chacun meilleur ? Mais, pour autant qu'on le sache, aucune correction n'avait encore été administrée. Certes, ce garçon était différent des autres : la colline Queen Anne, la tante, et cette école privée qui n'acceptait, à ce qu'on disait, que des enfants de millionnaires. Personne n'avait douté à Grayling, pas même un instant, que cette école existait, car on n'avait jamais douté que des millionnaires existaient. Si les millionnaires se contentaient d'envoyer leurs fils à l'école ordinaire pour y subir la discipline imbécile d'une

Mlle Merchant et les sarcasmes d'un M. Ogren, à quoi leur servirait-il d'être millionnaires ? Les riches ont besoin d'une éducation qui les prépare à exercer leur pouvoir terrifiant aussi efficacement et aussi humainement que possible.

John Metlen et Martin Connor, l'un avec son hôtel et l'autre avec sa banque, avaient été les premiers à attirer d'importants capitaux dans cette ville. D'autres suivirent et édifièrent des bâtiments en brique de deux, voire trois étages, qu'on appelait des « blocs ». On les terminait par des corniches en grès local où l'on gravait en profondeur le nom du propriétaire ainsi que la date – non pas en chiffres arabes, pourtant en vogue, mais en chiffres romains éternels.

RIFE

MCMI

Rife, Bart et Shineberger (un nom bien long pour le consigner tout entier dans la pierre) louaient dans leurs immeubles de l'espace pour des bureaux, des commerces et des salles d'exposition. Désormais, dans la ville de Grayling, on avait le choix entre deux pharmacies et deux jeunes médecins, admirés autant l'un que l'autre car chacun sait combien il est difficile de devenir médecin – les cadavres et tout ce qui s'ensuit, l'étude du latin et, bien sûr, le poids des secrets confiés par les malades et les mourants.

La ville avait tellement grandi et tant de Scandinaves avaient démarré de petites exploitations agricoles alentour, qu'il mourait beaucoup plus de gens qu'avant. Un entrepreneur de pompes funèbres estima donc qu'il valait la peine de venir, et il s'installa avec ses couteaux, ses pompes et sa table réfrigérante ajustable. Comme tout le monde, il mettait sur le trottoir des conteneurs pour les éboueurs. Il connaissait sa plus forte activité l'hiver, quand le manque de soleil affaiblit la résistance humaine et que l'espoir est à son niveau le plus bas. Il s'appelait Brundiger : il ressemblait beaucoup à Theodore Roosevelt, président depuis peu, et il portait le même genre de lunettes étincelantes, sans monture. Il exhibait aussi des dents parfaites et éclatantes, et il était impossible de le rater.

Grayling était devenue une ville où l'on pouvait aller pour voir des choses et se montrer. Des cuisiniers travaillant dans des ranches et des filles employées avec eux s'y rendaient ensemble ; ils prenaient des steaks et des ragoûts au café Sugar Bowl, où il y avait des box pour les dames avec d'épais rideaux de feutre vert qu'on pouvait tirer de façon à ne laisser voir que les pieds. Des commis voyageurs habillés de manière tape-à-l'œil débarquaient et descendaient à l'hôtel Metlen. Ils sillonnaient les environs dans des bogheis qu'ils se procuraient à l'écurie de louage. Ils étalaient leurs articles, parmi lesquels certains dispositifs mécaniques censés prolonger la vie. Les paratonnerres, en effet, étaient très appréciés par ceux qui s'attendaient au pire – et cela pour la bonne raison que le pire s'était déjà produit ici ou là. Il n'y avait rien d'idiot à croire que la foudre pouvait vous tomber dessus et vous tuer. Les commis voyageurs transportaient dans des chemises des photos où l'on voyait des demeures réduites en cendres et des maisons déchiquetées uniquement parce qu'il leur avait manqué quelques longueurs de fil de cuivre tressé et quelques tiges métalliques au bout pointu.

Des bergers venus des exploitations mormones, au sud de la ville, faisaient leur apparition le samedi soir pour se soûler ; leurs chiens restaient assis à les regarder. Ces bergers étaient des Basques et des Roumains. Des Mexicains employés au chemin de fer jouaient au billard américain dans le salon Pheasant, et, comme les Basques et les Roumains, ils s'éclipsaient quand des cow-boys forts en gueule arrivaient en roulant des épaules et se faisaient menaçants pour ceux qui ne parlaient pas américain. Dans les chambres au-dessus de la pharmacie City Drug, les putes se préparaient avec leurs fers à friser et leurs pinces à épiler. Tous, les putes comme les bergers, les cow-boys comme les caissiers de la banque, n'étaient que des gens de passage. Ils se nourrissaient les uns des autres mais, au bout du compte, ils engraissaient les familles originaires du lieu, leurs gendres et leurs belles-filles. Car ceux-là seuls n'étaient pas de passage : ils savaient qu'ils fêteraient toujours Noël au même endroit, ils savaient aussi qui les enterrerait et qui recevrait quelle part de leur héritage. L'aristocratie est une affaire locale, aussi bien à Butte et à Grayling qu'à New York ou à Boston. Elle repose sur qui est arrivé le premier et a su en tirer profit. Personne à Boston n'avait jamais entendu parler d'un Connor ou d'un Metlen, et personne à Grayling n'avait beaucoup entendu parler des Carver ou des Saltonstall. Mais les Metlen comme les Carver savaient à quoi ressemblait la région avant qu'on y ait construit des maisons, et les Saltonstall comme les Connor connaissaient les Indiens.

La femme qui se tenait devant la bijouterie Huber et regardait la vitrine n'était pas une aristocrate ; on voyait bien à son visage, par-dessus les rangées de montres et de bagues bon marché, qu'elle était sous le charme. Elle se tenait là, debout et seule, mais quelque part en ville, pas très loin, Lizzie en était sûre, devait se trouver l'homme avec lequel elle était venue de la campagne. Car elle était jeune à faire pitié et pas du genre à affronter la ville toute seule.

Elle portait des chaussures usées mais propres ; sa

robe couleur rouille était immaculée mais quelconque, et le jabot sur sa poitrine était fatigué. Sa chevelure blond crème, en revanche, était celle d'une reine : une tresse épaisse s'enroulait autour de sa tête pour former une grande couronne brillante qui révélait son origine norvégienne de façon aussi évidente que ses hautes pommettes. Malheureusement, sur ce chef-d'œuvre de coiffure, la jeune fille avait posé un chapeau, car c'était l'usage quand on se rendait en ville. Le chapeau, petite chose en paille vernie noir, sorte de pot avec un bord, tenait de façon précaire, et son nœud rouge censé le distinguer des autres chapeaux n'arrêtait pas de trembler. Mais cette enfant avait un sens absolu des convenances. Personne ne pourrait jamais dire d'elle : « Elle était seule dans la rue et n'avait pas de chapeau. »

L'équipage de Lizzie allait au pas, à présent : les hambletonians à la robe noire hochaient la tête comme des chevaux de cirque. Lorsque Lizzie passa, la jeune fille se détourna de la vitrine comme si on l'appelait. Son regard croisa celui de Lizzie et s'y fixa une seconde ou deux. Elles sourirent toutes les deux comme le font les inconnus, chacune reconnaissant en l'autre un être humain digne d'être vu, et cet instant prit un relief particulier. Lizzie continua son chemin dans son boghei, mais elle ne pouvait s'empêcher de penser qu'elle avait mal interprété le regard de la jeune fille ; elle était persuadée d'avoir raté quelque chose. Il lui semblait qu'elle aurait dû faire demi-tour pour aller parler à cette jeune fille. Elle s'en abstint, cependant, et roula jusqu'à la banque de Connor.

CONNOR

MCCMXCV

Les deux caissiers dans leur cage, derrière de solides barreaux de bronze, étaient deux hommes dont la jeunesse déclinait. Ils portaient bas sur le front des visières en celluloïd qui rendaient blafarde la partie inférieure de leur visage et qui, telles des œillères de cheval, écartaient de leur vue tout ce qui ne concernait pas leur travail immédiat, c'est-à-dire l'examen minutieux des signatures et le décompte des sommes d'argent. Ils portaient un doigtier en caoutchouc souple au bout de l'index droit pour ne pas avoir à cracher dessus. On était impressionné quand on réfléchissait à la quantité d'argent qui passait entre leurs mains et un peu désolé de se rendre compte qu'il en allait si peu à ceux qui le maniaient. Peut-être en avaient-ils tellement manipulé qu'ils avaient fini par le mépriser – pas au point, cependant, qu'on n'entende pas parler de certains caissiers ayant décampé en Amérique du Sud avec des sommes mirifiques. Peut-être suffisait-il à ces deux employés de banque de savoir – ce que Connor savait aussi – exactement combien d'argent vous possédiez, et donc si l'on devait vous traiter avec désinvolture ou au contraire avec beaucoup de respect. Pourtant, quand vous vous trouviez devant eux – sans être forcément très sûr de vous –, un dépôt de dix mille dollars ou un autre d'un ou deux dollars semblaient leur faire le même effet. Tel était peut-être le résultat de leur formation. C'étaient deux hommes dont la jeunesse déclinait et qui occupaient une place à part à Grayling ; avec des épouses presque trop chères pour eux, ils se rendaient mutuellement visite mais n'allaient chez personne d'autre.

Le rez-de-chaussée de la banque était pavé de dalles d'ardoise noire scellées dans du béton. Si vous aviez des talons en cuir, voire munis de fers pour en empêcher l'usure inégale, l'écho de vos pas annonçait votre présence. Mais, dans l'antichambre du bureau de Connor, tout était recouvert de tapis. Si bruyant que vous ayez été jusque-là, vous pouviez maintenant vous prendre pour un chat marchant sur du velours. Connor était protégé des indésirables par une certaine Mme Blinn dont le mari, homme de nature vagabonde, avait disparu pendant la guerre contre l'Espagne. L'administration n'avait jamais télégraphié à Mme Blinn la terrible nouvelle de sa mort. Quand tous les autres furent rentrés de Cuba, elle écrivit au service concerné mais on se contenta de le déclarer « manquant ».

« Quel dommage, pour elle, de ne pas savoir. »

Comme elle ne savait pas, elle ne pouvait pas avoir le morne réconfort de porter le deuil. Comme elle ne savait pas, elle ne pouvait envisager de se remarier. Comme elle ne savait pas, elle ne pouvait pas se débarrasser des vêtements de son mari. Mais, prise d'une énergie soudaine, elle s'inscrivit à la nouvelle université et apprit la dactylographie. Elle avait toujours été nette et soigneuse.

« M. Connor a été terriblement occupé toute la journée, dit-elle à Lizzie. Mais je suis pratiquement certaine qu'il vous recevra dès qu'il aura un moment de libre. »

Lizzie, pour sa part, pensait qu'il la recevrait dès qu'il aurait réussi à monter une argumentation. Il devait bien savoir pour quelle raison elle venait le voir.

« Je vous admire vraiment de comprendre cette machine. Ça doit être extraordinairement difficile de trouver la bonne…

— … touche, dit Mme Blinn. On les appelle des touches, comme sur un piano. Oui, c'était difficile au début. On nous a bandé les yeux. C'était ça, notre examen.

— Et même pour introduire le papier, vous aviez les yeux bandés ?

— Oh oui. On appelle ça le système en aveugle. On fait comme ça.

— C'est vraiment bien, de voir des femmes telles que vous prendre la place des hommes dans le monde des affaires. »

Mme Blinn rougit. « Je suis sûre qu'il faudra pas mal de temps avant qu'on voie un homme faire de la dactylographie. Les hommes sont trop maladroits. À cause de leurs doigts, voyez-vous. Je crois entendre M. Connor. »

Une porte s'ouvrit.

« Madame Metlen. Je vous en prie, entrez donc. »

Si elle avait été un homme, elle aurait été intimidée. Car les hommes qui venaient voir Barrett Connor ne voulaient qu'une chose, de l'argent, sous une forme ou une autre. Et tous ceux qui veulent de l'argent ou en ont besoin sont en position de faiblesse et doivent se préparer à un refus, ou bien à argumenter, à quémander, et même à se voir congédier. Celui qui a besoin d'argent arrive le chapeau à la main, craintif et respectueux. Un homme à qui il faut une somme d'argent est inférieur à celui qui peut la lui accorder – c'est là une chose sur laquelle on est d'accord dans le monde entier.

Celui qui est en manque d'argent ne devrait pas en être là. S'il avait agi comme il se doit, s'il avait été avisé, s'il avait économisé, envisagé l'avenir et tiré quelques leçons du passé, il ne se retrouverait pas dans cette situation. C'est lui, en fait, qui aurait de l'argent à donner et qui serait assis de l'autre côté du bureau. Mais il a vécu au-dessus de ses moyens. Dans le meilleur des cas, il demande un crédit pour financer un projet fumeux ou pour tirer les marrons du feu au profit de quelqu'un d'autre.

Lizzie Metlen, cependant, n'était nullement intimidée. Sa moralité était son arme, et elle n'avait jamais manqué d'argent au cours de sa vie.

« Avec plaisir, monsieur, je viens. » Elle se leva, sourit et tendit la main. Elle était fière de ses bagues et comptait sur elles. Elle était moins fière de ses mains sans bagues. Elle ne mettait pas volontiers de gants pour jardiner parce qu'elle aimait sentir la terre et, du bout des doigts, en éprouver la chaleur et l'humidité. Elle avait les mains sèches et tannées par le soleil. Mais peu importe à quoi ressemblent vos mains du moment que vous avez de belles bagues. Ah, ce cher John.

Connor s'écarta et, s'inclinant devant elle, l'introduisit dans son bureau. Elle s'était demandé à quoi ce bureau ressemblerait et, maintenant qu'elle le voyait, elle se félicitait de porter ses bagues. Une femme était-elle déjà entrée là ? se demanda-t-elle. Peut-être la femme de Connor, de son vivant, mais même elle n'aurait pas eu grand-chose à y faire. C'était une vaste pièce remplie de meubles et d'ombres, conçue pour impressionner le visiteur. Chacun des meubles imposants semblait être en noyer d'Amérique ou en bois de rose. Les somptueuses tentures retenues par des cordons à gland proclamaient que le rouge est une couleur d'homme.

« Je vous en prie, asseyez-vous, madame.

— Merci. » Elle prit place devant un bureau de teinte sombre. Connor s'assit, écarta ses doigts comme pour former une tente, une structure précise d'enfermement. Lizzie sourit. Les mains du banquier évoquaient pour elle un jeu d'enfants.

Voici l'église, voici le clocher,
On ouvre les portes, tout le monde est là.

Mais Connor n'était pas un gamin. Il la regardait à travers ses doigts comme s'il visait avec un fusil. « À quoi dois-je votre visite ? » demanda-t-il.

Derrière lui, un râtelier d'armes, fusils et carabines, suggérait aux visiteurs que, dans un passé qui n'était plus très proche, Connor s'était tapi dans les saules avec un fusil pour attendre les premières lueurs du soleil sur le lac.

D'un côté de la pièce, derrière les portes d'une vitrine, Lizzie remarqua la dixième édition de l'*Encyclopædia Britannica* ; elle avait entendu dire que Connor, comme John, était en grande partie autodidacte. Ces volumes devaient prouver que le banquier avait tout le savoir à portée de main. Un globe terrestre de trente centimètres de diamètre, incliné selon cet angle qu'on a tant de mal à comprendre, reposait sur une patte d'oiseau tenant une boule dans ses serres, ce qui témoignait des préoccupations globales de Connor. Combien de personnes, parmi toutes celles qui avaient pénétré dans cette pièce, avaient-elles ouvert un des tomes de la *Britannica* ? Combien auraient été en mesure d'expliquer l'inclinaison de la Terre ?

« Je suis venue à propos de nos Indiens.

— Madame, l'ère des Indiens est terminée.

— C'est peut-être vrai dans certaines parties de ce pays. Mais je suis venue par loyauté à l'égard de ces Indiens qui, pour vous et pour moi, sont des amis. Monsieur Connor, quand vous et moi sommes arrivés sur ces terres, elles étaient déjà occupées.

— Mais les occuper implique d'en faire un usage approprié, madame Metlen.

— Bien sûr. Et ne faudrait-il pas définir cet usage ? Si l'on utilise une terre pour y vivre, pour y être heureux, n'est-ce pas un usage approprié ? Monsieur Connor, si nous étions arrivés dans d'autres régions de ce pays il y a de cela pas mal d'années – je dis bien dans d'autres régions que celle-ci –, nous aurions été en danger, tous autant que nous sommes, d'être assassinés dans notre lit, car nous aurions été des intrus. Mais pas ici. Or nous sommes toujours des intrus. Des *parvenus.*

— Des *parvenus* ? »

Le ton de la voix de Connor montra à Lizzie que, plutôt que de mettre en question le fait d'être des parvenus ou pas, il butait sur ce mot français qui ne lui était pas familier. Elle avait laissé échapper ce terme sans vouloir humilier Connor ou mettre en doute son intelligence. Les volumes qu'il avait à sa droite pouvaient bien lui dire quel dialecte latin – le roumain, le portugais, l'espagnol, l'italien, le français – diffère le plus de la langue mère, ils pouvaient lui apprendre ce qu'était le français, mais ils ne pouvaient pas lui apprendre le français. Au bout du compte, la vraie distinction de classe s'opérait entre ceux qui avaient reçu une éducation dans les règles et les autres.

« Des nouveaux riches, monsieur. Nous sommes fraîchement débarqués.

— Ils m'ont brûlé mon foin, madame.

— "Ils" ? Un seul jeune Indien. Vous aviez fait mettre cette herbe en meule. Vous ne l'aviez pas plantée. Vous ne l'aviez pas semée. Dans ce pays, l'herbe pousse à l'état sauvage, elle appartient à tous et à chacun.

— Vous avez un talent de poète, madame.

— Imaginez que nous soyons sur le point d'être expropriés par les Indiens. Imaginez que ce soient eux qui manient le bâton.

— Ce ne sont pas eux qui manient le bâton. C'est nous.

— Vous, peut-être. Il est vrai que nous, les Blancs, avons le pouvoir, mais le pouvoir est bien laid quand il se retourne contre ceux qui n'en ont pas. Si vous le voulez bien, arrêtons de nous envoyer des piques. J'ai l'intention de lancer une pétition. Elle sera signée, je vous le garantis, par des hommes et des femmes que vous respectez dans cette vallée et en qui vous avez confiance. J'ai l'intention de me déplacer. Le nom de nos amis sera un gage de justice – devrais-je dire de gratitude ? De reconnaissance parce que non seulement ils n'ont pas été assassinés dans leur lit mais on leur a permis de vivre en paix.

» J'ai cependant entendu dire, monsieur, que l'affaire est réglée, et qu'on se prépare à déporter les Indiens à Fort Hall. J'ai entendu dire que le Président aurait signé certains papiers, et c'est vous qui l'avez dit, paraît-il.

— C'est exact.

— Le Président a signé les papiers ?

— C'est ce que j'ai compris.

— Comprendre n'est pas être certain. Vous en êtes certain ?

— Oui, madame.

— Dans ce cas, vous ne verrez pas d'inconvénient à ce que j'appelle le Président au téléphone.

— Je n'y vois pas d'inconvénient. Mais je serais étonné que le Président...

— Vous seriez étonné que le président des États-Unis prête l'oreille à la petite voix inconnue d'Elizabeth Metlen, de Grayling, dans le Montana. Et que quelqu'un, surtout une femme, puisse s'attendre que le Président décroche le téléphone pour l'écouter. Mais nous verrons, nous verrons. Je ne crois pas qu'en l'état actuel des choses mon mari et moi soyons sans pouvoir dans ce pays. » Elle baissa les yeux vers ses bagues. « Et quand je parlerai au Président, alors je ne me contenterai pas de comprendre, j'aurai aussi une certitude. À ce moment-là je verrai de quel côté penche la Terre. » Elle se leva, sourit et tendit la main. « Bon après-midi, monsieur Connor. »

Il se leva avec elle. Il y avait longtemps que personne ne l'avait percé à jour, mais ses yeux le trahissaient. « Un moment, madame. J'ai une question à vous poser. Votre mari sait-il que vous êtes ici ?

— Oui, dit-elle. Bien sûr qu'il le sait. »

La question de Connor n'en était pas une. C'était une menace, et Connor était trop prudent pour proférer une menace s'il n'avait pas de munitions.

Mais. Mais il n'aurait pas menacé - même s'il avait des munitions - s'il ne mentait pas à propos de ce que savait le Président. Elle eut la preuve qu'il avait menti lorsqu'il s'avéra qu'il fallut encore presque trois ans avant le départ des Indiens. S'il avait dit la vérité, si les papiers avaient été signés, les Indiens auraient été chassés en quelques semaines. Oui, plus tard, elle s'aperçut qu'elle avait eu plus de cartes en main que Connor, et de meilleures.

Car, avant tout, un banquier doit avoir une réputation d'honnêteté. L'argent doit être pris en charge par quelqu'un d'intègre. Et un télégramme en provenance de Washington aurait montré que Connor était un menteur. Ensuite, la pétition de Lizzie aurait suivi son cours et les Indiens auraient été sauvés.

Connor aurait peut-être soutenu qu'il valait mieux pour ses clients, qu'il serait plus avantageux pour eux de déposséder les Indiens de leurs maisons et de leurs terres, mais il aurait tout de même été considéré comme un menteur. Si quelqu'un ment pour une chose, il mentira pour d'autres.

Les clients auraient retiré leurs dépôts.

Oui. Parce qu'il y avait d'autres banques pas loin. Des banques honnêtes.

Mais Lizzie n'avait pas bougé. Elle n'avait même pas pris le téléphone.

« Oui, avait-elle dit. Bien sûr qu'il le sait, monsieur. » Et, au même instant, elle s'était rappelée avec une parfaite clarté l'hésitation qui s'était emparée de John quand il avait été question de venir voir Connor.

John avait peur. De quelque chose de passé ou à venir.

Ce qu'il redoutait était devenu clair lorsque Connor avait posé la question : « Votre mari sait-il que vous êtes ici ? »

S'agissait-il de l'hôtel ? John passait une bonne partie de son temps à l'hôtel devant son bureau à cylindre. Elle détestait ce qui se rapportait à l'argent et quittait la pièce pour ne pas entendre le bruit des chèques qu'on détachait de leurs souches.

Ou bien s'agissait-il de leur demeure de grès ? Cette maison était si majestueuse que Lizzie se sentait ridicule quand elle descendait l'escalier circulaire pour quelque tâche idiote comme aller tisonner le feu. Un « palais ». Tel avait été le mot du *Grayling Examiner* en première page – dans l'article consacré à la soirée qu'ils avaient organisée pour fêter leur emménagement dans leur « palais ».

En regardant ses bagues, à présent, elle les voyait tout autrement, de l'œil qui avait dû être celui de Connor quand elle lui avait tendu la main.

Donc... elle ne fit rien. Elle pensa seulement à protéger John et son fils. Ainsi, elle avait sans doute jeté les Indiens dans la fosse aux lions.

Oui. D'un coup de téléphone, elle aurait peut-être pu provoquer la ruine de Connor. Mais Connor aurait pu provoquer celle de John.

Dans un premier temps, les pouvoirs publics rassemblèrent les Indiens et les parquèrent comme du bétail dans un camp situé au pied des contreforts, à une quinzaine de kilomètres à l'ouest du ranch des Metlen. Là, on procéda à un recensement : les membres de la tribu manquants furent pourchassés par des policiers fédéraux. L'État fournissait la nourriture – des sacs de pommes de terre et de haricots, de grosses tranches de bacon, du sel. Fini, le temps de la viande fraîche.

L'État donna également des tentes neuves et il aida les résidents à les monter, car elles étaient plus compliquées que les huttes de branchages des Indiens. On les disposa en rues et en avenues ; tout fut net, propre, militaire. Pas de chiens. Il fallait les abandonner. On doit porter au crédit des agents fédéraux leur relative discrétion, même s'ils ne manquèrent pas de manifester leur présence et de faire voir leurs fusils. Les quelques feux de camp qu'on allumait encore dans la région faiblissaient. Le long des ruisseaux, les saules avaient déjà pris depuis longtemps une couleur rouille. Les spermophiles se réfugiaient dans leurs terriers. De temps à autre, on en voyait un assis sur son monticule de terre, droit comme un piquet sur fond d'horizon. Tous les matins, les ruisseaux étaient recouverts d'une fine pellicule de glace qui se creusait et fondait avant midi ; mais elle disparaissait de plus en plus tard chaque jour. La première neige était tombée sur les cols de la montagne.

À plusieurs reprises, Lizzie et John s'étaient rendus dans ce camp où ils avaient été invités par Tendoy. Invités, certes. Elle avait du mal à rester polie avec les agents fédéraux. John et elle décidèrent d'y retourner avant la date annoncée du départ des Indiens. Ils avaient l'intention d'apporter des cadeaux.

Puis ils reçurent à l'improviste la visite de Tendoy et

de son fils. Ou, du moins, Lizzie et Zack la reçurent. John, lui, était parti dans sa nouvelle voiture, la Lozier qu'il venait d'acheter.

Tendoy et son garçon arrivèrent sur des poneys alezans qu'ils montaient à cru et qui, à la place de brides, avaient une simple lanière à nœud coulant. Les Blancs ne comprenaient rien à ces lanières qui permettent de diriger un cheval en appuyant sur un nœud complexe qui fait à son tour pression sur la mâchoire inférieure. Les Blancs avaient des mors qui meurtrissaient la partie tendre de la bouche et s'enfonçaient dans la langue.

Tendoy portait son grand chapeau noir au fond sans pli, un pantalon de laine noir que John lui avait offert pour Noël et des mocassins ornés de perles. À l'école locale, les Norvégiens n'appelaient plus le garçon Pied d'Aigle mais Joe. C'était le seul enfant indien à fréquenter cette école. Et ces Norvégiens, que savaient-ils des rêves et des totems ? Le garçon était vêtu d'une salopette, d'une chemise de flanelle rouge et d'une casquette de tweed enfoncée de travers jusqu'aux oreilles. Il était assis bien droit.

« Descendez, descendez, mes amis ! Et entrez donc. »

Ils attachèrent leurs poneys à la clôture devant la maison.

Lizzie appela Zack dans la cage d'escalier circulaire. John, Zack et elle étaient venus tous les trois passer le week-end au ranch. Zack se trouvait dans sa chambre au milieu de ses batteries et de ses fils électriques. « Viens ! Il y a Tendoy et Pied d'Aigle ! »

Tendoy dédaignait les chaises. Son fils et lui s'accroupirent : le fils à gauche de la cheminée et lui à droite. La fille engagée pour le week-end apporta du café et des tasses. Tendoy ôta son chapeau noir et le posa près de lui. Voyant faire son père, le garçon enleva sa casquette.

Tendoy approuva d'un hochement de tête. Peut-être n'avait-il jamais entendu parler de la drogue qu'on appelle caféine – toujours est-il qu'il autorisa le garçon à boire du café.

« Tu veux du café, Zack ? » demanda Lizzie.

Zack eut l'air ébahi. « Oui, merci. » Cela ne lui était encore jamais arrivé. Il jeta un coup d'œil à Pied d'Aigle. Celui-ci tenait sa tasse de façon à se réchauffer les mains.

« Nous, venus dire au revoir, déclara Tendoy sans regarder qui que ce soit.

— Dire au revoir ?

— Nous, on part demain matin.

— Mais je croyais, Tendoy, je croyais...

— Les feds, ils ont peur d'histoires dans le camp. Il manque un fusil. Ils les comptent. Un pauvre imbécile, dit Tendoy.

— Dire au revoir ! »

Elle avait pensé que Tendoy avait peut-être l'impression que c'était poussée par le remords de ce qu'elle avait fait – ou plutôt omis de faire – qu'elle s'était rendue au camp avec John. Mais il était à présent cruellement manifeste que Tendoy n'avait aucune idée de ce qu'elle avait fait – ou omis de faire. Cette âme fière et ce fier petit garçon n'auraient jamais mis les pieds chez elle s'ils avaient soupçonné le moins du monde sa trahison. Comme elle se haïssait ! Et d'une voix qui sonna faux (et qu'elle détesta), elle déclara : « Ça me rend malade de penser que John n'est pas là. Il est allé à Butte dans sa nouvelle machine. » Un engin aussi cher – qu'est-ce que Tendoy en aurait pensé ?

« Vous lui direz au revoir pour moi. » Se retranchant alors du monde, il se consacra à la tâche complexe consistant à se rouler une cigarette.

Le garçon n'avait pour ainsi dire pas quitté son père

des yeux. Lizzie comprit qu'il trouvait auprès de Tendoy un soutien dans un environnement qui lui était devenu étranger – dans cette salle de séjour où, pourtant, il s'était autrefois senti chez lui.

Zack, de son côté, gardait les yeux rivés sur ses chaussures. Avait-il une idée de la tromperie à laquelle elle s'était livrée ? La moindre idée ? Non, absolument pas. Il n'en savait évidemment rien !

« Alors, est-ce que c'est un prince, Pied d'Aigle ? » Voilà ce qu'avait demandé Zack à l'âge de neuf ans, tel un enfant de primitifs incapables d'imaginer un gouvernement sans roi – les pères du peuple –, et qui ont besoin d'être rassurés par une dynastie comme d'autres par Dieu, par quelqu'un vers qui se tourner.

Car Lizzie avait remarqué que Tendoy, en tant que chef des Shoshones, était semblable à un roi. Elle avait eu l'intention de bien faire comprendre à Zack qu'il devrait toujours considérer Pied d'Aigle comme son supérieur. Pied d'Aigle avait du sang noble. À neuf ans, Zack était fasciné par l'idée de royauté. Un enfant de neuf ans a beaucoup de mal à respecter des présidents et des Premiers ministres qui peuvent disparaître en un clin d'œil. Les rois, en revanche, survivent et portent une couronne qu'ils transmettent. Zack s'était confectionné une couronne à partir d'un vieux chapeau de feutre.

« Oui, lui avait-elle répondu. On peut vraiment dire que Pied d'Aigle est un prince. »

Les deux garçons s'étaient éloignés l'un de l'autre à partir du moment où Zack était allé en classe à Grayling. Si fidèle que fût Zack – et il l'était –, une distance se serait fatalement installée entre eux quand il serait devenu évident que les Indiens, de par leur pauvreté et leur « manque d'ambition », ne pouvaient plus être que des camarades gênants. De même, les enfants blancs du

Sud prenaient leurs distances avec des gens de couleur qu'ils avaient auparavant adorés pour les remettre à leur « juste » place de domestiques et de subordonnés. Des amis de jeunesse disparaissaient. Et ce n'était pas forcément eux qu'on regrettait, mais celui que l'on avait été.

C'était sans doute ce genre de sentiment qui accablait Zack à ce moment-là. Sauf pour accepter le café, il n'avait pas dit un mot. Les deux garçons auraient pu être des inconnus l'un pour l'autre, tous deux gênés par le temps passé : l'un d'eux devenu un véritable prince dont le père possédait dix mille hectares de terres, un hôtel en brique et une Lozier dans laquelle il se promenait, l'autre demeuré fils d'un roi sans royaume, petit garçon maigre et apeuré sous une casquette de tweed mou.

Tout cela n'avait pas pu être évité.

Zack ouvrit alors la bouche. Sa voix se brisa. « Tu veux descendre ? »

Pied d'Aigle regarda son père. Tendoy acquiesça de la tête. Pied d'Aigle prit sa casquette et se leva.

« Descendre où ça, Zack ? demanda Lizzie.

— Au ruisseau.

— Oh, fit-elle. Oh, très bien ! »

Oui, au ruisseau où ils avaient joué quand ils étaient petits, puis plus tard, quand ils étaient déjà de jeunes garçons, où ils avaient cherché les grenats qui sont de temps à autre précipités des hauteurs de la montagne ou encore les moules susceptibles d'abriter une perle. Au ruisseau où les deux garçons pouvaient, comme des vieux, discuter d'un passé auquel ils avaient jadis donné le nom de commencement.

À l'aube, postée dans la véranda du ranch, elle fit le guet. Les Indiens avançaient en une longue file sombre qui contrastait avec la lumière montant rapidement derrière les montagnes. Ils formaient une frise classique de silhouettes, et cette frise se répétait sans cesse : chevaux, chariots, gens à la traîne ; chevaux, chariots, gens à la traîne. Elle se répétait, se répétait, tandis qu'une fois de plus un peuple fuyait, chassé par l'égoïsme et la cupidité.

Lorsque le soleil fut levé, ils étaient déjà tous partis ; lorsque le soleil fut levé, ce fut la fin des jours heureux, de l'époque des Indiens où Lizzie et John avaient été jeunes et connu l'espérance.

Mais voyez un peu : John et elle avaient désormais tout ce qu'ils avaient espéré – un ranch, une maison en ville et un hôtel pourvu d'une tour si haute qu'elle constituait la première et la dernière chose que tout voyageur apercevait à Grayling, Montana. Et puis, tout en haut de la tour, le nom METLEN, dont on se souvenait.

À l'étage, dans sa chambre, au milieu de ses bocaux et de ses batteries, de ses fils et de ses prismes, se trouvait leur espoir le plus cher.

Lizzie sentit un frisson lui descendre le long du dos, et, s'agrippant les épaules, elle se serra dans ses propres bras.

4

UN PÈRE, LORSQUE SON FILS ATTEINT L'ÂGE DE DIX ANS, a envie de lui offrir une carabine de calibre 22. Mais il doit d'abord convaincre sa femme. Les femmes ont parfois des réticences et parlent d'accidents. Cette idée de tir à la carabine ne leur plaît pas ; elles n'aiment pas voir les garçons grandir et devenir des hommes parce qu'elles vont les perdre.

Bon nombre de garçons sont devenus des chochottes à cause de femmes qui refusaient que leur fils ait un fusil.

« Est-ce que tu veux qu'il devienne une chochotte ? » Que pourrait-elle répondre à cela ?

« J'aime mieux ça que de le voir mort ou tuer quelqu'un d'autre. »

Ah bon, bien sûr. Mais que semble-t-elle dire de son mari, alors ? Que c'est un assassin ?

« Tu vois, ce qu'il faut, c'est lui apprendre à manier un fusil.

— Manier un fusil ! Je ne veux pas entendre parler de ça pour un enfant qui n'a que dix ans. C'est justement quand on manie un fusil que ça arrive. »

Non, mais ! Une petite 22 de rien du tout, à peine plus forte qu'une carabine à air comprimé, munie de minuscules cartouches ! Juste bonne pour que le gosse s'amuse à tirer sur des taupes et des pies. Tout le monde déteste les pies. Elles sautillent partout en faisant les jolies, et dès qu'un veau ou un poulain naît elles lui crèvent les yeux. Elles n'arrêtent pas de tournoyer dans les airs en battant des ailes jusqu'à ce qu'elles trouvent un cheval auquel la selle a fait une plaie. Elles le repèrent de leurs petits yeux brillants comme des boutons de bottine, elles lui atterrissent sur le dos, s'installent et lui mangent la chair toute vive. Et cette femme ne veut même pas que le garçon leur tire dessus.

Mais, bon sang, quand il aura douze ans, il l'aura, sa carabine. Il apprendra à s'en servir et il deviendra un homme, un vrai.

Pourtant, lorsque Zack eut dix ans, John Metlen ne lui offrit pas de carabine, et quand il en eut douze, Lizzie ne s'opposa nullement à ce qu'on lui donne une Winchester. Elle était assez avisée pour voir en ce cadeau un rite de passage aussi mystique et aussi important que le sacrement de confirmation ou que les rituels magiques auxquels on soumet les garçons en terre païenne.

Elle se contenta de demander : « John, tu es bien certain qu'il en veuille une ?

— Tous les garçons en veulent une. »

La région foisonnait de gibier : cerfs, orignaux, wapitis. Peu de temps auparavant, un orignal avait poursuivi l'un des hommes qui travaillaient pour Shineberger – et cela à moins d'un kilomètre et demi de la maison de l'éleveur. Il suffisait d'une heure sur un bon cheval de selle pour atteindre des endroits où l'on pouvait apercevoir des lynx du Canada, des lynx roux, des couguars et d'autres animaux de ce genre. En montant jusqu'à la limite de la forêt, on pouvait trouver des ours bruns et noirs, voire un ou deux grizzlis. Un petit peu plus haut, il y avait des mouflons d'Amérique et des chèvres des montagnes Rocheuses. Avoir sur un mur la tête d'une de ces chèvres avec ses cornes brillantes, pointues comme des aiguilles, voilà qui faisait rudement bien.

John confectionna un étui en cuir brut pour la Winchester de Zack. On avait du mal à le croire aujourd'hui, mais jadis John avait été assez adroit de ses mains. Il avait travaillé en cachette dans la sellerie située dans l'écurie, et il souriait tout seul en se demandant ce que Zack allait penser de cet étui en cuir. Il n'est pas facile de dire à son fils qu'on l'aime. On ne le dit pas. On dit d'autres choses, mais on agit en espérant qu'il devinera ce qu'il en est.

Plus tard, Zack dirait peut-être : « Mon père m'a fait cet étui. Ç'a été une surprise. »

Il faut mesurer ses paroles. On ne peut pas affirmer qu'avec une carabine un garçon soit armé pour l'éternelle confrontation qui oppose l'homme à la bête. C'est au garçon de sentir lui-même ce genre de chose.

Comme l'année scolaire n'était pas terminée, ils résidaient dans leur maison en ville lorsque John donna la Winchester à Zack. Peut-être aurait-il mieux valu attendre qu'ils soient au ranch. Grayling, en effet, ne semblait pas être le lieu le plus approprié pour des armes à feu.

John s'était débrouillé pour offrir son cadeau à un moment où Lizzie était à l'une de ses réunions des Filles de la Révolution américaine[1]. Elles se retrouvaient au Pioneer Hall où elles faisaient de la couture, mangeaient des sandwichs et répétaient le serment d'allégeance au drapeau.

---

1. « Daughters of the American Revolution » : cette association ultra-patriotique fondée en 1890 regroupe des descendantes de personnes ayant pris une part active à l'indépendance des États-Unis lors de la guerre contre l'Angleterre. *(Toutes les notes sont du traducteur.)*

« Voici ta carabine, Zack. »

Zack la tint de façon peu experte. « Merci, papa. Merci beaucoup.

— L'étui, c'est moi qui l'ai fait.

— Il est magnifique. »

Zack ne dit rien de plus. Il avait prononcé les mots polis qui convenaient, mais ses yeux n'avaient pas brillé d'étonnement ni de gratitude, ni de cette excitation que John aurait attendue d'un enfant tenant dans ses mains le pouvoir de l'avenir. Mais quoi ! Un père n'a pas à compter sur la gratitude d'un garçon auquel il vient d'offrir seulement ce qui lui revient de droit. Il n'en fut pas moins surpris de découvrir que ça l'avait un peu blessé.

Il n'allait évidemment pas en souffler mot à Lizzie. Zack n'avait pas eu l'intention de le décevoir et, n'étant pas encore père lui-même, il ignorait ce que ressent un père. Un homme doit rester bouche cousue. Mais John Metlen n'avait jamais su s'abstenir de tout raconter à sa femme. Après le dîner, ce soir-là, il lui parla donc.

Elle était en train de peler une pomme et s'y employait avec grand soin. Il regarda ses mains. Pour sa part, il avait des mains courtes et larges qui obéissaient à son cerveau, mais il fut frappé de voir que celles de Lizzie semblaient dotées d'un esprit bien à elles. En observant la lame argentée détacher un ruban écarlate, il se sentit incapable d'imaginer un fusil entre ces mains-là.

Elle aimait enlever toute la peau en un ruban ininterrompu ; il remarqua la manière dont l'épluchure tombait en un mince rouleau dans la petite assiette. Quel présage pouvait-il lire dans un épluchage aussi bien réussi ?

« Voilà ! » dit-elle en souriant.

Quelle déception venait-elle d'éviter là ? Elle posa

l'assiette avec l'épluchure, la pomme et le couteau sur la table près d'elle – tout l'attirail de la divination.

« Eh bien, commença-t-il, Zack n'a pas fait grand cas de la carabine.

— Il n'a pas été ravi, alors ?

— Il n'a pas dit grand-chose de plus que merci. Non, il n'a pas été ravi.

— Tu devais t'en douter depuis le début.

— Qu'il ne serait pas ravi ? Je ne peux pas m'imaginer qu'un garçon n'ait pas envie d'avoir une carabine.

— Vraiment, John ? Tu m'étonnes. »

Il parla d'un ton calme, avec prudence, comme si quelqu'un d'autre les écoutait. « Je t'étonne pourquoi ? »

Elle ne répondit pas tout de suite, puis ce fut en hésitant. « Je me suis souvent dit que tu n'aimais pas les armes à feu. Tu crois que tu devrais les aimer. Il se peut que la plupart des hommes aient un instinct qui les pousse à tuer. Mais je ne pense pas que tu l'aies. Je ne pense pas que Zack l'ait non plus. »

Il se mordit la lèvre. C'était vrai. Il y avait longtemps de cela, il s'était couché dans son lit en gardant auprès de lui un fusil tout neuf – mais c'était uniquement parce que son père le lui avait donné.

Il se souvenait du sentiment insidieux de honte et de perte qui l'avait submergé pendant l'été de ses seize ans quand il avait découvert dans le grenier sa collection d'œufs d'oiseaux. Comme la plupart de ses amis dans la petite ville où il avait pris pension pour aller au lycée, il avait abandonné ses passe-temps d'enfant dès qu'il avait été accepté par les autres garçons de son âge. À ce moment-là, il s'était rendu compte que ce que l'on faisait disparaître quand on gonflait délicatement l'une de ces coquilles, c'était la promesse d'un chant.

Il y avait un garçon, dans cette ville, qui n'avait pas

renoncé à son passe-temps d'enfant, car il n'avait pas d'amis. À moins qu'il n'ait pas eu d'amis parce qu'il n'avait pas abandonné son passe-temps. Il s'appelait David Lubin et il jouait du piano, activité normalement réservée à quelqu'un comme une mère ou une tante. De constitution fragile – on disait rachitique –, il prenait soin de ne regarder personne en face. John se rappelait avoir entendu son piano depuis l'autre côté du terrain où, s'ils ne pouvaient pas trouver assez de joueurs pour une vraie partie de base-ball, les garçons pratiquaient une forme tronquée de ce sport. Ils n'invitaient pas David Lubin à jouer avec eux : ils ne l'auraient pas imaginé une batte dans la main ou lançant une balle.

La mère de David Lubin était couturière, elle confectionnait des robes.

« Elle est fantastiquement adroite de ses mains. » C'était ce que John avait entendu sa mère dire à une autre femme. Et elle avait ajouté : « C'est vraiment dommage. »

John en avait déduit que ce qui était dommage n'était pas qu'il n'y eût pas de M. Lubin mais la raison pour laquelle il n'y avait pas de M. Lubin.

Mme Lubin lui avait souvent souri dans la rue quand il s'y trouvait avec des amis, et John avait eu l'impression que ce sourire s'adressait à lui en particulier. Il ne la connaissait que comme une femme de grande taille qui promenait un air anxieux et une petite fourrure autour du cou. Il se disait qu'un de ces jours – il espérait qu'il serait seul, à ce moment-là – elle allait probablement lui parler. Ce fut en effet le cas.

Il ne l'avait jamais vue d'aussi près ; la fourrure qu'elle portait autour du cou était celle d'un petit animal qui se mordait la queue pour rester en place.

« Tiens, tiens, dit-elle, mais c'est le jeune John

Metlen ! » Elle recula d'un pas pour le considérer d'un peu plus loin. « J'ai vu ta mère dans la rue, hier. »

John avait découvert que lorsque les adultes vous arrêtent dans la rue, c'est qu'ils veulent quelque chose.

« Tu sais, dit Mme Lubin, ce serait bien si tu venais chez nous un de ces jours pour prendre une bonne tasse de chocolat. »

Il ne pouvait pas s'imaginer une chose pareille. Il demeura la bouche sèche, et sa langue lui fit défaut. John Metlen n'était pas doué pour ruser. Toutes les excuses possibles lui échappèrent. Ses seuls mots furent : « Ce serait bien, un de ces jours. » Et il se sentit reconnaissant pour leur côté vague. « Très bien. »

Elle porta deux doigts à ses lèvres, fronça les sourcils et frappa : « Demain, juste après les cours, ça ira ? » Ce n'était pas une question.

Personne, à part les Lubin, réfléchit-il, n'avait eu vent de sa visite chez eux. Si l'un de ses amis lui avait demandé pourquoi il y était allé, il aurait menti, prétextant une commission pour sa mère. Il ne savait pas au juste pourquoi il s'était rendu chez eux, mais dire qu'elle l'avait piégé n'était pas suffisant. La raison tenait plutôt au fait que Mme Lubin avait parlé à cœur ouvert.

Toujours est-il qu'il frappa à la porte. Mme Lubin ouvrit ; il n'y avait pas de hall d'entrée. Pas de porte-chapeaux, pas de patère, pas de porte-parapluies, pas de miroir devant lequel on puisse essayer deux ou trois expressions avant d'aller plus avant. Son regard avait traversé une petite pièce pour se poser sur la machine à coudre que Mme Lubin utilisait pour son commerce, et le piano auquel David était assis, en train de jouer. Ce n'était pas un grand piano en bois de rose, à table horizontale et rectangulaire, comme ceux des maisons qu'il fréquentait, mais l'un de ces vieux pianos droits tout noirs fabriqués pour les gens qui doivent se contenter de logements exigus et de meubles de second choix.

« Mais c'est John Metlen ! » s'écria Mme Lubin. Puis, tournant la tête : « David, c'est John Metlen. » Exactement comme si elle ne s'était pas attendue à sa visite. David se retourna et leurs regards se croisèrent. Maintenant, John allait devoir faire croire qu'il voulait faire la surprise à David, et qu'il était venu de son propre chef.

« Qu'est-ce que tu penses de tes enseignants ? demanda Mme Lubin. Ils te plaisent ? »

Les pensées de John fuirent vers ses professeurs, courant comme un rat qui cherche frénétiquement quelque chose de brillant pour remplacer un objet volé. La seule chose qui lui vint finalement à l'esprit fut un peigne qu'un professeur portait dans sa poche de poitrine.

« M. Mann est bien, dit-il.

— M. Mann », reprit Mme Lubin. Elle hocha la tête et se toucha les lèvres. « David, est-ce que M. Mann te plaît ?

« Oui, il est bien, dit David.

— Il doit quand même y avoir d'autres bons enseignants dans ce lycée, déclara Mme Lubin avec un chaud sourire sans doute destiné à ceux qu'on risquait d'oublier. J'ai entendu dire que c'était l'un des meilleurs établissements de l'État. Je suis sûre qu'il y a d'autres bons professeurs.

— Il y en a de bien », affirma John.

Elle se pencha vers lui, et, avec un regard sérieux : « Qu'est-ce que tu étudies au juste, John ? »

Ses pensées s'enfuirent une fois de plus. « L'histoire.

— Oh, oh ! Et notre histoire de Californie, en plus, je suppose. C'est une histoire vraiment intéressante. »

Il eut peur qu'elle ne se mette à mentionner le

grand-père Metlen et son or. « Mais aussi l'anglais et la géométrie, ajouta-t-il.

— La géométrie, reprit-elle en secouant la tête. J'ai bien peur d'avoir raté cette matière. »

Brusquement, David intervint en pivotant sur son tabouret de piano. « C'est bien, la géométrie ? » Un sourire sur les lèvres, il lui demandait à la manière d'un adulte qui plaisante : « Dis, John, c'est bien, la géométrie ? »

Pendant une seconde, John ne saisit pas le sarcasme et se dit seulement que c'était une drôle de question. Puis il comprit soudain que David Lubin se moquait de lui. Par cette raillerie, David lui révélait qu'il ignorait tout de la rencontre qui avait eu lieu dans la rue entre sa mère et John, qu'il n'était pas averti de la venue de John, qu'il n'avait pas souhaité cette visite et qu'il était censé croire que John était venu pour se lier d'amitié avec lui.

Mais David n'était pas idiot. Il connaissait la hiérarchie des terrains de jeu et des couloirs du lycée. Il avait accepté cette hiérarchie dans son intégralité avant de s'en détacher de la même façon que celui qui a un pied bot se détache de sa difformité – il l'intègre simplement comme une partie de lui-même.

Quelle honte David avait dû éprouver du fait que sa mère les avait ainsi obligés à s'exposer tous les deux ! Elle avait fait appel à John pour qu'il accorde à David ce qui ne pouvait pas être accordé dans cette ville à cette époque, ni d'ailleurs dans une autre ville à n'importe quelle époque. Les moutons et les chèvres ne se mélangent pas.

« Mais David, dit alors Mme Lubin, je croyais que tu avait des cours de géométrie, toi aussi. Je suis même sûre que tu en as. »

L'année suivante, les Lubin quittèrent la ville. Quand

il repassa devant cette maison où il s'était senti si horriblement prisonnier, John regretta de ne pas avoir tendu la main en signe d'amitié. Il le regrettait encore. S'il l'avait fait, les choses auraient peut-être tourné différemment pour eux. Et pour John Metlen aussi.

5

EN 1913, GRAYLING N'ÉTAIT NULLEMENT UN TROU PERDU dans une prairie à marmottes. Les habitants lisaient les livres de la bibliothèque Carnegie bâtie en pierre grise. Certes, les hommes parlaient du temps qu'il faisait, des foins, du prix du bœuf et voulaient savoir si leur interlocuteur avait réussi à tuer son cerf cet automne. S'il y avait des crachoirs dans les saloons et les bars – le Pheasant, le Smoke House et l'Owl –, les habitués commençaient à s'apercevoir que les gens bien élevés qui descendaient à l'hôtel Metlen n'en utilisaient pas. Les cigares étaient peu à peu remplacés par des cigarettes : des Mecca, des Fatima et des Camel. On savait que plus d'une dame s'était mise à fumer.

Les habitants de Grayling n'étaient pas démesurément impressionnés quand il leur arrivait d'aller au grand hôtel Palmer House de Chicago ou au nouvel hôtel Palace de San Francisco. Quelques citoyens de Grayling avaient même vu de leurs propres yeux le Flatiron Building[1] et pouvaient affirmer que tout ce qu'on en disait était vrai : il ressemblait bien à un fer à repasser, il était véritablement construit en fer et sa forme était telle que

1. Gratte-ciel de New York construit en 1902.

si on le contournait trop vite, dès qu'on passait l'angle le vent emportait votre chapeau.

De nombreuses femmes admiraient le savoir-faire du couturier Paul Poiret et s'escrimaient sur les patrons de la société Butterick qui s'en inspiraient. Les hommes ne juraient que par les costumes de chez Hart, Schaffner & Marx et les chaussures de chez French, Shriner & Urner. L'éclat des rois du cuivre descendait de Butte et se répandait dans le nord de l'État : on entendait des histoires d'individus intelligents, rusés et sans scrupules, dont les filles avaient épousé des nobles, et d'autres choses du même acabit.

Récemment, venant de Salt Lake City, était apparu à Grayling un homme à l'abord facile et au portefeuille bien rempli. Sa femme était élégante, avec ce teint clair et radieux que l'on trouve autour de Salt Lake City – c'est l'air, disent certains, ou alors la vie saine que les mormons sont censés mener. Un garçon et une fille, qui avaient à peu près l'âge de Zack, ne tardèrent pas à les rejoindre.

Cet homme acheta un bon nombre de petites exploitations agricoles dans les contreforts ; il négocia avec l'État afin d'obtenir des droits de pacage. Peu après, dix mille moutons arrivèrent du sud sous la conduite de bergers basques.

Il fit ensuite construire sa maison.

Son esprit de compétition était manifeste. Selon la rumeur, il avait voulu que sa demeure fût plus grande que celle de Martin Connor. Elle était bien plus vaste que celle que John Metlen possédait en ville et de style « colonial hollandais ». De chaque côté de l'épaisse porte d'entrée où luisait un heurtoir massif, les bancs avaient été intégrés à la véranda. La maison était d'un blanc de craie. Le toit était recouvert de bardeaux verts en bois, et chaque fenêtre munie de stores également verts. Les gens qui avaient réussi à y entrer prétendaient qu'il y avait seize pièces et une glissière par laquelle on pouvait faire descendre le linge sale. La pelouse était large, longue et verte, et le propriétaire y avait fait planter, à l'aide d'un mât de charge, des arbres déjà adultes. Ils avaient la taille d'arbres qui, s'ils avaient commencé leur vie là, auraient maintenant une cinquantaine d'années.

On n'aurait pu souhaiter homme plus agréable et plus jovial, plus prompt à vous sourire et à vous serrer la main, pourtant on ne pouvait s'empêcher de penser qu'il n'était peut-être pas sincère ; à peine vous avait-il salué que vous disparaissiez probablement de son esprit. Sa femme s'habillait pour dîner, et l'on trouvait cela excessif. Autrement dit, c'était le genre de personnage qu'on s'attend plutôt à voir faire brusquement faillite – on l'espère, aussi – et disparaître si vite qu'il ne laissera derrière lui qu'un vide retentissant. C'est d'ailleurs ce qui se produisit quelques années plus tard. Mais on pose peu de questions à un homme qui a une Peerless et une Pierce-Arrow dans son garage, et pas davantage à une femme qui arbore de grands rangs de perles.

En 1913, ils donnèrent une soirée – ni pour eux ni pour leurs amis récents ou anciens, mais pour de grands adolescents. Personne à Grayling n'avait jamais entendu parler d'autant de tralala pour des enfants. L'invité d'honneur était le jeune Harry Connor, qui venait de terminer ses études à Seattle. Un orchestre allait venir de Butte. Le personnel du café Sugar Bowl avait été engagé pour faire la cuisine à ces jeunes et les servir. Les fleurs arrivaient du sud par le train de l'Union Pacific. Les lilas du coin qui hochaient lentement la tête n'étaient pas assez bien.

L'expression même de « soirée » implique un

événement bref, éphémère, frivole. Une soirée se termine avant que le soleil ne se lève. Qu'en reste-t-il, à part des serviettes froissées, des fleurs fanées et des taches ? On aura pourtant dévasté des forêts entières pour la pâte à bois fournissant le papier sur lequel on décrira les robes et on dressera la liste des invités. Noir sur blanc, on voit bien qui compte et qui ne compte pas. Qui est courtisé et qui est exclu. À ce jeu, des hommes se sont envoyé une balle dans la tête, des femmes ont avalé du poison.

Tout le monde n'avait pas la chance de compter, à Grayling. John Metlen nota bien une trentaine de jeunes de la ville parmi ceux qui devaient être invités, mais il y aurait aussi des enfants des grandes demeures de Park Street, à Butte. Les fils et les filles des vieilles familles de Grayling occupaient le devant de la scène – les enfants de ceux qui, tel John Metlen, étaient arrivés les premiers, ceux dont on pouvait voir les grands-pères sur des photos agrandies, exposées avec leur cadre ovale, dans le bâtiment de Pioneer Hall, entre le drapeau des États-Unis et celui de l'État du Montana. Le visage de ces ancêtres avait acquis au fil des ans une patine de sainteté. Mais leurs descendants ne seraient pas assez nombreux pour remplir une fête et, ces dernières années, on s'était aperçu que l'on ne courait pas grand risque à serrer la main à un boucher. Le temps joue de drôles de tours : les Armour, les Swift, les Cudahay et les Wilson étaient tous bouchers, mais leurs petits-enfants n'entendaient plus les cris des cochons qu'on égorgeait. On inviterait les enfants des médecins, mais aussi ceux des dentistes. Exclure le fils de l'entrepreneur de pompes funèbres pourrait s'avérer contre-productif, après tout il faut bien que quelqu'un vous enterre. Tous ceux qui viendraient seraient des gens « qui montaient », pour employer une expression alors en vogue – des gens qui un jour seraient peut-être importants ; et puis une hôtesse trop sévère dans ses choix n'aurait même pas de quoi utiliser son service en argenterie pour vingt personnes.

La fille du prêteur sur gages ne fut pas invitée. Son père avait sa boutique dans la pièce de sa maison qui donnait dans l'avenue du Kentucky – laquelle constituait toujours une mauvaise adresse de par sa proximité d'avec la zone des taudis. Les fenêtres de cette maison étaient semblables à celles d'un magasin ; le soir, le prêteur les fermait avec des volets pliants qu'il verrouillait, protégeant ainsi bagues, guitares, mandolines, broches en grenat et dents d'élan serties dans des gencives en or. Avec son épouse, il habitait les pièces du sous-sol ; il y dormait et l'on suppose qu'il y faisait aussi sa cuisine et ses projets. Certains se demandaient pourquoi quelqu'un que l'on supposait riche vivait ainsi. Vous savez comment ça se passe quand vous devez mettre quelque chose en gage : dès que vous avez le dos tourné, le prêteur revend l'objet pour cinq fois le montant que vous lui devez. La fille se rendait toute seule à pied au lycée où l'on disait qu'elle avait d'excellentes notes.

Une certaine Mlle Ruby Finch, aux cheveux de jais et au sourire facile, ne fut pas conviée ; les garçons qui jouaient au football américain l'adoraient, car elle se laissait souvent emmener dans les buissons derrière Graymont Park. Ils la fréquentaient moins dans les couloirs du lycée ; elle cédait le passage aux filles mieux considérées qu'elle, et personne ne l'accompagnait pour boire à la machine qui distribuait de l'eau fraîche. Pas d'invitation pour elle.

Pas plus, apparemment, que pour Zack Metlen.

« Ce n'est qu'une fête, dit tranquillement Lizzie. Ça n'a pas grande importance. »

Cette soirée de début juin devait donc célébrer le retour du jeune Harry Connor. On aurait pu croire que ce couple de nouveaux résidents avait quand même appris qu'une fête en l'honneur d'un Connor n'allait pas sans invitation pour un Metlen. Le carton avait-il été égaré ? Une enveloppe peut glisser dans une fente, s'envoler par une fenêtre, rester collée au fond d'un sac. Elle aurait pu tomber par terre en voletant et ne jamais être postée. Le téléphone risquait donc de sonner à tout moment, et l'on entendrait des excuses. Il arrive des dizaines, des centaines de choses aux enveloppes.

« Au fait, qui sont ces gens ? demanda John qui savait fort bien qui ils étaient.

— Eh bien, tu vois où ils habitent. Je n'ai pas encore fait la connaissance de la femme. Ils sont souvent absents. »

Seraient-ils absents lorsqu'il se rendrait à leur grande maison toute neuve, qu'il frapperait à la porte et dirait : « Je m'appelle John Metlen, et je voudrais savoir si vous avez envoyé une invitation à mon fils. Parce que si vous en avez envoyé une, elle s'est perdue » ?

Mais il n'y alla pas, parce qu'il craignait que l'homme ou la femme ne lui dise tout bêtement : « Non, nous n'avons rien envoyé à votre fils. »

Peut-être était-ce la faute de Lizzie qui ne s'était pas liée d'amitié avec la femme. Et puis non. La réalité, c'était que Zack n'était pas très populaire. En dehors du fils de Tendoy, Zack n'avait pas eu d'ami proche. John avait pourtant pensé qu'il s'en ferait un dès leur arrivée en ville pour l'hiver. On verrait des vélos dans la cour, des caoutchoucs de chaussures sur le seuil de la porte de derrière, et Lizzie se préoccuperait de bonnets et de moufles mouillés. Ce ne fut pas le cas. John était certain que Zack était apprécié des autres élèves parce que Zack était un garçon plaisant qui vous regardait intensément quand vous lui parliez. Zack était poli avec les enseignants ; John le savait parce qu'ils l'arrêtaient dans la rue pour le lui dire. Mais on ne voyait jamais d'autre garçon venir appeler Zack depuis la rue devant la maison, et Zack n'avait jamais demandé à l'un de ses camarades de passer quelque temps au ranch pendant l'été. Il n'était jamais avec les autres : pas plus sur le terrain de sport que pour participer à la parade après un match gagné. Il ne traînait jamais non plus avec les gars devant la salle de billard du Pheasant, et n'avait jamais de cigarette à la bouche. John aurait cependant bien aimé l'attraper en train de fumer, et il n'aurait pas manqué de le sermonner en lui expliquant que chaque cigarette est un clou dans son cercueil. Non, au lieu de tout cela, Zack restait au labo du lycée aussi longtemps qu'il le lui était permis, et sinon il était dans sa chambre.

John estima qu'il se cachait.

Comment cela avait-il pu se produire ? John se regarda fixement dans le miroir, se passa le rasoir sur le visage et se rappela la sensation qu'il avait quand il franchissait d'un bond les marches de la porte d'entrée d'une maison où il était attendu, et qu'en regardant de l'autre côté de la pièce il apercevait les filles habillées pour la fête. Et la sensation d'être là au moment où l'on accordait les violons pour la grande marche. Il avait vraiment adoré danser. Il ne pouvait pas partager avec Lizzie sa petite angoisse au sujet de Zack, parce qu'une mère risque d'en éprouver du chagrin. Elle aussi souhaite que son fils soit populaire auprès des autres. Mais à présent, depuis plusieurs jours, il avait peur de tendre le bras et de toucher Zack, peur de lui envoyer un petit coup sur le bras comme on le fait entre hommes, car il craignait que Zack ne prenne ce geste pour ce qu'il était – un peu de pitié pour le garçon qui n'a pas été choisi. Terrible. Et la pitié, rien de tel pour gratter les croûtes et maintenir les plaies à vif. Mais, bon Dieu, ce soir, à peu près au moment où l'on accorderait les violons dans cette grande maison blanche toute neuve, il allait monter d'un pas décidé dans la chambre de Zack et il allait…

Quoi faire ? Voir si Zack avait le moral ? Oui, et davantage. D'une langue épaisse dans sa bouche sèche, il allait dire : « Zack, je t'aime. »

Ce soir-là, Zack dit tout à coup : « Vous m'excusez ? Papa ? Maman ? » Là-dessus, il se leva, se retourna et gravit l'escalier. John remarqua qu'il n'avait pas fini son assiette. Mais Zack n'avait jamais beaucoup mangé. John ne l'avait jamais vu foncer sur un bifteck ou dévorer une tarte. Quand il entendit un bruit de pas au-dessus de sa tête, John fronça les sourcils et envisagea de monter sans attendre.

Mais Zack ne l'accueillerait pas avec plaisir. Une humiliation, chez un homme, est une affaire aussi personnelle que ses couilles.

Le temps passa donc, l'horloge du tribunal sonna sept heures, et ses ondes de bronze clair roulèrent sur toute la ville, sur l'hôpital, sur les hauts buissons d'armoise et les baraques du bidonville où il n'y avait plus de trottoirs. À huit heures, le soleil tomba derrière les montagnes Rocheuses ; ses derniers reflets miroitèrent dans le silence soudain. Puis le train de l'Union Pacific siffla en arrivant au pont sur chevalets du nord de la ville. À bord devaient se trouver des passagers venant de Butte, des jeunes, et un chaperon ou deux.

La fête allait commencer à neuf heures. Quand elle serait terminée, un petit groupe d'élus, parmi ces jeunes, saurait ce qu'est la magie de minuit. Lorsque l'horloge du tribunal frapperait ses douze coups, ces garçons et ces filles seraient transformés en jeunes hommes et en jeunes femmes placés un instant au sommet du temps comme les aiguilles métalliques de l'horloge, sur le point de recevoir des privilèges et des droits nouveaux et précieux. La maison des Metlen étant au bout de la longue rue, Zack ne serait pas obligé de supporter le bruit de petits groupes de fêtards réunis par la musique et les bols de punch en l'honneur du jeune Harry Connor...

Cette pénible pensée ne s'était pas encore dissipée quand une voiture remonta en ronronnant la rue silencieuse. C'était une splendeur dorée, légère et basse, une Packard carrossée en phaéton de sept places avec un moteur V-12 et un double auvent. John croyait connaître toutes les automobiles prestigieuses à soixante kilomètres à la ronde, mais celle-ci, qui brillait de toute sa nouveauté, lui était inconnue. Et quelle animation, à l'intérieur, avec ces jeunes hommes en blazer rayé, canotier et pantalon de flanelle blanche.

Le conducteur ne pouvait guère avoir plus de dix-neuf ans ; permettre à un garçon de cet âge de conduire un tel véhicule était obscène. C'était un avant-goût prématuré de son héritage ; et pourtant, le véritable héritage de ce garçon serait la compagnie de ses amis qui se comportaient en seigneurs.

Ce garçon était le jeune Harry Connor.

Son apparition frappa John comme un mauvais présage : s'il y avait un jeune homme qu'il souhaitait ne pas voir, c'était bien celui-ci. Car Harry possédait justement les qualités que John désirait tant pour Zack : il avait abominablement « fondé sa tranquillité sur Sion [1] ». Il conduisait d'une seule main, laissant son

---

1. Allusion au passage de la Bible où le prophète Amos condamne les riches. (*Amos*, 6-1).

autre main et son bras reposer sur le cuir matelassé, doux et souple, du siège avant. Le poignet à revers de sa chemise blanche dépassait à peine de la manche de son blazer. Ce bras était possessif ; manifestement, Grayling n'était pas tout à fait assez grand pour lui. On assistait là au retour du prince. John se sentit traqué. La voiture n'avait-elle pas ralenti de manière perceptible en s'approchant de la maison et en passant devant ? Ou bien était-ce un effet de son imagination ?

Bien évidemment, ça l'était. Le jeune homme assis dans cette voiture avec ses courtisans avait tout ce qu'il désirait et n'avait pas accordé l'ombre d'une pensée à Zack Metlen qui n'était rien du tout et ne possédait rien de ce qu'un Connor pouvait vouloir.

John se retourna et monta l'escalier. Il allait parler à Zack comme un ami et pas comme un père. Et, pour respecter son désir de solitude, tel un ami, il frappa à la porte.

Zack cria aussitôt : « Entre. »

Chaque fois qu'il s'était trouvé sur le seuil de cette pièce, John avait éprouvé un certain trouble. Elle ne ressemblait pas à ce qu'aurait dû être une chambre de garçon. Pas de fanion du lycée punaisé au mur, pas de photos de copains bras dessus bras dessous, pas d'équipement de pêche, pas de banjo, pas de fouillis confortable. Zack avait remplacé les amis par du bric-à-brac et un fouillis dénué de confort : piles sèches, ampèremètres, bouteilles de Leyde.

« J'avais envie d'entrer une seconde, Zack. »

Lizzie était passée à côté du point essentiel quand elle avait dit que la fête n'avait pas d'importance. Certes, la fête ne comptait pas. La vie ne se limitait pas à un carton d'invitation pour un bal et une petite assiette de sorbet. Mais une soirée comme celle-là montrait clairement qui était accepté et qui ne l'était pas. La seule sécurité que connaissent les hommes réside dans la tribu. Celui qui est mis à l'écart est condamné. Il n'a pas de protecteur. Après la chasse, on ne lui laisse que la carcasse dépouillée de toute sa viande.

Zack était debout à côté d'une lourde table en chêne de style industriel qu'il avait récupérée dans un sous-sol. Dessus étaient posés trois téléphones muraux anciens ; ils avaient été abandonnés en ville par leurs propriétaires que la compagnie du téléphone avait floués. Les appareils plus récents étaient mobiles. On s'asseyait pour s'en servir.

John n'était pas encore à l'aise avec le téléphone. Dès qu'il était sur le point de parler, il avait un chat dans la gorge et il pressait sa main contre le microphone pour qu'on ne l'entende pas tousser. Au téléphone, on était obligé de prendre sa meilleure voix ; la personne à l'autre bout, en effet, ne vous voyait pas et pouvait profiter de ce qu'elle risquait de percevoir comme une faiblesse ou une maladie. Personne à part Zack, croyait-il, parmi les gens qu'il connaissait, ne savait comment fonctionnaient les téléphones. On le lui avait expliqué, mais pas de manière satisfaisante. Quelque chose là-dedans avait à voir avec le carbone. Souvent, il avait levé la tête vers les fils entre les poteaux bordant la route de Butte, s'émerveillant de penser qu'ils étaient capables de véhiculer autant de voix chargées de chagrin, de colère ou de joie. Mais le plus étrange, c'était que chacune eût vraiment le son de la voix de celui qui parlait. Il s'en étonnait de la même façon qu'il s'étonnait de voir la lune apparaître comme un disque énorme et rapetisser en montant dans le ciel, ou encore de constater qu'elle vous suivait quand vous étiez assis dans un train ou conduisiez une voiture.

Il s'avança et s'approcha de Zack. À côté du garçon se trouvait un registre ouvert où étaient griffonnés des mots et des chiffres. Il ne savait pas à quoi s'employait Zack, mais c'était suffisamment important pour donner lieu à des relevés. « Je ne veux pas te déranger, dit-il comme aurait pu le dire un ami qui, sachant pertinemment qu'il interrompait quelque activité, ne s'arrêtait pas pour autant.

— Tu ne me déranges pas. Je suis content que tu sois entré. »

John jeta un coup d'œil au bric-à-brac métallique et froid sur la table. « Je ne comprends rien aux téléphones.

— C'est assez simple, papa.

— Oh, tu plaisantes ! » Mais il était fier de voir que Zack comprenait, lui.

« C'est simple quand on a saisi le principe. »

Les principes, pensa John. Si seulement on comprenait les principes.

« Tiens, papa, regarde. » John se rapprocha. Il y avait longtemps qu'il n'avait pas été aussi près de Zack, si près que brusquement il prit conscience de l'odeur de la peau de Zack – une odeur très Metlen, bien sûr, mais pas exactement la sienne, sinon il ne l'aurait pas perçue. Et John se sentit soudain intimidé parce qu'il s'était mis si près de son fils. « Regarde, papa. C'est une dynamo toute simple. Quand la bobine tourne entre les pôles opposés de cet aimant, tu obtiens un courant. D'accord ?

— D'accord quoi ? fit John.

— C'est le principe. Tu obtiens un courant électrique. »

Et qu'obtient-on, se demanda John, quand un homme tourne entre des pôles opposés ? Sans doute quelque chose. Et alors, comme s'il avait lu dans les pensées de John, Zack déclara tranquillement : « Et personne ne sait ce que c'est, papa. On sait juste que c'est là et partout, et que ça peut faire n'importe quoi. Comme Dieu. »

Ce mot choqua John. Il ne l'avait encore jamais entendu sur les lèvres d'un jeune, sauf dans des jurons. Il ne pouvait pas non plus se rappeler l'avoir entendu sur les lèvres d'un vieux, sauf, encore une fois, dans des jurons, ou alors à l'église, venant du haut de la chaire. Il n'arrivait pas à décider s'il était gêné parce que ce mot exprimait une idée d'un ridicule achevé, ou bien s'il éprouvait quelque répugnance atavique à prononcer ou à entendre l'ineffable nom.

Zack avait parlé non pas de façon blasphématoire, mais à la manière d'un païen qui commence par invoquer la divinité, la flatte dans sa toute-puissance, et puis présente une requête. Et, à travers cette requête, Zack devenait un autre David Lubin, ce jeune homme qui, il y avait tant d'années, faisait d'interminables gammes au piano tandis que, dehors, les autres criaient et jouaient au ballon dans l'immensité de l'après-midi. Ce David ressemblait à Zack et à tous ceux qui, dans l'étroitesse de leur chambre, nourrissent avec l'énergie du désespoir des rêves de gloire pour compenser le fait d'être rejetés par ceux qui se regroupent autour de bols de punch !

Mais Zack regardait son père droit dans les yeux, et quand il parla, sa voix aurait pu être justement celle de John. « Je ne suis pas comme eux, papa. Ils ne vont pas assez vite pour moi. »

6

POUR LE CHEF TENDOY ET SON PEUPLE, le voyage vers les plaines du sud de l'Idaho fut une marche funèbre ; le long du chemin, les ruisseaux empestaient l'alcali. Mais un autre chant de mort était sur le point de retentir.

Les jours heureux tiraient à leur fin – et quelle belle époque ç'avait été. Tout était réglé, tout était connu, les doutes étaient apaisés. Les derniers tableaux dignes de l'attention de la critique avaient été peints – pour reprendre un mot de Kipling, les tubes de peinture étaient désormais vides, tordus et secs. En France, tels des enfants tout excités, quelques soi-disant artistes peinturluraient de la toile avec des couleurs criardes. Très justement, on les avait qualifiés de fauves. En cette heureuse époque, il y avait une petite place pour les fauves.

La musique avait trouvé son terme en 1911 avec la mort de Mahler – que reste-t-il pour la voix humaine après les *Kindertotenlieder* ? Après le *Nijinski* de Rodin, que reste-t-il pour la pierre ? Tout ce qui était valable, durable et vrai venait d'être imprimé sur du beau papier pelure entre les pages de couverture vert foncé de l'*Encyclopaedia Britannica,* chef-d'œuvre des esprits les plus perspicaces. Là, même Dieu était défini dans toutes ses formes et manifestations. Il était clair que Dieu apparaissait le plus activement et avec le plus d'effet dans les communautés chrétiennes auxquelles, dans Sa sagesse, Il avait accordé la prééminence sur toutes les autres. Aux chrétiens revenait donc la charge de gouverner, d'imposer l'ordre et de secourir l'humanité.

En cette période heureuse, toutes les frontières nationales avaient été définies et tracées, confirmées par des traités solennels et par le droit divin des rois. Dorénavant, la guerre était impensable ; le lion s'était couché avec l'agneau, et les petites disputes recevraient l'arbitrage de l'Empire britannique sur lequel le soleil ne se couchait jamais.

Pour le *Grayling Examiner*, absolument rien de menaçant ne se profilait à l'horizon. Non, on y lisait que M. et Mme Ed Cole étaient allés jusqu'à Butte dans leur superbe nouvelle automobile, une Paige. Les Cole avaient l'intention d'y effectuer quelques courses ; pour ne pas vexer les dentistes du coin, le journal ne disait pas que les Cole comptaient s'y faire examiner les dents. Les Cole supposaient avec raison que les dentistes les plus adroits s'installaient dans les agglomérations les plus grandes, où la vie est également plus grande.

Ce journal ne rapportait pas non plus que l'archiduc François-Ferdinand avait décidé de se rendre en voiture à Sarajevo à bord de sa belle Austro-Daimler toute neuve.

De l'autre côté de la ligne de partage des Rocheuses, dans la région de la rivière Salmon – selon l'*Examiner* –, un équipage de quatre personnes comprenant une femme avait réussi à franchir les rapides de la Salmon, dite Rivière sans Retour, sur un radeau construit par ce même équipage. Des photos accompagnaient l'article, et l'une d'elles montrait la femme en pantalon et grandes bottes à lacets en train de brandir une grosse truite.

« La découverte récente de la rivière Salmon par des

visiteurs de l'Est renforcera nécessairement la prospérité de la région et profitera à Salmon, notre ville sœur. » Un lecteur cynique aurait pu se demander ce que ces visiteurs de l'Est pouvaient bien penser du vieux pont métallique, aussi haut que branlant, qui, dans cette ville sœur, enjambait la Salmon.

Des faits bizarres et des conseils valant de l'or servaient à égaliser les colonnes du journal. Le bicarbonate de soude fait un excellent dentifrice. Les vis à bois entrent plus facilement si on les frotte d'abord sur un morceau de savon ramolli. On croyait autrefois que les tomates étaient vénéneuses. On doit faire tremper les taches de sang dans de l'eau froide – jamais dans de l'eau chaude.

« ... vient de rentrer de Seattle. Le jeune Connor a terminé sa première année à l'université de Washington. Un grand hourra pour Harry ! »

Ce que l'*Examiner* n'a jamais rapporté : quelques jours plus tard, le jeune Harry Connor démolissait sa voiture, une Mercer Raceabout jaune et neuve, dans le virage en S près de l'embouchure de la rivière à Graymont Park. Une jeune passagère fut transportée à l'hôpital. Quand elle reprit conscience, on lui donna un papier qu'elle signa ; elle reçut en récompense une coquette somme d'argent. Une façon de jeter sa gourme qui revenait cher, mais, selon certains, le père Connor estimait que le jeune Harry avait reçu là une bonne leçon.

La voiture, bonne pour la casse, fut laissée sur place. Le lendemain matin, un bon nombre de gens qui s'étaient dépêchés d'avaler leur petit déjeuner eurent l'occasion de la voir. Puis deux hommes du garage Ford arrivèrent avec une dépanneuse ; le soleil jouait sur les accessoires en cuivre. Zachary Metlen se mit d'accord avec le garage pour acheter la batterie et la dynamo qu'il ajouta à son bric-à-brac. John Metlen ne fit pas de commentaire, mais il n'aimait pas voir Zack se servir des restes de Harry.

« La Société d'éclairage et d'électricité de Grayling vient de se faire livrer une nouvelle génératrice de cent mille watts. » Cent mille watts ! Quoi que puisse être un watt, le nombre était impressionnant ; pourtant John Metlen ne se mit pas à crier : Vive Connor !

À part la banque, la Société d'électricité constituait l'entreprise la plus prospère de Connor. Celui-ci, comme l'avait fait observer quelqu'un, allait jusqu'à posséder la lumière et l'obscurité. Cette société était un sujet douloureux pour John Metlen. Il aurait pu, lui aussi, investir dans le barrage sur la rivière, mais il n'avait pas eu les fonds – il avait déjà fait construire son hôtel et avait même dû emprunter à la banque pour le terminer.

Pendant quelques années, l'hôtel avait rapporté de l'argent, et John avait remboursé les intérêts et le principal avec une telle ponctualité qu'il en avait éprouvé du plaisir. Certes, il avait dû dépenser plus que son propre capital pour la construction de l'hôtel ; il avait donc emprunté à la banque de Connor, mais c'est à cela que servent les banques. On leur loue de l'argent pour en gagner soi-même. Sinon, il n'y aurait pas de banques et donc pas de Connor.

Or, à présent, l'hôtel était dans le rouge – ce qui jetait le discrédit sur un homme qui, d'emblée, aurait dû se rendre compte qu'il ne connaissait rien d'autre que l'élevage. Tous les anciens avaient ajouté d'autres cordes à leur arc : qui une quincaillerie, qui de l'immobilier commercial, qui une briqueterie ou une carrière. Shineberger avait envisagé d'ouvrir une brasserie ; son grand-père en avait possédé une en Europe. John, lui, ne connaissait rien aux hôtels. Certains pourraient dire qu'avec celui-ci il avait fait preuve de sens civique.

D'autres, qu'il avait voulu que son bâtiment rivalise avec la banque de Connor – un homme choisit un rival et tente de le battre. Ce rival devient un aiguillon.

En réalité, il avait érigé cet hôtel à cause d'une petite voix dans sa tête.

Construis un hôtel.

Puis : *Fais-le très haut, avec une tour.*

Enfin : *Écris ton nom dessus.* METLEN.

Quand ils apprirent ce qui était arrivé à la Mercer Raceabout jaune, John déclara : « Dieu merci, ce n'était pas Zack. Il aurait pu se tuer.

— Tu te fais peur tout seul, dit Lizzie. Comme ça, après, tu te sens mieux. Ce n'aurait pas pu être Zack. »

Non, ce n'aurait pas pu être Zack. S'il y avait des choses qui pouvaient menacer Zack, ce n'étaient ni les excès de vitesse ni les voitures tape-à-l'œil. Zack était prudent. Là encore, il ne ressemblait pas à son père. En le regardant grandir, John avait remarqué qu'ils étaient différents, même s'ils étaient père et fils. John prenait des risques et ne s'apercevait qu'après coup de ce qu'il avait fait. Il était impétueux. Il sautait dans l'inconnu. Jusqu'à présent, il avait toujours atterri sur une couche de glace suffisamment épaisse – ou, disons, presque toujours. Zack progressait avec un but et dans une seule direction ; tout en suivant son chemin, il vérifiait que c'était le bon.

L'attention de John voltigeait et se trouvait facilement distraite ; une odeur pouvait suffire, ou une couleur, ou la voix calme de Lizzie. L'attention de Zack était comme un glacier : elle avançait lentement, inexorablement, dans la pente d'une ravine. John aimait échanger des idées et il en avait besoin ; il se sentait mieux quand il savait ce que pensait son interlocuteur. Zack exprimait rarement une opinion.

Et pourtant.

John avait constaté que lorsqu'un garçon et son père se ressemblent, il leur arrive souvent de lutter cornes contre cornes comme un jeune et un vieux bouc qui se disputent le même pré de montagne. Mais Zack et lui, jamais. Pas une seule fois ils ne s'étaient affrontés pleins de rage et de peur, et ils ne le feraient jamais, bien sûr. Parce que s'il y avait une chose pour laquelle ils étaient absolument pareils, c'était bien cela : ils n'aimaient pas les prises de bec.

Au cours de l'année précédente, sa dernière au lycée, Zack avait commencé à se raser, bien que sa barbe ne fût guère plus qu'un duvet de pêche. John ne s'était jamais amusé à lui dire : « Tu n'as qu'à te mettre de la crème sur la figure et laisser le chat te l'enlever à coups de langue. »

C'était pourtant bien ce que son oncle avait lancé à John. Cet oncle était un homme de grande taille avec une moustache si formidable qu'il la peignait. Il avait combattu pendant la guerre de Sécession et possédait une épée ; c'était un héros, clamait la famille, et chaque fois qu'il devait venir on entendait beaucoup parler de lui avant son arrivée.

L'oncle de John et ceux qui traînaient avec lui trouvaient comique qu'un garçon ait l'audace d'aspirer à devenir un homme, qu'en rasant le duvet sur son visage il se pose en tant qu'homme – un homme qui fume, chique, peut épouser une femme et coucher avec elle. Un homme pouvait passer la nuit debout s'il le souhaitait, dormir dans ses sous-vêtements, gagner de l'argent et l'économiser ou le dépenser à sa guise.

Mais, en ce moment où il était debout sur le pas de la large porte de la longue écurie en rondins et que la lumière orangée lui parvenait de biais, en ce moment où il se trouvait à côté de son fils qui se rasait depuis déjà plusieurs mois, John se demanda si ce n'était pas une certaine difficulté d'être qui avait poussé son oncle le héros à se moquer de lui. Car dès qu'un garçon devient un homme, son père, son oncle et tous leurs semblables deviennent ceux qui auront bientôt besoin du bras ou de la main de ce garçon qui a osé se servir d'un rasoir. On n'a même pas le temps de cligner de l'œil que les années se sont envolées devant vous comme des herbes sèches, des amarantes poussées par le vent qu'aucune clôture ne peut retenir. Si votre fils est comme vous, il restera si près qu'il sera là le jour où vous aurez besoin de lui. Si votre fils est comme vous, il prendra votre place le jour venu, de la même façon que John avait cru qu'il resterait pour épauler son père et qu'il l'aurait fait s'il avait été choisi.

John estimait que Zack ne resterait pas pour l'épauler. Il demanda à Lizzie : « Que va devenir le ranch ? »

Elle ne répondit pas tout de suite, et il comprit qu'elle aussi s'était posé la question. « John, si nous avions eu une fille, tu n'aurais jamais imaginé qu'elle prenne la relève. Pourquoi un homme devrait-il être coincé du seul fait que c'est un homme ? »

Coincé ?

Elle poursuivit : « Tu ne voudrais pas qu'il soit cloué à ce ranch par affection pour toi, ou par devoir, ou parce qu'il aurait peur de ne pas réussir tout seul. Quant au ranch, nous ne sommes pas encore morts. »

Coincé ? John se demanda si le ranch l'avait coincé, lui. Et puisque Lizzie parlait d'être mort, la vie n'était-elle pas un piège dont tout le monde s'efforçait de s'extraire ? N'était-ce pas le point essentiel de la mort – s'extraire ? Le poète farfelu en lui remarqua que la perte d'un fils était assez semblable à la mort – et elle n'avait pas d'autre cause qu'un petit aimant rouge.

7

L'*EXAMINER* PUBLIAIT DES NOUVELLES DU COMTÉ, notant ainsi que la société minière Latest Out avait foré deux nouveaux puits. Il donnait des informations au niveau de l'État quand celles-ci concernaient le comté ou la ville de Grayling : les mesures législatives nouvellement prises à Helena sur les droits de pacage ou d'accès à l'eau, ou encore sur le risque de fièvre aphteuse. Il surveillait les propositions portant sur les impôts.

Il laissait les informations nationales au *Miner* de Butte. À Butte vivaient plus de cinquante mille personnes ; dans un tel nombre, on devait en trouver quelques-unes capables de manifester un intérêt plus qu'occasionnel pour ce qui se passait dans les États-Unis en général. Parfois le *Miner* consentait un suprême effort, regardait hors des frontières et racontait quelque triste histoire sur la mort d'un roi. Mais de tels regards sur l'étranger apparaissaient comme des articles anecdotiques, une façon de montrer que personne n'est à l'abri de la douleur et des grands chagrins, et qu'il vaut mieux être américain à cause de ce que sont les Américains. Quand la guerre éclata en Europe, ceux qui avaient suivi les affaires de ce continent n'en furent pas étonnés. Les pays des Balkans étaient toujours en bisbille, volaient des territoires qu'ils devaient ensuite restituer et se retournaient contre leurs voisins. Les Turcs étaient pratiquement au bout du rouleau. Et puis personne n'en avait jamais connu un seul. Les Roumains faisaient de bons bergers ; ils travaillaient pour une paye moindre que les autres parce qu'ils n'étaient pas habitués à l'argent. Ils ne buvaient pas beaucoup, et s'ils buvaient, c'était en général du vin. Dans leur mère patrie, ils laissaient les moutons entrer dans la maison avec eux.

La guerre là-bas était bonne pour le commerce ici. Le prix du bétail allait monter. Les Français et tous les autres allaient avoir besoin de bœuf et de peau pour les chaussures et les selles. Comme ils se battaient, ils ne pouvaient pas les produire eux-mêmes. En outre, les vaches sont des cibles potentielles comme n'importe qui.

Ce genre de chose n'allait pas se produire ici car nous étions neutres, ce qui était bien. Mais, selon des rumeurs chuchotées depuis peu, les usines de l'Est, dans des endroits tels que le Massachusetts et les montagnes Blanches, commençaient à s'équiper. Elles se préparaient à manufacturer des lainages gris-vert comme seuls en portent les soldats américains. On avait l'impression que les propriétaires de ces usines manigançaient quelque chose. Ou bien, si ce n'était pas eux, que quelqu'un d'autre complotait.

Comment croire que les Allemands aient été stupides au point de couler le *Lusitania*, un vaisseau anglais sans armes qui transportait des Américains ? D'abord, on avait pensé qu'il n'y avait peut-être pas eu, en réalité, d'Américains à bord. Personne de Grayling, et personne dont on aurait entendu parler, n'avait été averti de la mort d'un proche ; du coup, ce qu'on chuchotait au sujet des usines revenait à l'esprit.

C'était pourtant vrai. Des Américains avaient été

envoyés par le fond. Au début, on avait du mal à éprouver grand-chose pour des inconnus, même s'il s'agissait d'Américains. Il faut un peu de temps pour s'exciter. Mais on avait fini par se familiariser avec l'un de ceux qui avaient eu l'océan pour tombe. Il s'appelait Elbert Hubbard. Il était bien connu par ceux qui font confiance à ce qu'ils lisent. Il avait écrit un essai intitulé *Message à Garcia* sur la valeur de la loyauté et de l'esprit d'initiative ; les hommes d'affaires le faisaient circuler parmi leurs employés pour les rendre meilleurs et plus fidèles. Mais Hubbard était surtout connu pour son *Album*, un recueil de poèmes et de maximes qui vous montraient comment il fallait être et penser, ce qu'il fallait ressentir et comment il convenait de se meubler. Imprimé sur du bon papier bien épais, c'était un beau livre à poser sur une table : un invité resté seul dans la pièce s'aviserait peut-être de le lire.

Le vacarme autour du *Lusitania* fut immense. Les Allemands promirent de ne plus rien torpiller sans sommation – surtout s'il y avait des Américains à bord. Mais ils ne tinrent pas parole, et un télégramme révéla qu'ils avaient promis aux Mexicains de leur rendre le Texas, la Californie et tout le reste s'ils entraient en guerre contre les États-Unis. Voilà qui frappait un peu trop près ; le Président déclara donc la guerre.

La Grande Guerre n'était pas populaire à Grayling. On avait du mal, en regardant les montagnes Rocheuses, à croire au viol de la Belgique. Les Allemands de Grayling et des environs étaient exactement comme n'importe qui ; quant aux Anheuser-Busch, aux Pabst et aux Schlitz [1], ils étaient à l'origine de pas mal de bons moments lors de pique-niques et de célébrations du 4-Juillet ; difficile d'être plus américain que ça.

1. Trois familles de brasseurs célèbres.

La guerre n'était pas non plus populaire auprès de bien des gens dont le fils souriait sur de récentes photos de lycée posées sur le piano droit.

Pour les fils en question, il en allait parfois autrement. Le jeune animal en eux sentait l'appel qui revient aussi régulièrement que la marée et les entraîne à peu près tous les vingt ans. Les hommes importants et âgés, dans le pays, le savent bien et n'ont guère de mal à faire croire aux jeunes que le vrai but d'un homme authentique est de tuer un ennemi. Nombreux sont les jeunes qui estiment que leur place est sur le champ de bataille, et pas chez eux où ils végètent. Un jeune homme en a vite assez de voir sans cesse des nuages de pluie sous d'autres nuages de pluie dans le ciel du détroit de Puget, ou de regarder l'horizon du Kansas toujours plat, ou le déferlement monotone et sourd des vagues de l'Atlantique contre une côte en granit. Tout cela est aussi vide que prévisible. Demain sera comme hier, la même viande sera sur la table, et la même chose sera dite à coup sûr. On n'est pas né pour ne vivre que ça. Rien n'est moins accueillant que le même vieux lit.

L'hiver avait été froid, mais il n'y avait pas de neige. Aucune ressemblance avec les cartes de Noël, et les luges neuves, des Flexible Flyer, étaient encore dressées contre les murs des entrées. Il n'était pas nécessaire de passer la pelle dans les allées, de dégager les trottoirs, de couper les congères accumulées contre les portes de garage. Les imaginatifs qui discernaient toujours des visages humains dans le grain et les nœuds du bois, ou qui voyaient des monstres voguer dans les ciels, regrettaient la couche protectrice de neige sous laquelle on pouvait dire la terre endormie. Sans cette couverture, la terre paraissait morte et l'herbe sèche n'était qu'un suaire. Chaque année, quand la neige des hautes montagnes fondait au printemps et que les premiers filets d'eau coulaient autour des racines des armoises, les jacinthes surgissaient et de petits oiseaux gris passaient en tous sens comme des flèches. Partie des cirques et des pentes, la neige fondante trouvait les petits ruisseaux, faisait enfler les rivières, et la terre bougeait et se réveillait.

Cette année-là, cependant, il y eut peu de neige dans les montagnes.

En avril, la lumière solaire continuait à être faible, à briller avec réticence. Depuis les salles de cours de l'université, on pouvait apercevoir une douzaine de chevaux sauvages errer sur le flanc d'une colline desséchée, mais leur spectacle était tout aussi lugubre que celui des livres ouverts sur les bureaux.

> Son extrémité crânienne, le pronéphros, ne survit que pendant une brève phase du développement embryonnaire ; il est constitué par des tubules ciliés convolutés qui s'ouvrent dans le cœlome à un bout et s'unissent pour former un canal excréteur de l'autre.

... tandis que quelque part les garçons avançaient au pas.

Cette université, que faisait-elle donc là au bord du néant, et comment était-il possible que quelqu'un se fût inscrit à ses cours ? Et puis les filles, enfin – car elles ont l'œil pour ce genre de choses –, rapportèrent la présence de crocus au sud du bâtiment principal. Ah ! Combien l'apparition soudaine d'un peu de couleur peut réchauffer le cœur même de ceux qui ont échoué à leurs examens de milieu d'année et qui, s'il n'y avait eu leurs parents, auraient été prêts à rendre leur tablier et à déguerpir.

Mais alors un vent encore plus furieux descendit du

nord en rugissant, et l'on considéra les crocus comme un leurre.

Le vent était à son comble quand Wilson déclara la guerre.

Qui, dans la classe de troisième année, fut le premier à lancer l'appel aux armes ? Peut-être celui aperçu dans la vaste véranda de la maison d'étudiantes Kappa debout au côté de celle qu'il considérait comme l'élue de son cœur. Il tenait dans sa main la boîte d'un kilo de chocolats Whitman qu'il avait mise sur le compte plutôt précaire qu'il avait ouvert au magasin des étudiants.

Il était venu voir cette fille en espérant l'obliger à prendre la mesure de qui il était.

« J'ai décidé de partir à la guerre », déclara-t-il. En quoi consistait le premier pas, quand on partait à la guerre, il ne le savait pas vraiment, mais son affirmation fut si forte et si claire qu'elle balaya tous ses doutes.

Et voici ce que répondit la fille : « C'est idiot. »

Idiot !

« Je parle sérieusement, Gladys.

— Ah, les hommes, dit-elle.

— C'est idiot d'être un homme ?

— Oh, ma copine Marjorie Bacon, celle dont je te parlais et qui vit à Buffalo, m'a passé un coup de fil, longue distance, en plus. Bon, ça devait être mardi, parce qu'on a mangé de l'agneau. Elle m'a dit que son jules s'était engagé la semaine dernière. Elle a dit sous les drapeaux. Elle avait la voix qui résonnait comme une cloche. »

Les bras lui en sont tombés, au garçon. Comment cette fille, cette femelle, osait-elle parler du ton de la voix de Marjorie Bacon alors qu'il était sur le point de mettre sa vie en jeu ? Il était clair, à ses paroles, qu'elle le défiait d'égaler le jules de Marjorie Bacon. Les femmes n'ont aucune idée des responsabilités d'un homme : c'est lui qui doit toujours tout acheter et qui en plus doit aller à la guerre. De fait, elle venait de l'obliger à choisir une voie pour laquelle il ne s'était pas encore décidé, et elle regretterait sans doute pour le restant de sa vie ce qu'elle lui avait imposé. Un jour, peut-être, quand elle regarderait dans l'un de ses vieux programmes de bal, elle se souviendrait de lui et elle aurait honte.

En tout cas, il était peu probable que le doyen de l'université veuille le forcer à rester là pour passer les examens de juin alors que la démocratie était en péril. Quand les volontaires rentreraient de Là-Bas, il y avait de fortes chances qu'on leur donne leurs examens et qu'ils se retrouvent directement en quatrième année. On se souvient de la classe de 1917, à l'université du Montana, pour son patriotisme stupéfiant et pour la construction, quelques années plus tard, d'une fontaine en brique où une gueule de lion en pierre crache de l'eau en flots saccadés dans un bassin cannelé assez haut pour qu'un cheval puisse s'y abreuver. Le nom des patriotes a été gravé dans le granit poli, et ceux d'entre eux qui ont péri à Ypres ont bénéficié d'une étoile.

John parla de ces jeunes hommes en décrétant : « Ils sont comme les moutons qui suivent le sonnailler. »

La seule chose que disait Zack dans sa lettre était qu'il rentrait à la maison.

Ni Lizzie ni John ne savaient ce que ça signifiait.

Tous deux souhaitaient une chose et en redoutaient une autre. John avait pensé que la guerre finirait peut-être avant que Zack n'ait son diplôme. On ne recrutait pas encore les étudiants de troisième et quatrième année. Mais les usines continuaient à produire des ceinturons et des bandes molletières, et, Là-Bas, on était loin d'en avoir fini. Il leur fallait encore des chevaux pour la cavalerie et du bœuf pour les sammies. Il était donc en droit d'espérer que Zack ait comme projet de rentrer au ranch où même l'administration savait qu'on avait besoin de lui. Il suffisait qu'il demande. John avait perdu trois de ses employés, enrôlés par l'armée. Un homme ne peut pas tout faire seul. Martin Connor s'était débrouillé pour que le jeune Harry ne parte pas. Dans les bars, on disait qu'on avait besoin de lui à la banque. Et puis on lançait un clin d'œil.

Lizzie déclara : « Tel que je connais Zack, je ne crois pas qu'il ait les mêmes idées que les autres. Quelles qu'elles soient, il me semble que Zack pense différemment. En plus, quand il était gamin, il ne voulait pas de cette carabine. Je ne crois pas qu'il ira. »

John lui était reconnaissant de sa façon d'assembler les faits et de voir derrière la façade. Si elle avait raison – et, franchement, il ne se souvenait pas d'une fois où elle ait eu tort –, eh bien, le grand paradoxe serait que la guerre allait leur rendre Zack. Le garçon pourrait s'adapter à la routine du ranch, car il savait parfaitement que pour ce qui était de la guerre, les champs étaient aussi importants que les tranchées. Ne dit-on pas qu'une armée marche avec le ventre ? John voulait récompenser Zack par un grand et beau geste. Il savait exactement comment.

Le moment choisi fut providentiel. Le Salon de l'automobile des États des montagnes Rocheuses venait de s'ouvrir dans l'ancien arsenal de Butte, là où les volontaires de la garde nationale aimaient traîner. À ce salon, deux ans auparavant, John avait acheté la Packard pour remplacer sa vieille Lozier qu'il avait, à l'aide d'un cric, remisée dans le hangar à voitures. Une bonne voiture, cette Packard, mais une voiture de vieux. La reine des autos, cette année, c'était le phaéton

Locomobile exposé dans le hall de l'hôtel Thornton et dont l'accès était protégé par un cordon en peluche. Ce n'était pas une voiture de vieux.

Lizzie ne fut guère enthousiaste. « Elle doit être très chère, j'imagine. »

Il eut l'impression que ce n'était pas la dépense qui embêtait Lizzie, mais le principe : elle devait considérer la voiture comme un moyen d'acheter Zack alors que ce n'était qu'un cadeau de la part d'un père reconnaissant. Son fils allait recevoir le plus beau présent qu'on pouvait offrir à un jeune homme. Ce que Lizzie – et peut-être aucune femme – ne voulait comprendre, c'était que l'automobile, dans le monde masculin, avait succédé au cheval en tant qu'extension de soi. C'était désormais la voiture qui apparaissait dans les songes des hommes, qui venait à leur secours, qui remportait le prix. Et la voiture suprême, c'était la Locomobile.

« Et si tu attendais, demanda Lizzie, pour voir ce qu'il en pense ? »

John n'était pas très fort pour ce qui était d'attendre. Dans le train qui l'emmenait à Butte, il se tortura en pensant que quelqu'un d'autre risquait d'avoir acheté la voiture. Un peu plus tôt, il avait songé à téléphoner à l'hôtel Thornton – l'appel lui aurait peut-être épargné le voyage. Mais s'il connaissait la vérité, il serait privé d'espoir. Sûrement, la divine Providence qui l'avait observé quand il montait dans le train ne pouvait pas être sans cœur au point de lui arracher cette Locomobile.

Elle était toujours là !

Au crépuscule, il quitta l'hôtel au volant de la voiture, partit de Butte en prenant la rue Park où vivaient les rois du cuivre et passa dans les plaines où la fumée chargée d'arsenic sortant des hauts-fourneaux avait tué pratiquement tout ce qui était vert et vivant. Sur sa gauche, au loin, une chaîne de collines déchiquetées ondulait comme le dos d'un serpent.

Il éprouva une réelle fierté à sortir du ranch à bord de la grande et belle automobile marron clair pour aller chercher Zack. Il ne traversa pas la voie ferrée de l'Union Pacific mais se gara près du quai côté sud, là où le train cacherait la voiture. La splendeur quasi animale de la Locomobile se révélerait quand le train repartirait.

Il passa ensuite sur les rails à pied pour gagner son hôtel. Il fut content d'entendre les bruits et les voix du bar, pleins de bonhomie. Les amis et les connaissances lui souriaient et lui cédaient le passage. Quelqu'un lui tapa sur l'épaule quand il s'approcha du comptoir.

« Hé, John, mon vieux, il paraît que ton fils s'engage. »

John eut un sourire gêné et haussa les épaules. Plus tard, Ed Rife en déduirait ce qu'il voulait.

« Mais il y a pas mal de planqués, par là. » Et Ed Rife agita la main vers le « par là » où les planqués se terraient.

Un jeune homme – un garçon – qui avait d'autres idées pouvait devenir un planqué en un rien de temps dès que le clairon sonnait. Combien de ces jeunes savaient pourquoi ils partaient à la guerre ? Une chose était sûre et l'avait toujours été : quelqu'un en tirait profit. Et ce quelqu'un était ailleurs, dans un endroit où il n'entendait jamais les hurlements des blessés ni ne regardait un jeune mourir. Pour quoi ? Pour la liberté ? Pour l'accroissement du profit ?

Nom de nom, il n'arrivait pas à imaginer une abstraction pour laquelle un père aurait accepté de voir son fils risquer sa vie.

Ed Rife affirma : « Les fritz, nous, on va leur en faire voir. »

« Nous ». Rife avait traversé la guerre contre l'Espagne assis dans sa quincaillerie. Par quelles paroles ce patriote de choc l'accueillerait-il au bar quand il apprendrait que Zack allait passer la guerre au ranch à marquer les bêtes, à leur couper les cornes, à irriguer les champs, à s'occuper des foins ? Rife, évidemment, ne resterait pas à côté de celui qui, bien que propriétaire du bar, avait un planqué pour fils.

« J'ai du travail qui m'attend », déclara John, et il s'échappa.

Un peu après, il se dirigea vers la gare. Dans un ciel aussi vaste que celui qui se déployait au-dessus de Grayling, il y avait beaucoup de place, et pourtant un nuage cachait le soleil. La compagnie ferroviaire entretenait le terrain autour de la gare ; une allée de gravier ratissée serpentait entre quelques peupliers de Virginie dont les feuilles commençaient juste à se déplier. Lizzie aurait dit qu'elles ressemblaient à des papillons verts. On venait de passer de nouveau à la chaux les pavés qui épelaient le nom « Grayling », disposés de telle façon que les passagers puissent le lire. Deux bancs de béton marquaient, au nord et au sud, les limites de ce minuscule parc. C'était un endroit où l'on pouvait se reposer, voire déballer un sandwich et le manger. Mais personne ne le faisait jamais.

John remarqua deux nouveaux massifs préparés avec soin et témoignant d'un passage récent du râteau alors même qu'aucune pousse verte n'avait encore émergé. Avec leur bordure de pierres chaulées, ces massifs ressemblaient à des tombes creusées de frais. John détourna le regard et le leva de nouveau vers le ciel. Dieu sait que Grayling ne représentait pas grand-chose dans le vaste schéma de l'univers, et John n'était pas non plus un grand homme.

Il eut l'impression de sentir des ondes souterraines quelques instants avant l'apparition du noir visage de la locomotive tout au bout de la voie ferrée. Il crut entendre un gémissement dans les rails. Un petit groupe de personnes, comme d'habitude, s'était rassemblé pour regarder le train entrer en gare. Pourtant, depuis la guerre, il n'y avait presque rien à voir. Ceux qui devaient quitter Grayling l'avaient déjà fait pour la plupart, et les rangs de ceux qui étaient susceptibles d'y venir s'étaient éclaircis. Quand le fier battement des pistons eut cessé et que le porteur noir eut sauté à terre muni de son petit tabouret, un représentant de commerce descendit avec sa valise d'échantillons. Vint ensuite un autre représentant. Puis Zack.

Il sourit à son père et posa sur le quai les grands sacs qui avaient tant tiré sur ses épaules et sur les coutures de son vieux costume marron. John se hâta d'aller l'aider. Zack arriva jusqu'à lui et le serra dans ses bras – son propre père. John en fut si étonné qu'il se raidit. On l'étreignait en public, dans une ville, dans un pays où il va de soi que jamais un homme n'en touche un autre.

Plus loin, près de la voiture Pullman, le conducteur cria : « En voiture tout le mo-o-o-onde… »

Ils se séparèrent comme s'il ne s'était rien passé.

« Laisse-moi prendre un de tes sacs », dit John.

Zack le laissa.

Ils franchirent les rails. La Locomobile surgit.

« Nom d'un chien ! s'écria Zack. Papa, à qui est-elle, celle-là ?

— À toi, Zack.

— À moi ? Nom d'un chien ! »

John lui lança les clés. Le soleil rebondit dessus.

La grande voiture roula majestueusement devant la nouvelle école normale, devant l'hôpital et sortit de la ville. Les muscles soyeux de cent chevaux se gonflaient et se tendaient doucement sous le capot. John avait enfin donné à Zack quelque chose qui lui faisait plaisir.

Nom d'un chien !

Il comptait bien, dans les temps qui suivraient, retourner souvent à cet endroit où il avait lancé les clés à son fils et peut-être même s'asseoir sur l'un des bancs en béton pour voir les lieux sous un autre angle. Quelle bonne chose que de pouvoir revenir et ressaisir le passé.

À trente kilomètres à l'extérieur de la ville, lorsque la Locomobile eut traversé à toute allure le canyon noir et que la prairie se fut ouverte devant eux, ils arrivèrent devant un monument. Lizzie et John avaient contribué à son édification.

Quand elle avait refermé l'enveloppe sur le chèque, Lizzie avait déclaré : « Pour notre culpabilité. »

En effet, le monument de pierre était érigé en l'honneur de Sacajawea, l'Indienne enlevée encore enfant qui avait servi de guide à Meriwether Lewis et à William Clark quand ils avaient retraversé les montagnes [1]. C'était précisément là, disait-on, qu'elle avait reconnu la terre de sa tribu et son foyer perdu. Son *chez-soi* : l'endroit où l'on vous a bien traité et où l'on vous traitera bien de nouveau lorsque vous reviendrez.

Pendant toute la traversée du canyon où de hautes parois vous isolent comme une nuit qui tombe, Zack

---

1. À la demande du président Jefferson, les explorateurs Lewis et Clark menèrent entre 1804 et 1806 une expédition de reconnaissance du territoire nord-américain depuis l'ouest du Mississippi jusqu'au Pacifique.

avait gardé le silence. John attendait patiemment. Peut-être Zack écoutait-il le ronronnement tranquille de la grosse voiture ; mais il était plus probable qu'il songeait à son retour chez lui où l'attendait tout ce qui était bien. Il s'éclaircit pourtant la gorge une fois comme s'il était sur le point de parler.

Mais John le devança : « Arrête-toi, Zack. » Il y avait du gravier propre devant le monument de pierre. « Il faut que j'aille pisser.

— Sitôt dit, sitôt fait », répondit Zack qui resta dans la voiture pendant que son père descendait, se tournait dans l'autre sens et se soulageait. Comme il est bizarre, pensait John, qu'on se tourne alors que la seule autre personne dans les parages est son propre fils. Les parties intimes, comme on les appelle. Intimes pour un homme et pour sa femme. Ses parties à lui pour elle, et ses parties à elle pour lui. Et qu'on doit cacher aux autres à cause des Furies que cette union pourrait libérer.

Il regarda un instant les montagnes, puis, s'étant reboutonné, se retourna et remonta dans la voiture. La portière se ferma avec un agréable claquement.

« Papa, tu avais l'air foutrement sérieux. À quoi pensais-tu ? »

Il fut sur le point de mentir parce que c'était plus facile. Mais il se dit qu'il devait la vérité à ce garçon, si bizarre qu'elle paraisse à quelqu'un de jeune.

« Bon, Zack. Si tu veux savoir, je pensais au temps qui passe. Et à chez nous. » Il prit une grande respiration et se lança. « Et aussi à l'amour. » Devant, très loin au-dessus d'eux, un faucon planait à la même altitude que le cœur de John ; c'était un point noir au centre de l'infini.

« Tu as beaucoup de pensées de ce genre, papa ?

— J'en ai bien peur. Peut-être que si je n'en avais pas

eu, je serais allé plus loin. » Il gardait les yeux fixés sur le faucon. « Ou bien il aurait fallu que je pense vraiment beaucoup plus. » Lorsque le faucon plongea, John sentit un coup de froid, comme s'il tombait. Il n'arrivait pas à croire qu'il venait de laisser échapper ces paroles sur son échec ? Mais quel soulagement de révéler quelque chose d'aussi intime – de se décontracter, de lâcher prise ; de transmettre son échec à un homme plus jeune et plus fort que lui.

Et Zack allait lui répondre : « Ne t'en fais pas, papa, je suis là. »

Comme Zack ne répondait rien. John fut obligé de poser la question, ne serait-ce que pour s'assurer que tout allait encore bien entre eux. « Est-ce qu'il t'arrive de penser à ce genre de choses ?

— Oui, dit Zack, ça m'arrive. »

Puis il révéla à son père quelque chose de son intimité. « C'est pour cette raison que je dois partir », dit-il.

Oh, bon sang ! John l'avait compris au moment où le faucon avait plongé. Peut-être y réussirait-on, ou peut-être pas, mais ce qui était absolument sûr, c'était qu'on allait essayer de le tuer. John allait-il devoir le supplier ouvertement ? Invoquer son besoin, la peur et le chagrin de Lizzie ? Mais il savait – et c'était comme s'il sortait d'un accès de fièvre – qu'il était trop tard pour implorer et qu'il existait, dans la vie de son fils, des domaines où il n'était pas admis. Plus maintenant qu'ils avaient discuté en hommes et en amis.

Une voiture, c'est un jouet d'enfant.

Néanmoins, ce fut alors de la voiture qu'ils parlèrent, avec décontraction et en plaisantant, comme le font les hommes pour passer sur la gêne d'une conversation franche.

« C'est vraiment un engin de toute beauté. »

Sans façon, John posa son bras sur le cuir très doux derrière les épaules de Zack. Le poignet à revers de sa chemise se glissa avec agilité hors de la manche de sa veste. « Et elle sera là, toute prête à foncer... » Il fut étonné de constater qu'il était capable d'articuler ensuite ce qu'il avait espéré ne jamais dire. « Quand tu rentreras, Zack. Quand tu reviendras à la maison. »

Ils continuèrent ainsi leur route, ces confidents, ce père et ce fils, tandis que les Érinyes se rassemblaient déjà pour les accabler de maux qui n'avaient rien à voir avec la Guerre mondiale.

8

UN PEU PARTOUT, DANS LE MONTANA, il y avait de vieux éleveurs assez avisés pour comprendre ce qui allait se passer. John Metlen n'était pas de ceux-là.

Ces vieux éleveurs n'avaient jamais entendu parler de Beethoven ni de la gamme pentatonique qu'utilisait Debussy, pas plus que du traité de San Stefano, de l'impératif catégorique ou du pragmatisme, mais ils avaient du sens pratique. Ils avaient remarqué que les ours noirs avaient hiberné plus tôt que d'habitude, et que les blaireaux s'étaient soudain retirés dans leurs terriers en emportant avec eux les dernières journées encore un peu chaudes. En cet été 1918, ils continuaient à s'inquiéter du peu de neige tombé l'hiver précédent et de la sécheresse estivale. Des nuages surgissaient, s'amoncelaient, semblaient sur le point de crever, mais ne donnaient qu'une pluie dérisoire : les racines des herbes sauvages, des agrostides et des fléoles des prés se recroquevillaient comme des serres d'oiseau pour recueillir l'humidité, et puis le soleil ne tardait pas à apparaître. Mai, juin, début juillet – le débit des ruisseaux s'amenuisa, se réduisit à un filet, puis cessa entièrement. Les ombles, les truites arcs-en-ciel ou fardées ouvraient désespérément la bouche dans des creux boueux au-dessous des berges poudreuses.

Tirées par des chevaux, les faucheuses avançaient lourdement à travers l'herbe rare. D'insatiables sauterelles dévoraient tout en silence. Dans les camps où l'on préparait les foins, on avait dressé les tentes près des ruisseaux mourants, et quand arrivait la fraîcheur du soir les journaliers s'accroupissaient pour parler doucement de leur mère, ou de putes, ou de copains décédés. Ils se baissaient pour entrer dans leur tente, grattaient une allumette contre leur pantalon pour allumer une lampe à pétrole, et leur ombre jaillissait sur la toile tendue. Que cet été soit si épouvantable ne les touchait pas : un dollar par jour est un dollar par jour.

Le contremaître de John était un Écossais du nom de Forbes qui travaillait avec lui depuis vingt ans. John ne l'appelait pas par son prénom, Angus, mais par son nom de famille, Forbes ; un homme doit être fier du nom qu'il a reçu en héritage et Forbes l'était.

« J'ai parfois l'impression qu'il connaît mieux le travail que moi », déclarait John. Il ne le croyait pas le moins du monde, mais il voulait rendre hommage à cet homme qui travaillait si dur. Il n'avait sans doute pas remarqué qu'on ne le contredisait pratiquement jamais. Les gens estimaient que John avait trop de fers au feu et qu'il était bien trop généreux. Il est vrai qu'il pouvait être une bonne poire. Il ne laissait jamais un ami dans le besoin s'en aller sans lui glisser cent ou mille dollars. Beaucoup de ceux qui en avaient bénéficié se sentaient donc ses obligés – chose que personne ne ressent avec plaisir. Et quand ils prenaient leurs distances, John se demandait toujours pourquoi. Forbes, en revanche, ne s'éloignait pas de lui ; mais il n'était non plus jamais venu l'importuner.

Ainsi donc, un soir d'été, après s'être planté devant la

porte de la cuisine, Forbes s'annonça par un : « C'est Forbes ! » Il portait une chemise propre et une cravate ; il est plus convenable, quand on vient discuter d'une affaire de poids, d'être propre et net.

John et Lizzie étaient assis de part et d'autre d'une table à jouer de style victorien très décorée. Le puzzle sous leurs yeux était censé les aider à ne plus penser à la chaleur et à la sécheresse, même si chacun espérait que l'autre n'y verrait rien de plus qu'un passe-temps. À travers les fenêtres ouvertes, au-delà des rideaux de dentelle qui ondulaient dans l'air chaud, on entendait les petits sifflements des pluviers kildirs rassemblés le long de ce qui restait du ruisseau Metlen. Leur chant était aussi délicieux que si le cours d'eau avait été plein.

L'un des placards du long couloir mal éclairé contenait plus de vingt de ces puzzles en bois dur. Au rythme d'un à chaque Noël, ils avaient tous été offerts par le père de Lizzie qui, manifestement, devait voir en eux un moyen de passer l'hiver. L'immuabilité de ses cadeaux montrait que c'était un homme qui, tel saint Marc, ne se laissait pas emporter par chaque revirement de doctrine. Peut-être, lorsqu'une fois de plus il allait à la librairie Brentano, éprouvait-il l'envie de briser cette habitude et d'envoyer plutôt des livres ; mais comme il était vieux, il craignait, s'il modifiait son choix, que sa fille ne pense qu'il avait changé et que ses capacités avaient diminué. Jusqu'au dernier jour de sa vie, cependant, Lizzie ne pensa jamais une telle chose.

Seul ce puzzle-ci, le dernier, avait conservé toutes ses pièces. Sur les autres boîtes, d'une main nette à l'écriture spencérienne, Lizzie avait noté « 3 morceaux manquants » ou « 1 morceau manquant ». John n'aimait pas ces puzzles mutilés. La pièce qu'il cherchait risquait d'être celle qui avait disparu. Et d'ailleurs, qu'étaient-elles devenues, ces pièces ? Quand ils avaient terminé un puzzle, ils le laissaient en vue quelques jours pour prouver leur persévérance, puis le rangeaient avec beaucoup de précautions. Pourtant, malgré tous leurs efforts, les puzzles rétrécissaient les uns après les autres, et le jour viendrait – peut-être après leur temps à eux – où quelqu'un devrait noter : « Toutes les pièces manquent. »

Ce dernier puzzle, maintenant qu'il n'y en aurait plus d'autre, était empreint d'une signification mystérieuse. Contrairement aux précédents, l'image ne figurait pas sur la boîte. Il n'avait même pas de titre. John et Lizzie étaient dans le noir. Ne disposant pas d'un titre, ils avaient du mal à savoir par où commencer.

« Qu'est-ce que mon père avait en tête, à ton avis, quand il a choisi celui-ci ? demanda Lizzie.

— Il voulait se livrer à une sorte de test, répondit John.

— Pour un test, c'en est un. »

Le début, dans les marges du puzzle, se passa assez bien. Ils choisissaient des morceaux au bord visiblement rectiligne et les regroupaient par couleur.

« Entrez donc, Forbes, dit John. Prenez un verre de thé glacé. »

Forbes parut hésiter. Quelque chose devait le tracasser. Lizzie sourit, lui tendit un verre et quitta la pièce. Elle connaissait Forbes. Il ne mentionnerait pas devant une femme ce qui l'embêtait, pas plus qu'il n'aurait lancé un juron ou ne se serait curé les dents devant elle.

« Monsieur Metlen ? » Ainsi marquait-il la différence entre employeur et employé ; pas de place, dans les affaires, pour la facilité qu'offre l'usage des prénoms. « Monsieur Metlen, deux de nos vachers viennent de rentrer. Ils n'arrivent pas à tenir le bétail, là-haut. Les bêtes descendent la nuit. »

John posa une pièce de puzzle gris perle. « Si on les laisse descendre dans les prés, dit-il à Forbes, on sera obligés de leur porter du foin dès le 1er novembre.

— C'est bien vrai.

— Et puis, peut-être qu'il pleuvra.

— Peut-être », dit Forbes.

Dans sa tête, John avait une représentation assez claire de racines sèches avides de pluie. Ces racines réagissent vite. « La lune est entourée d'un halo ; c'est un signe de pluie.

— Peut-être, répondit Forbes après un très long moment.

— Écoutez, il faut bien qu'on croie en quelque chose. » Sans foi, un homme n'est qu'un spectre, un zéro. « Nous aurons peut-être un hiver doux. » Forbes devina-t-il que John n'avait pas d'argent pour acheter du foin ? Qu'en fait il était lourdement endetté ?

« Bon, alors, Forbes, laissez-les aller dans les prés. »

Forbes enfonça ses mains dans ses poches de pantalon où il fit tinter des pièces. Il écartait les lèvres pour ajouter quelque chose, mais s'interrompit et déclara : « Eh bien alors, bonsoir, monsieur Metlen. »

Une fois Forbes parti, John et Lizzie s'assirent de nouveau à la petite table de jeu. Pour ce qui était des puzzles, Lizzie procédait avec méthode, ayant pour règle de compléter les côtés avant de remplir l'intérieur. John avait l'impression que ce besoin de connaître le contour était une critique implicite de la façon dont il s'y prenait, choisissant au hasard, un peu facilement. Il aimait commencer par une couleur ou par une matière – du tissu, de la pierre, de la chair – et voir ce qu'il en advenait. Et c'était justement cette manière d'être plus attentif aux fragments qu'à l'ensemble qui l'avait plongé dans l'embarras cette année. Or, voici que tout d'un coup l'ensemble se dévoilait bien trop clairement.

« Que voulait Forbes ? demanda Lizzie en levant les yeux d'une pièce qu'elle avait entre les doigts.

— Oh, pas grand-chose. »

Elle voulut dire quelque chose mais s'en abstint. Ce fut l'esprit de John qui termina sa phrase pour elle : Même s'il pleut, ce sera trop tard. Personne n'est sûr du lendemain ; c'est une chose dont tout le monde est bien conscient, mais John, contrairement à beaucoup d'autres, n'avait pris aucune mesure pour se garantir contre les aléas. Les dernières paroles de Forbes lui apparurent alors prophétiques et sans appel. « Bonsoir, monsieur Metlen » ne signifiait pas que Forbes prenait congé mais que John Metlen était condamné.

À présent, il avait près de lui toutes les pièces gris perle, mais quand il les eut assemblées et qu'il eut constitué un coquillage, il vit qu'il lui manquait toujours quelque chose. Perplexe, il fouilla sur la table à la recherche d'un ultime morceau gris perle. Est-ce que ce puzzle qui n'avait jamais encore servi était déjà devenu un de ceux auxquels il manquait une pièce ? Ou bien était-il possible que le père de Lizzie eût, pour une raison ou une autre, ouvert la boîte et perdu une pièce ? C'était un chirurgien, tout de même, un homme méticuleux. Ce fut alors Lizzie qui le surprit en disant « Ah-ah ! » Elle lui tendit un fragment rose pâle. « Voilà ton pied », dit-elle.

Son pied ?

« Je vois que ça va donner *La Naissance de Vénus*, de Botticelli. Elle gagne la plage en équilibre sur ce coquillage. » Comme toujours, Lizzie l'éloignait des pensées qui s'avéraient si pénibles pour lui.

« C'est une drôle d'affaire, cette Vénus, continua-t-elle. Penser à elle amène beaucoup de femmes à douter d'elles-mêmes et un bon nombre d'hommes à se sentir frustrés toute leur vie. » Il fut stupéfait, une fois de plus, par le nombre de choses qu'elle savait.

« Et pourtant, poursuivit-elle, ce ne sont que des hommes et des femmes qui ont inventé cette déesse. »

On dirigea les jeunes conscrits vers des bureaux de recrutement locaux où on leur donna de petits sacs blancs dans lesquels, après s'être déshabillés, ils devraient trimballer leurs objets de valeur et leurs vêtements tandis que les médecins procéderaient à l'examen de leurs corps, sondant divers orifices, retroussant les prépuces, cherchant des hémorroïdes et des lentes dans les cheveux. Nus, ces jeunes gens commencèrent à comprendre qu'il existait peu de différences entre les hommes – hormis ce qu'ils portaient dans leur petit sac blanc : un paquet neuf de cigarettes Fatima, une chique de tabac carrée, un billet de dix dollars ou quelques pence de monnaie, une chevalière d'école, la montre de gousset de leur grand-père ou un oignon Ingersoll, voire pas de montre du tout.

Ceux qui avaient la vue basse ou les pieds plats étaient renvoyés dans leurs foyers. Ceux qui étaient gaillards et bien portants recevait des papiers leur permettant de prendre gratuitement un train pour Camp Lewis, dans l'État de Washington. De nombreux passagers plus âgés qui avaient payé leur place en bon argent se voyaient écartés des lignes principales et, de leurs wagons Pullman en attente, regardaient passer vers l'ouest des centaines de jeunes en pleine forme qui criaient par les fenêtres.

À Camp Lewis, où les nuages étaient bas, ils devaient se dévêtir à nouveau. On leur ordonnait de ranger leurs vêtements civils dans des cartons que l'armée renvoyait chez eux comme si les garçons étaient déjà morts. Puis l'Oncle Sam leur coupait les cheveux à ras.

Quelques-unes de ces jeunes recrues n'avaient jamais vu une mère s'asseoir à la table de la cuisine et enlever le sucrier pour rédiger une lettre, sauf quand quelqu'un était mort. Le père travaille dur et laisse à d'autres le soin d'écrire. La mère sait que là-bas, dans la brume du Camp Lewis, ses lettres sont attendues.

« Mon cher fils », commence-t-elle.

C'était vrai : il lui était cher. Ce garçon se doutait-il de ce qu'elle et le père avaient ressenti le jour de sa naissance en voyant qu'il était en bonne santé et qu'il braillait comme un bébé bien sain ? Se doutait-il des espérances qu'ils avaient nourries pour lui ? Et de la première d'entre elles : que sa vie ne soit pas ce qu'avait été la leur, c'est-à-dire pas grand-chose, au bout du compte.

« Mon cher fils, écrit-elle. Comme d'habitude, ton père s'est levé le premier ce matin parce que, comme il dit, il veut dominer la situation. C'est bien ton père, ça. »

Elle ne pouvait pas écrire : « Ton père et moi vivons ensemble depuis si longtemps que nous n'avons guère de secret l'un pour l'autre. Ce matin, il n'a pas pris la peine de pisser contre le flanc de la cuvette pour éviter d'en mettre partout. »

Et pas davantage : « Cher fils, il m'arrive de me tenir au milieu de cette pièce en me demandant ce qui s'est passé, et je me dis : Mon Dieu, comme je voudrais que cette pièce ait davantage de fenêtres. »

« Mon cher fils, ton père et moi allons bien tous les deux et nous espérons qu'il en va de même pour toi. Tu as toujours été un garçon droit... »

Afin de lui rappeler de continuer à l'être à Camp Lewis où l'attendaient des filles de mauvaise vie.

Les jeunes filles aussi avaient du mal à écrire à Camp Lewis. Leur génération avait grandi avec le téléphone, et c'était le moyen par lequel elles annonçaient leurs arrivées et leurs départs, parlaient de leurs joies, de leurs chagrins et de la façon dont les choses avaient tourné. Le téléphone avait remplacé le stylo. Au lycée, cette fille avait déjà bien perdu son temps à démêler le fouillis de pensées qui avaient surgi en elle quand le sujet de la rédaction qu'on lui avait donnée avait été : « Mon expérience la plus intéressante ». Car qu'est-ce qui est intéressant ? Et d'ailleurs, quand on la voit à la lumière du jour, qu'est-ce qu'une expérience ?

Les mots qu'elle envoyait à Camp Lewis sur du papier à lettres coloré ou même, hélas, sur des blocs de feuilles réglées, étaient des exhortations à ne pas oublier.

« Cher Owen, tu te souviens de la fois où nous sommes allés sur le lac... »

Le souvenir de cette lune et du sifflement de la proue du canot fendant le miroir de l'eau le protégerait peut-être des tentations qui ne manqueraient pas d'abonder autour de Camp Lewis. On savait qu'à la lisière du camp les guettaient des créatures peinturlurées qui avaient sur la tête de hautes coiffures bouclées et sur la bouche des sourires torves. Des filles sans égard pour ce qui est bon et pur. Pas une seule d'entre elles ne s'était constitué de trousseau ni, prenant un morceau de basin, ne s'était mise à la couture en prévision du petit paquet qui lui viendrait du ciel. Aspergées d'eau de toilette à la rose, les doigts alourdis de bagues sans valeur, le visage à la fois blanchi au talc et rendu écarlate par le rouge à joues, elles représentaient une expérience épouvantable et, presque à coup sûr, pouvaient faire perdre la tête à un brave gars. Il y avait pourtant une chose que ces créatures étaient incapables de faire : de la pâtisserie. Elles n'en avaient pas le temps. Ainsi, avec les mots et les souvenirs, la jeune fille envoyait des cookies préalablement humidifiés pour qu'ils ne s'émiettent pas et solidement empaquetés – avec amour. Quel plaisir de songer au moment où il recevrait ce colis et le partagerait avec ses « potes », comme il disait.

Une étonnante quantité de cheveux passaient aussi dans le courrier. Il y en avait qui étaient soigneusement enroulés dans des médaillons ; parfois, c'était une boucle entière coupée là où ça ne se voyait pas trop et glissée dans une boîte prévue à cet effet. Contrairement aux cookies, les cheveux durent longtemps ; ils ne se flétrissent ni ne pourrissent. Dans le *Livre des faits* de la bibliothèque – à l'angle des rues Rife et South –, près de la table où se trouvent les appareils de projection stéréoscopiques, il est écrit que des cheveux du grand Napoléon reposent sous verre dans plusieurs musées importants. Si nous avions les instruments adéquats, nous pourrions déceler dans ces cheveux l'empreinte de Wagram et de Waterloo comme on détecte des résidus d'arsenic. Quant à ceux de la jeune fille, son ami y avait si souvent murmuré des mots d'amour qu'il en trouverait sûrement la trace. Une mèche pouvait exprimer ce qu'on oserait à peine écrire.

Même chose avec celui de ses mouchoirs qu'elle lui envoyait, dont un coin était brodé soit d'une simple violette, soit d'une rose à la tige enroulée comme une plante grimpante – c'était l'époque des roses et des violettes. Ah ! Elle aurait été outrée, mais aussi flattée, de voir comment son jeune homme s'était servi de ce mouchoir. Eh bien, voilà pour ces dévergondées qui se ruaient sur lui !

Zack Metlen – il n'avait pas de petite amie qui l'attendait – prit le train en direction de l'est, vers la ville de Washington où, en compagnie d'une centaine d'autres jeunes hommes, il étudia la manière de chiffrer les messages au dernier étage d'un bâtiment de pierre. Au début de l'automne, alors que les peupliers de Virginie commençaient à jaunir le long du ruisseau Metlen et que le givre persistait jusqu'à midi, il fut embarqué sur un bateau partant pour la France. John, qui n'avait jamais écrit de lettre personnelle sauf à Lizzie, s'en tira plutôt honorablement pour un père.

Cher Zack,

Je pense souvent au jour où tu es rentré de l'université et où je suis venu te retrouver à la descente du train. Je pense à la fois où nous sommes partis en voiture et où nous avons parlé un peu et puis, tout d'un coup, j'ai réalisé que nous étions pareils sous bien des aspects. Et ça, Jack, ça m'a rendu heureux.

Il s'était longtemps demandé s'il allait envoyer ce mot parce qu'il le trouvait terriblement personnel et se disait qu'un garçon, en le lisant, pourrait penser à juste raison : « Mon père est un vieil idiot sentimental. » Zack ne s'était jamais douté du nombre de fois où son père s'était glissé en silence dans la chambre de son fils et l'avait regardé dormir en adaptant sa respiration à celle de l'enfant. En réalité, il l'avait fait jusqu'à ce que Zack ait presque quatorze ans.

Et parce que avouer sa peur est une marque de faiblesse.

Il ne dit rien à Zack de la conversation qu'il avait eue avec Forbes, ni des ruisseaux qui se tarissaient et de la terre desséchée. Zack n'aurait rien pu y faire. Après lui avoir écrit qu'ils étaient pareils sous bien des aspects,

John ne pouvait pas parler de son imprévoyance aveugle qui menaçait tout ce qu'il possédait et aussi – c'était le pire – l'avenir de Zack. Si John avait été prévoyant, il aurait pu faire face à tout ce qui pouvait arriver. Seulement il avait manqué de prévoyance.

Il écrivit comme quelqu'un qui n'a aucun souci.

Nous t'aimons tous les deux. Papa.

Peut-être qu'il pleuvra. Mais il ne plut pas. Et s'il avait plu, ç'aurait été trop tard. On ne cesse pas d'espérer, pourtant. Même quand il est trop tard.

Juillet était passé, puis août, puis septembre. Le bétail avait brouté les repousses d'herbe dans les prés fauchés ; maintenant, il se pressait contre les clôtures protégeant les meules de foin. Il arrivait qu'une vieille vache rusée se frotte contre un piquet jusqu'à ce qu'une partie de la clôture s'effondre – une vieille vache rusée (il y en avait une sur cent) dont la mémoire avait été aiguisée par la faim. Alors un journalier s'approchait sur son cheval, faisait sortir le bétail de l'enclos, réparait la clôture et repartait. À quelque distance, il arrêtait sa monture et attendait pour voir quelle était la vieille vache à l'origine de ces ennuis. Quand il la repérait, il l'enfermait. Peut-être l'abattait-il.

On était à présent en octobre, et de nouveau ce fut un mois magnifique : un ciel de saphir serti dans une frise achéenne de feuilles de tremble. Les matins étaient frais et piquants, mais le givre reculait sous le couperet d'un pâle soleil. Les après-midi tièdes portaient l'odeur de fumée de lointains feux de forêt tandis que la brume restait suspendue comme un voile au-dessus des montagnes. Puis on arriva au dernier dimanche du mois, à neuf heures du soir.

Chaque dimanche soir, John remontait la grande

horloge de l'entrée. Tous les soirs, juste avant d'aller se coucher, il faisait quelques pas hors de la maison « pour regarder les étoiles ». Et, en tout dernier lieu, chaque soir il tapotait le baromètre pour le pousser à trouver son niveau. C'étaient des gestes dont il s'acquittait sans faute et il voyait en ces actes répétés fidèlement une recherche d'immortalité. Car la mort, qui de son côté avait des rendez-vous précis à honorer, n'y regarderait-elle pas à deux fois avant de semer le désordre dans des rendez-vous si scrupuleusement observés ? C'était à contrecœur que John acceptait une invitation pour le dimanche soir ; il savait qu'il devrait inventer une excuse pour s'échapper s'il voyait qu'il ne serait pas de retour pour minuit.

« Tu m'as dit toi-même que c'était une horloge qui durait huit jours, lui avait lancé Lizzie. Le ciel ne s'écroulerait pas si tu attendais jusqu'à lundi pour la remonter.

— Ah non ? Je me le demande. » Il ne plaisantait qu'à demi. Il y avait longtemps de cela, il s'était engagé. Et celui qui trahit ses engagements se trahit lui-même. Un tel homme est capable de trahir les autres.

Ainsi donc, avec la satisfaction d'accomplir son devoir, il remonta l'horloge. À la fin du mois d'octobre 1917.

Puis il sortit de la maison pour aller « regarder les étoiles ».

L'euphémisme fit sourire Lizzie. « Qu'est-ce qui t'empêche de dire que tu vas faire pipi, comme tout un chacun ? »

Elle ne comprenait pas que pouvoir pisser sur sa propre terre est un privilège. Si l'on ne peut pas pisser dessus, on ne la possède pas. Il ne pouvait pas uriner sur la pelouse de la maison qu'ils avaient fait construire en ville quand Zack avait commencé à aller à l'école. Il estimait donc que cette maison en ville et son terrain ne lui appartenaient pas tout à fait. Les voisins, avec un sens des règles à observer digne d'un troupeau, se tenaient derrière leurs fenêtres juste à l'endroit où, grâce à l'angle de la lumière, ils pouvaient voir sans être vus, ce qui empêchait John de pisser : par leurs regards ils s'adjugeaient un droit sur sa propriété.

Il soupira quand il eut fini, considérant à quel point se soulager ressemblait à satisfaire sa faim. Souvent, en pissant, il avait vu une étoile plonger tel un engoulevent sur sa proie et, s'épuisant, s'évanouir dans l'infini. Disparue, partie à tout jamais. Il y en avait justement une, en ce moment, maintenant, à travers le nimbe d'un des anneaux qui entouraient la lune.

Marchant au milieu du ray-grass, il suivit le chemin qui le reconduisait à la maison.

Il ne s'occupa pas immédiatement du baromètre, car Lizzie était descendue dans une chemise de nuit et le joli kimono de soie qu'il lui avait acheté autrefois à San Francisco. C'était une femme minuscule. Il s'aperçut qu'elle était agitée.

« John, tu es resté dehors si longtemps que je m'inquiétais.

— Mais pourquoi ?

— Je n'en sais rien. Si nous prenions une tasse de thé ? » Au bout d'un moment, elle ajouta : « Je n'arrive pas à mettre le doigt dessus. »

Le feu était mort depuis longtemps dans la cuisinière dont le foyer était si grand qu'il fallait une éternité pour l'allumer. Mais Lizzie possédait une jolie petite bouilloire en cuivre qui allait au-dessus du brûleur d'une lampe à alcool. Elle la descendit du buffet d'angle et la posa sur la table de la salle à manger. John aimait regarder Lizzie s'en servir. De ses longs doigts effilés, très semblables à ceux de Zack, elle versa l'alcool d'une petite bouteille dans le réservoir en cuivre. Puis elle gratta une allumette contre la face inférieure de la cheminée en grès et, la portant sans l'éteindre jusqu'à la table, alluma une flamme bleu pâle. Une drôle de petite cérémonie très satisfaisante, une spécialité de Lizzie.

Ce qui inquiétait Lizzie, il s'en doutait bien, n'avait rien à voir avec le temps qu'il avait passé dehors, et il attendait qu'elle parle.

« Je regardais par la fenêtre du haut, dit-elle, et j'ai encore vu ce cercle autour de la lune.

— Oui, je l'ai remarqué aussi.

— Tu sais, John, ça fait vingt-cinq ans que nous vivons ici, et nous n'avons jamais vu ces anneaux en aussi grand nombre. »

Il eut un petit rire. « Bon, je ne crois pas que ça veuille dire grand-chose. Il n'y a pas un nuage. Pas un souffle de vent. Les étoiles brillent aussi fort que tes bagues. »

Et elles sont de la même couleur, se dit-il. Vertes.

« N'est-ce pas bizarre ? fit-elle.

— Quoi donc ?

— Que je me sois sentie si… bizarre.

— C'est Zack ?

— Peut-être. Non. Peut-être en partie.

— Bon », dit-il. Rien que « bon », comme quelqu'un qui écarte des propos absurdes et remet tout d'aplomb. « Au moins, on peut accuser la météo. » Il se dirigea alors vers le baromètre contre le mur, heureux que ce petit rendez-vous régulier ait le pouvoir, en cet instant, de distraire l'attention de Lizzie.

Il est d'usage de fixer les baromètres près de la porte d'entrée pour qu'on puisse ouvrir la porte et vérifier ce qu'indique le baromètre – de la même manière nous nous retournons pour voir de nos yeux ce que le rétroviseur vient de nous montrer. Un homme ne peut pas faire confiance à ses instruments ; leur véracité est au mieux de seconde main. John avait un baromètre anéroïde. Le déplacement de son aiguille était provoqué par un minuscule tambour métallique plissé dont la paroi se bombait ou se creusait selon les changements de pression atmosphérique. Il n'était pas aussi précis qu'un baromètre à mercure, mais il était plus élégant. Et puis, de toute façon, que sont quelques centimètres de pression ? Cet instrument anéroïde avait un coffrage en acajou plein orné de cuivre. La vitre ronde était biseautée. Comme il y avait des ressorts, des tiges et des paliers dans la transmission entre le tambour et l'aiguille, celle-ci ne répondait pas tout de suite aux mouvements du tambour. Mais il suffisait de tapoter doucement la vitre du baromètre pour la mettre en place.

Elle pointait vers le haut, directement sur midi pour ainsi dire, ce qui signifiait qu'il n'y avait pas de changement. Elle allait rarement au-delà de onze heures à gauche, et de une heure à droite.

John tapota la vitre et fut stupéfait : l'aiguille trembla et plongea d'un seul coup sur la gauche plus bas qu'elle n'était jamais allée.

Il avait espéré y trouver un espoir ; dehors, il avait vu des étoiles, et tout le monde sait bien que les instruments, tributaires de la faillibilité humaine, sont eux-mêmes faillibles.

Mais lorsqu'il parla, sa voix se brisa comme celle d'un garçon en train de muer.

« Il est cassé », dit-il. Il savait qu'il mentait.

Les instruments n'ont pas de pitié ; ils disent la vérité telle qu'ils la voient, et ils la disent sans délai. Malgré tous les dérisoires petits efforts que John Metlen – lui qui était censé avoir la tête dans les nuages – avait scrupuleusement accomplis pour tenir les Érinyes à distance, le ciel s'effondra. En l'espace de trois heures, la première d'une série de tempêtes épouvantables se déchaîna à l'ouest sur les montagnes.

Ceux qui avaient de l'argent se firent expédier du foin récolté à huit cents kilomètres de là. Ceux qui avaient déjà du foin virent qu'il valait plus cher que leurs vaches et que leurs moutons ; ils vendirent leur cheptel pour une bouchée de pain et tuèrent les bêtes qu'ils ne pouvaient pas vendre. Ceux qui le pouvaient empruntèrent. Ceux qui ne le pouvaient pas plongèrent. John Metlen perdit le ranch et la belle maison de grès. Il les liquida d'une signature. Ses pauvres bêtes butèrent sur des congères, où elles moururent, gelées sur place. Elles furent recouvertes de neige, et leurs cadavres formèrent des bosses sous la croûte gelée – une vague après l'autre, des hectares entiers de bétail mort sous la neige poussée par le vent. Tout l'hiver, on entendit le vent mugir.

Plus tard, quand quelque chose lui rappellerait cet hiver-là – le bruit d'une planche qui craque comme elles avaient craqué avant que la tempête ne se déchaîne, ou un courant d'air sifflant sous la porte de la même manière que la terre avait sifflé sous le vent –, une seule image lui viendrait à l'esprit pour représenter cet hiver : celle de trois chevaux.

Trois chevaux, les derniers des deux douzaines qui parcouraient les contreforts. C'étaient les descendants – les poulains de poulains de poulains de poulains – des juments et des étalons que les Espagnols avaient amenés au XIXe siècle ; de superbes animaux pleins de force et d'allure féline volés ou achetés aux Maures qui les avaient eux-mêmes volés ou achetés aux Arabes et dont le sang était plus ancien que Plymouth ou

Jamestown[1]. Quand les Espagnols repartirent bredouilles après avoir assassiné les Indiens dont ils avaient espéré obtenir de l'or, ils relâchèrent les poulains et les yearlings, les considérant comme inutiles. Les poulains moururent. Les yearlings apprirent à survivre. Ils grandirent, choisirent des juments, les défendirent, se reproduisirent, et puis soudain on fut en 1917. Ces chevaux n'avaient jamais connu de licou, jamais senti de corde les étrangler et s'attacher à leurs genoux. Personne ne s'en approchait à moins d'un kilomètre et demi, mais John les avait souvent observés au moyen de ses jumelles et il avait l'impression qu'il lui suffisait de les braquer sur eux pour qu'ils se figent, tant leur méfiance était instinctive. Ils levaient leur petite tête et s'immobilisaient tous, les juments, les yearlings et le magnifique étalon.

On était au printemps, mais l'hiver les accablait encore. Juste quelques jours auparavant, John avait signé les papiers de vente du ranch, tentant de prendre les dispositions qu'il pouvait pour sauver la maison en ville et l'hôtel qui périclitait. L'après-midi tirait à sa fin ; John traversait à cheval le pré de derrière après avoir juste dénombré une centaine d'autres vaches mortes. Il avait froid, il était gelé, mort de fatigue. Il allait devoir écrire à Zack. Il franchit les grandes portes à l'arrière de l'écurie, dessella son cheval et s'appuya contre la stalle. Il lui sembla que ses jambes ne répondaient plus.

Il traversa l'obscurité de la longue grange jusqu'aux portes de devant et sortit.

Là, près de la clôture qui protégeait un peu de foin

1. Jamestown, en Virginie, est la première colonie anglaise sur le sol américain, embryon de ce qui devait devenir les États-Unis. Fondée en 1607, elle reçut ses premiers esclaves noirs en 1619. Plymouth, dans le Massachusetts, est une colonie plus petite, fondée en 1620 par les cent deux puritains du *Mayflower*.

mis de côté pour les vaches à lait et les chevaux de selle, se tenaient les trois chevaux sauvages. Une jument, un yearling et l'étalon brun. Ils avaient les côtes ravinées, les yeux ternes et caves. La faim les avait poussés à descendre des collines ; la faim les avait domptés comme nul homme n'aurait pu le faire. En le voyant, c'est tout juste s'ils bougèrent ; la mort reniflait leurs pauvres talons.

La jument était grosse et sur le point de mettre bas. Elle avait conçu pendant l'été, quand les lupins pourpres fleurissaient dans les parcs secrets de la forêt profonde, quand les étoiles, la nuit, formaient des configurations fort différentes. Elle avait conçu selon la nature qui veut prolonger la race, mais au moment même où l'étalon l'avait montée et qu'en éjaculant il avait eu le cœur qui avait eu un raté et les yeux qui s'étaient voilés, quelque chose d'autre, quelque esprit malin méprisant la promesse des lupins florissants, avait voué ce poulain à la mort dans le ventre de sa mère.

John passa devant eux en marchant et gagna la maison.

« Je suis rentré », cria-t-il à Lizzie.

Elle ne lui demandait plus où il était allé, ce qu'il avait fait. En ce moment, il n'aurait pu sous aucun prétexte lui parler des trois chevaux qui étaient dehors, pas plus qu'il ne savait pourquoi, entre tous ces animaux qui mouraient de faim, c'étaient eux qui lui donnaient le plus mal au cœur. Pourquoi, bon Dieu, étaient-ils venus chez lui alors qu'il y avait une demi-douzaine de ranches où ils auraient pu se rendre plus facilement ? Pourquoi, bon Dieu ?

Le soir tombait déjà. Dans peu de temps, il ne verrait plus les chevaux même s'il regardait dehors. Il ne serait donc plus obligé de penser à eux, puisque même en regardant dehors il ne pourrait plus les voir.

« Lizzie, prenons un café. » Des cafés, Dieu savait combien elle en avait préparé à des heures étranges, cet hiver-là ! Curieusement, les petits moments qu'ils passaient ensemble comptaient encore plus qu'avant – bien qu'ils aient toujours compté. De petites choses, toutes petites, avaient pris une grande importance. À deux heures, une nuit, il s'était levé, était descendu dans le froid de l'obscurité et, après avoir déniché un rabot, il avait réparé une porte qui ne fermait pas depuis vingt ans. Les petites choses devenaient-elles essentielles parce que les grandes leur échappaient ?

Non, il n'allait pas regarder en direction des chevaux. Même s'il le faisait, il ne parviendrait sans doute pas à les voir à travers la neige qui avait recommencé à tomber. Peut-être étaient-ils allés en chancelant jusqu'à un autre endroit où un autre homme, plus prévoyant, avait davantage de foin en réserve. Ce serait donc à cet homme-là de prendre la décision.

Il regarda. Les trois formes fantomatiques, la jument, le yearling et l'étalon, s'étaient pratiquement dissoutes dans le crépuscule qui les engloutissait. Ils s'étaient reculés à un ou deux mètres de la clôture, s'éloignant du foin gardé par les solides piquets – il y en avait au moins une tonne, oui, une tonne de bonne agrostide, de fléole et de trèfle. Ils s'étaient postés à un endroit dégagé par les sabots de nombreux autres chevaux. John les observa et, les voyant lever les jambes, comprit ce qu'ils faisaient. Ils piaffaient. Ils grattaient le sol pour extraire les petits cailloux de la dure croûte de gel, puis ils baissaient la tête et mangeaient les cailloux, en proie à la nécessité primaire de se remplir le ventre, ne serait-ce qu'avec des pierres.

« Lizzie, je sors. »

Quand il s'approcha des trois créatures, elles se figèrent. Le yearling et la jument levèrent la tête. L'étalon était trop faible pour se cabrer entre eux et l'homme. Mais, les yeux fous, il rejeta la tête en arrière et s'ébroua, poussé par le besoin d'être ce qu'il avait été.

John ouvrit donc la barrière de l'enclos à foin.

Quelqu'un voulait les vaches laitières, des jersiaises ; elles seraient nourries. Quelqu'un prendrait les chevaux de selle ; c'étaient de bonnes bêtes avec du sang de morgan. Personne ne voulait de trois canassons éreintés mais jamais rompus à la selle. Ils n'avaient aucune utilité, sauf peut-être dans un ordre de choses qui dépassait de loin l'entendement de John. Mais, désormais, la jument verrait naître son poulain. En ouvrant la barrière, John sut que l'heure était venue d'écrire à Zack et de lui dire : « C'en est fini de nous. »

Le destin, pourtant, n'en avait pas fini avec les Metlen. Loin s'en fallait.

9

DES CENTAINES D'ÉLEVEURS PERDIRENT LEURS TERRES, dans les Rocheuses, et John Metlen fut l'un d'entre eux. Dans certaines parties de ce territoire, l'hiver avait été encore plus rude et avait commencé plus tôt. Parmi les gens ruinés, beaucoup avaient été aussi imprévoyants que John et avaient souffert pour la même raison, leur attitude cavalière à l'égard de l'argent. Peut-être avaient-ils l'impression d'être faits d'une substance si rare qu'ils n'avaient pas besoin d'argent – ou alors d'y avoir droit du seul fait d'être nés, et de pouvoir donc le dépenser. Ils avaient méprisé ceux qui, enfants, respectaient leur tirelire et l'approvisionnaient régulièrement.

Mais arrive le jour où l'on doit rendre des comptes. Disons, une maladie coûteuse. Les médecins et les hôpitaux savent que certaines personnes donneront jusqu'au dernier centime pour garder un proche en vie.

Un incendie pouvait survenir, ou une inondation – et voilà ces éleveurs imprévoyants soudain dépouillés, sans le sou, aussi démunis devant l'adversité que leur plus vieux cow-boy qui, justement, avait compté sur eux pour lui fournir une chambre et un lit où mourir. Ils gardaient la tête aussi basse que le garçon d'écurie qui enlevait le fumier puant ou que l'homme qui trayait les vaches.

L'histoire de l'Ouest était si courte qu'un homme brutalement appauvri ne pouvait pas s'enorgueillir de sa naissance ou de sa famille ; il ne pouvait pas se parer de la robe de ses ancêtres. Seuls les Indiens le pouvaient en montrant des tombes anciennes. L'éleveur était une sorte d'exemplaire unique, et seuls ses efforts lui avaient permis de passer de la pauvreté à la richesse. Dès lors qu'il perdait sa position au sein de la société locale, on ne l'accueillait plus avec déférence aux tables de poker et dans les halls des grands hôtels ; on ne demandait plus à sa femme de verser le thé. S'il y avait une aristocratie dans l'Ouest, elle reposait sans ambiguïté sur la propriété terrienne ; sans terre, un homme n'avait que les vêtements qu'il portait et ses deux mains.

Parmi ceux qui furent ruinés, certains se placèrent sous la tutelle d'un frère ou d'une sœur ; d'autres disparurent en Californie. Les plus chanceux restèrent comme contremaîtres sur ce qui avait été leur domaine ; bannis de la grande maison et relégués dans le dortoir, ils entretenaient des relations tendues avec les nouveaux propriétaires. Il y en eut qui se mirent à boire.

Averti de la rudesse de l'hiver, de l'arrivée tardive du printemps, de la pénurie de foin et de la situation du bétail qui mourait de faim, un agent de change de Chicago s'était enquis des banques qui, dans la région, avaient des papiers leur donnant des droits sur des ranchs. Il aimait la pêche ; il confectionnait ses propres mouches, mais il admettait que les Royal Coachman qu'on achetait dans les quincailleries étaient aussi attirantes que celles qu'il pouvait réaliser avec de la plume et de la soie. Il prenait grand soin de son moulinet de marque Shakespeare et le gardait démonté dans un petit sac en peau de chamois. Il aimait aussi la chasse et il avait passé des semaines entières dans des coins sauvages du Michigan – et pas question d'avoir des provisions de luxe ni de matelas gonflable sous le sac de couchage, non merci. Mais ces lieux sauvages du Michigan, il les avait loués. Or un homme veut un endroit à lui. Celui-ci désirait être un aristocrate terrien.

Sa femme, liée aux Swift, ne fut pas difficile à persuader. Les semaines qu'elle avait jadis passées dans le parc naturel de Yellowstone figuraient parmi ses souvenirs les plus agréables. Là, elle s'était facilement liée d'amitié avec les gardiens du parc et avec les jeunes femmes qui, en travaillant comme serveuses à l'auberge Old Faithful, gagnaient de quoi s'inscrire l'année suivante à l'université d'État. Elle avait d'ailleurs trouvé que certaines d'entre elles s'exprimaient d'une façon absolument remarquable. Elle adorait l'équitation, l'odeur pénétrante des pins, l'arôme du bacon en train de frire, et les premiers rayons de soleil qui éclairent le massif du Grand Teton. Elle s'était plainte de devoir se rendre à de nombreuses fêtes dès son retour.

Le ranch des Metlen tomba entre leurs mains.

On ne demanda pas à John Metlen de continuer à gérer la propriété. Si on le lui avait proposé, il aurait refusé ; il fut content de voir que Forbes fut autorisé à rester pour diriger les opérations une fois que les carcasses eurent été enlevées et brûlées et que le ranch eut été de nouveau fourni en bétail. Ces gens de Chicago étaient ravis de la grande maison en grès ; ils avaient de nombreux amis qui raffolaient des balades à cheval et des pique-niques dans des clairières. Ils avaient deux enfants fort actifs. Tout allait donc bien pour eux ; ils appréciaient d'avoir trouvé, dans cette grande maison un peu froide, un mobilier étonnamment beau ainsi qu'une vaisselle et de l'argenterie irréprochables – et tout cela là-bas, dans ce pays perdu, figurez-vous. Ils étaient contents d'avoir pu aider les pauvres diables qui devaient partir.

« Ç'aurait pu être nous », déclara l'agent de change, pris de compassion un bref instant. Il laissa planer son regard au-delà de ses nouveaux hectares jusqu'à Black Canyon.

« Ça m'étonnerait », répondit sa femme en souriant. Elle savait bien qu'il avait voulu se faire un petit peu peur. Comme des enfants, nous aimons bien nous effrayer dès lors que nous savons que tout va bien finir. « Et j'ai trouvé que les Metlen s'exprimaient d'une façon remarquable. »

Les « pauvres diables » qui avaient été chassés avaient la chance de posséder encore leur maison en ville. John avait eu assez de jugeote pour ne pas l'hypothéquer. Ils partirent du ranch en voiture pour la dernière fois juste avant le souper. Les rues étaient déjà désertes. Ils se couchèrent de bonne heure et demeurèrent éveillés dans le long crépuscule d'été. Ils espéraient qu'on ne viendrait pas frapper à leur porte. Personne ne vint. Il y avait certainement pas mal d'apitoiement dans l'air, et c'était bien la dernière chose que John souhaitait. On ne peut pas se défendre contre la pitié. On ne peut que redresser la tête et regarder droit devant soi. On sait qu'on nous accorde de la pitié parce qu'on ne vaut rien de plus.

Certes, John se sentait comme un paria. Il enferma la grosse Locomobile dans la remise pour que personne ne puisse la voir et se rappeler ainsi cette folie. En outre, la voiture appartenait à Zack. C'était pour Zack qu'il l'avait achetée – il avait voulu ainsi le soudoyer pour qu'il reste au ranch. Et maintenant, le ranch était liquidé.

Il avait écrit à Zack pour l'informer de la faillite. « J'ai bien peur que nous soyons coulés. » Mais il n'avait pas reçu de réponse. La lettre était peut-être au fond de l'océan. Ce que Zack leur avait envoyé au printemps 1918, c'était un joyeux compte rendu sur un « camarade de mon unité ». Ce camarade avait le même âge que Zack et, apparemment, il était comme Zack doté de « principes ». Il avait quitté le Massachusetts Institute of Technology pour gagner le service des transmissions, le Signal Corps.

« Nous avons quelques idées plutôt sympa », avait écrit Zack. Ces idées exprimaient-elles les « principes » qu'ils partageaient ? John aurait bien aimé s'asseoir avec le père de ce camarade et savoir non seulement ce qu'il pensait des « principes » mais aussi ce qu'il avait tenté pour garder son fils chez lui, loin du danger. Pour quelle raison, en effet, même en tenant compte des « principes », un jeune homme voudrait-il quitter l'un des meilleurs établissements universitaires au monde pour aller en France ?

C'est alors que John commença à entrevoir que ce jeune homme du nom de Kaufman et Zack considéraient peut-être le Signal Corps comme un moyen d'atteindre quelque but. Ils espéraient trouver, dans ce service de transmissions, quelque chose, un terrain d'expérience que ne proposait ni le Massachusetts Institute ni aucun département scientifique de l'université d'État. Se pouvait-il que Zack n'ait pas été tout à fait franc quant aux raisons qui l'avaient poussé à s'engager ? On peut cacher pas mal de choses derrière des « principes ».

John n'était pas un homme avec lequel il était facile de vivre. Il se levait tard ; il se plaignait de douleurs et de maux qu'il considérait comme des signes avant-coureurs de sa fin. Il refusait les invitations. Quant à

Lizzie, elle occupait ses journées en grande partie de la même manière qu'avant, comme si rien ne s'était passé.

Son père l'avait dit, John était quelqu'un dans les nuages. Il s'installa à la table de la cuisine en peignoir – vêtement qu'il ne portait jamais, auparavant. Quand Lizzie lui demanda ce qu'il voulait pour déjeuner, il répondit : « Peut-être de la soupe à la tomate et quelques crackers. » C'était sans doute tout ce qu'il méritait.

« Bon sang, je ne comprends pas ce qui nous est arrivé. »

Lizzie était devant le buffet. Elle se retourna et vint s'asseoir en face de lui, posant son menton sur le plat de sa main.

« Bon, qu'est-ce qui nous est arrivé, en fait ? »

Elle se trouvait dans une maison qui était tout juste suffisante, qui n'avait été conçue que comme un pied-à-terre permettant à Zack de ne pas être pensionnaire, et elle demandait encore ce qui leur était arrivé. En réalité, ce qui leur était arrivé, c'était John.

Les phrases qu'il prononça ensuite lui échappèrent. « J'ai essayé d'hypothéquer l'hôtel. Connor a rigolé. Est-ce que tu sais qu'on va construire un nouvel hôtel ? Du bon côté de la ville ? Je ne savais pas qu'il y avait un mauvais côté de la ville.

— Eh bien ?

— Ce brave jeune gérant qui travaillait pour nous récemment n'a pas pu rester. Lizzie, l'hôtel est cadenassé. Maintenant, ce sont les rongeurs qui vont l'envahir.

— Eh bien ? »

Elle tendit ses poings hâlés par le jardinage de l'autre côté de la table et leurs doigts s'entrelacèrent. Il vit la trace blanche honteuse à l'endroit où jadis se trouvait l'émeraude.

« Est-ce que tu crois que je t'aime ? » lui demanda-t-elle.

Eh bien, oui, il le croyait.

« Alors, imagine-toi que je ne t'ai pas épousé pour ton avarice. »

Mais c'est qu'elle se moquait de lui ! Puis elle cessa brusquement.

« John, déclara cette femme extraordinaire, je t'ai épousé parce que tu es un poète. »

Ils se tenaient encore par la main, à table, quand l'horloge du palais de justice sonna midi.

Si cette ville avait un point central, c'était le carillon de l'horloge du palais de justice. Quand il retentissait, des vagues sonores s'envolaient les unes après les autres, se posaient et enjolivaient l'heure. Quelqu'un, quelque part, s'arrêtait pour régler sa montre de gousset. John avait souvent vu les yeux de l'homme avec lequel il parlait devenir tout vagues au moment où l'horloge sonnait, comme si cet homme se rappelait un rendez-vous urgent. Depuis le jour où elle avait été installée à l'aide d'un palan – il y avait vingt-sept ans –, cette horloge à quatre faces avait été à Grayling l'arbitre du temps. Pourtant, nul ne savait vraiment si c'étaient les informations arrivées par télégraphe à la gare de la compagnie Union Pacific qui servaient à en ajuster les aiguilles. Ni même si on les ajustait, ou quand. Et qui s'en chargeait ? Quelqu'un, au tribunal, devait en être responsable, mais ce quelqu'un, bizarrement, n'en disait rien. Après tout, à l'école, le garçon auquel on permet de ramasser les gommes et d'ouvrir ou fermer les grandes fenêtres à l'aide de la baguette appropriée s'en vante bien volontiers. Qu'il soit adulte ou enfant, tout un chacun aime qu'on sache qu'il a été choisi.

S'agissait-il de Skinny Nelson, le chef de la police ? Sans doute pas, car Nelson devait toujours être prêt à faire respecter la loi ; et, au moment où il allait remettre l'horloge à l'heure, il risquait d'être appelé parce qu'on avait entendu un hurlement ou qu'il fallait capturer au filet un chien devenu fou. La directrice de l'enseignement scolaire était une candidate plus vraisemblable. Une dame très comme il faut, avec un pince-nez au bout d'un long cordon noir, et elle avait sous ses ordres tous ceux qui enseignent que le temps est une denrée qui, utilisée comme il se doit, mène à la réussite et procure une bonne réputation ainsi qu'un solide compte en banque. Peut-être était-ce elle qui réglait sa montre sur le télégraphe avant de se dépêcher – comme une femme fière et pénétrée de son importance sait se dépêcher – de regagner le palais de justice et de crier l'heure exacte à quelqu'un d'assez agile pour grimper sur l'échelle de fer et ajuster les quatre faces de l'horloge.

Ou bien personne ne la remettait à l'heure et elle était toujours déréglée ; dans ce cas le monde n'avait pas été affecté au point que dix minutes dans un sens ou dans l'autre fassent une grande différence. Voilà une pensée réconfortante. Peut-être donne-t-on trop d'importance au temps. En quoi consiste-t-il, de toute façon, sinon en un mouvement d'ombres ? Des ombres qui bougent, de longues ombres, maintenant qu'on est fin octobre, qui se glissent doucement vers la Toussaint et le carnaval de la mort.

John se rappelait les Mexicains et un carnaval de la mort accompagné de flûtes et de sifflements qui ressemblaient à de petits cris, ainsi que de gâteaux en forme de crânes humains et de squelettes-pantins qui émettaient des claquements d'os desséchés. Il avait cru comprendre ces réjouissances – qui n'a pas siffloté dans le noir ? Mais il pensait rarement à la mort. Et donc, quelle chose étrange, à présent, alors que le train attendait et que la locomotive sifflait et vibrait, de voir un cercueil qu'on sortait du wagon à bagages.

C'était une caisse de pin ordinaire, et l'homme de couleur n'entreprit pas de la retirer avant qu'une femme ne fût descendue de la voiture-salon. Quand elle eut mis pied à terre, elle se retourna et quelqu'un au-dessus d'elle lui tendit un petit enfant qui n'avait pas plus d'un an.

Il était vraisemblable que celui qui était mort était le mari et père, et que cette femme venait d'une des familles scandinaves qui vivaient hors de la ville.

Elle se dirigea vers le wagon à bagages ; la tête de l'enfant reposait contre son épaule. Elle avançait lentement, comme s'il était dangereux de marcher sur le sentier propre et couvert de gravier qui longeait la voie ferrée. Quand elle fut plus proche John s'aperçut que ses difficultés venaient de ses chaussures neuves, bon marché et impitoyables. Le soleil se brisait sur la surface dure du cuir verni. Elle avait une chevelure épaisse semblable à du blé mûr, coiffée en tresses enroulées autour de sa tête. Elle avait dû s'entendre dire plus d'une fois : « Oh, que vous avez de superbes cheveux ! » Et elle était allée se coucher tout enveloppée dans ce compliment. Mais, sur ces belles tresses, elle avait mis un chapeau.

C'était un chapeau dur, bon marché, une sorte de petite soucoupe où étaient attachées deux cerises en plâtre rouge brillant, qui semblait dire : Je suis le chapeau d'une femme qui a brusquement eu besoin d'en avoir un. Il n'était pas habitué à la tête de la femme, et c'était avec méfiance qu'il restait posé sur les rouleaux couleur de blé.

La femme ne pleurait plus. Comme tant d'autres qui

s'étaient retrouvées dans un train, elle avait compris, en voyant les poteaux télégraphiques défiler sur un horizon vide, que les larmes sont inutiles. Dès qu'elle et son bébé furent à la hauteur du wagon à bagages, elle toucha le cercueil.

Lorsque le train repartit, la dizaine de spectateurs se dispersa lentement ; la présence d'un cercueil fait réfléchir. Personne ne veut être impliqué. Tout le monde le sera bien assez vite.

John fut le seul à rester.

Nul autre ne s'était encore manifesté. Avait-elle téléphoné à quelqu'un ? Télégraphié ? Peu nombreux étaient les agriculteurs à l'extérieur de la ville qui avaient le téléphone, et cette jeune femme aurait pu être embarrassée par la complexité de l'opération. Quant à une lettre pour demander de l'aide, elle ne serait pas arrivée avant le train qui transportait le corps.

Au bout d'un moment, le Noir lâcha le lourd timon de son chariot et regarda la femme pour qu'elle lui donne ses directives. L'inquiétude qui la rongeait dépassait de loin les cinq minutes ou même les cinq heures qui allaient suivre. Les cinq prochaines minutes trouveraient d'elles-mêmes une solution. Mais les cinq prochaines années ? L'enfant ne manquerait pas de poser des questions.

« C'est quoi, un père ? »

Elle devrait répondre : « Un père, c'est quelqu'un qui rentre à la maison le soir. Un père, c'est l'homme qui donne un petit enfant à une femme. »

De telles paroles pourraient suffire pendant un an ou deux – elles expliqueraient qui était cet homme et pourquoi l'enfant était là. Mais quand le garçon aurait huit ou neuf ans, il commencerait à deviner que tout homme a une histoire et que si cette histoire n'est pas contée, le père n'est qu'un vide. Et donc, un soir où tout serait tranquille et où il serait plus facile de parler parce que le crépuscule dissimule l'anxiété et l'hésitation dans le regard de l'autre, le garçon demanderait : « Il était comment ? Parle-moi de mon père. »

Elle raconterait une histoire. Et peu importait à quoi avait ressemblé cet homme, elle la raconterait d'une certaine façon parce qu'elle ne pourrait pas – non, elle ne pourrait pas – la dire autrement.

Mais, pour l'instant, elle restait là, muette, elle jeta d'abord un regard aux deux valises de mauvaise qualité posées à côté de la voie ferrée, puis un autre au Noir.

John s'avança. « Puis-je me permettre ? Je m'appelle John Metlen.

— Christina Andersen », répondit la jeune femme.

Les Scandinaves de cette région ne parlaient tous qu'un peu d'anglais. John se tourna vers le Noir ; il s'appelait Brown. « Brown, si vous voulez bien attendre avec Mme Andersen, je vais faire un saut de l'autre côté de la rue pour aller chercher Thorpe. »

Thorpe était le nouvel entrepreneur de pompes funèbres. John n'avait pas entendu parler de décès récent en ville ; Thorpe devait donc être libre.

« Avec plaisir », répondit Brown.

« Madame Andersen, dit John, auriez-vous des papiers dans votre sac à main ? »

Elle comprit. « Je vous en prie, prenez-les.

— Thorpe est quelqu'un de bien, poursuivit John. Mme Thorpe était institutrice. » Il connaissait le respect des Scandinaves pour le savoir, et il ne voulait pas qu'elle soupçonnât Mme Thorpe d'avoir épousé un homme désinvolte.

« Il se produit des choses terribles, dit Christina Andersen.

— C'est bien vrai, hélas », répondit John. Il entendait

au loin l'eau de la rivière qui passait par-dessus les rochers.

Thorpe arriva avec son corbillard peu de temps après, et il emporta la caisse en pin. « Madame Andersen, quelqu'un doit-il venir vous retrouver ? » demanda John. Aussitôt il eut peur de ne pas bien se faire comprendre. « Quelqu'un doit-il venir... pour vous ramener chez vous ?

— Je ne sais pas. » John s'imagina des appels téléphoniques et des tentatives d'appel. Le message de cette femme avait peut-être été transmis, mais peut-être pas. En tout cas, personne n'était venu.

« Je vais chercher ma voiture, dit John. Je vais revenir pour vous emmener, vous, le bébé et vos sacs. Ça ne vous embête pas d'attendre, madame ?

— J'attendrai. »

Il fut de retour en moins de dix minutes. Il avait espéré qu'elle serait partie, emmenée par des amis qui les connaissaient, elle et son mari et leur singulier passé, et auraient été de meilleurs consolateurs que Lizzie et lui.

Mais elle était là avec le bébé dans ses bras. Après avoir mis les bagages à l'arrière de la Locomobile, il aida Mme Andersen et le bébé à monter à l'avant et les emmena voir Lizzie.

Celle-ci vint à leur rencontre dans l'entrée.

« Lizzie, dit doucement John, voici Christina Andersen.

— Oh, oh, oui », dit Lizzie.

John la regarda. Cette façon de saluer était bizarre. Comme si Lizzie s'était attendue à la venue de cette femme.

En un sens, c'était le cas. Dès que Mme Andersen était apparue, un moment important du passé de Lizzie s'était soudain éclairci – de la même manière qu'un nom qui échappe sans cesse au souvenir va resurgir sans autre raison que le passage d'un petit nuage devant le soleil. Cet éclair de reconnaissance, en Lizzie, avait été provoqué par le chapeau de cette femme et les tresses sur lesquelles il était posé. Le soleil et le vent avaient rendu plus rugueuse la peau de porcelaine et creusé les premières rides obliques autour des yeux écartés, mais il s'agissait bien de la femme qui, un jour, était restée fascinée devant la vitrine de la bijouterie Huber.

Une douzaine d'années auparavant, donc, leurs regards s'étaient croisés – Lizzie y avait vu un échange de politesses entre inconnues. Au bout d'un moment, elle s'était fortement interrogée sur la signification de ce regard et avait eu envie de retourner et de parler à cette femme – mais pour lui dire quoi ? Elle n'avait pas fait demi-tour, et de temps à autre, au cours des années qui avaient suivi, il lui était brusquement arrivé de s'interrompre, songeuse, et de se poser des questions ; une sensation d'inachevé la mettait mal à l'aise, sans qu'elle parvînt à en saisir l'importance.

D'un seul coup, maintenant, elle comprenait ce regard. Presque tout le monde le connaît : ce genre de regard confirme simplement un rendez-vous pris depuis longtemps. Et voilà que bizarrement ce rendez-vous avait lieu.

Dans le séjour, Christina Andersen s'était assise sur le canapé, droite comme un piquet, tandis que le bébé s'était endormi près d'elle. John apporta la valise en carton et la posa sur le canapé. Tournant uniquement le haut de son corps, Mme Andersen l'ouvrit. Plusieurs langes, soigneusement pliés, apparurent sur le dessus. Au-dessous, comme le remarqua John, il y avait des vêtements d'homme dont la couleur et le tissu ne s'accordaient nullement avec les chaussures vernies et le chapeau aux cerises. Les vêtements de meilleure qualité qui complétaient la garde-robe de Mme Andersen devaient habiller désormais l'homme qui reposait dans la caisse en pin.

Mme Andersen se déplaça pour changer les langes du bébé endormi.

« Laissez-moi faire, dit Lizzie. J'adore les bébés. Je ne voudrais pas oublier comment on s'y prend.

— Vous êtes trop bonne », dit Christina Andersen. Un moment plus tard, l'odeur d'ammoniac avait envahi la pièce. Lizzie travaillait pendant que Christina Andersen parlait. « J'ai trente-trois ans », dit-elle.

Son mari en avait trente-quatre. Bien qu'ils aient rempli les premiers formulaires, ils n'étaient pas encore naturalisés ; Waldemar, le mari, n'avait donc pas pu aller se battre pour son nouveau pays, mais il connaissait le serment d'allégeance.

Le bébé se réveilla et gémit. Lizzie le prit dans ses bras, le ramena contre elle et le berça. Pendant que Christina Andersen continuait à parler, le cœur de Lizzie cognait avec force contre ses côtes. L'haleine du bébé était chaude et impure.

La mère parlait comme si depuis trop longtemps un barrage avait retenu son flot de paroles.

Le frère de Waldemar, Anders Andersen, vivait à Cedar Rapids, Iowa, où il vendait de la glace et possédait une voiture. Il avait envoyé des photos et aussi un chèque.

Waldemar, son mari, élevait des porcs dans leur ferme près d'ici. Christina détestait les cochons. Il arrivait que les verrats dévorent leurs petits. Elle détestait les yeux des cochons. Parmi tous les animaux, seuls les porcs peuvent vous suivre des yeux. Contrairement aux chevaux ou aux vaches, ils ne sont pas obligés de bouger la tête.

Lizzie hochait la tête sans tout bien saisir. Et

maintenant, voyez comme elle avait été bête. Le bébé était épuisé, ce n'était pas étonnant, après un si long voyage et le chagrin de sa mère. Sa miraculeuse menotte reposait immobile sur le sein de sa mère. Elle se pencha sur la petite tête tiède et humide, et il se mit à respirer régulièrement avant de se rendormir.

C'était à une grande exposition porcine qu'Anders les avait conviés. Ils auraient pu se servir du chèque pour quelque chose de mieux. Elle aurait voulu une écrémeuse De Laval. Mais Anders avait promis des pique-niques, du canotage sur le lac, de la musique le soir dans une grande salle où les Scandinaves dansaient la polka. Ils prirent le train, mais ils n'allèrent jamais danser.

Au lieu de cela, dans ses vêtements tout neufs, Waldemar s'était rendu à l'exposition porcine avec Anders.

« C'est tout ce que j'ai, dit Christina, ces vêtements. »

Waldemar et Anders pénétrèrent dans la halle aux porcs qui était aussi grande qu'un champ et avait des fenêtres dans le toit. Il y avait de la poussière partout à cause des tracteurs qui étaient entrés par les grandes portes pour enlever trois cochons morts – des porcs venus pour remporter des prix.

Les frères étaient restés deux heures dans la halle aux porcs à discuter avec des amis d'Anders. Puis ils étaient partis et s'étaient rendus dans un saloon où ils avaient bu de la bière.

Alors qu'il était debout au bar, Waldemar avait soudain déclaré : « Je me sens tout drôle. »

« Deux jours plus tard, il était mort. » Les yeux de Christina passèrent de ceux de Lizzie à ceux de John. Son regard disait que la mort des porcs et celle de Waldemar n'étaient pas une coïncidence. Ce que les gens fous ont d'inquiétant, même quand ils ne sont fous que momentanément, c'est qu'ils semblent parfois avoir découvert la vérité.

Un certain Dr J.S. Koen, du Bureau de l'élevage, avait décelé une similitude entre les porcs déjà morts ou en train de mourir et la grippe qui avait frappé des habitants de Cedar Rapids. Il savait que dans l'Ouest, au poste de cavalerie de Fort Riley, on brûlait depuis des mois neuf mille tonnes de crottin de cheval infecté, et des nuages de puanteur s'étaient formés au-dessus de la région.

À la suite d'un vent de tempête qui avait envoyé les soldats de la 97e division, à Fort Riley, se réfugier dans leur tente en étouffant, un des cuisiniers du poste s'était alité et il était mort suffoqué. Une centaine d'hommes, à peu près, l'avaient suivi sous terre. Peu après que la 97e division eut débarqué en France, les poilus, là-bas, furent terrassés par la maladie. Le Dr Koen l'avait appelée la « grippe porcine [1] ». Vingt et un millions de personnes en moururent. D'abord, on se sentait bien et content. Le moment suivant, on avait envie de s'allonger. Les bras et les jambes faisaient mal. La bouche et la gorge étaient enflammées. On haletait. Les poches d'air dans les poumons se remplissaient de mucosités. On suffoquait et on mourait.

Devant les maisons de Grayling, Montana, les potirons posés sur les plus hautes marches clignaient de l'œil et lançaient des regards hostiles. C'était l'époque des chauves-souris et des sorcières. À l'angle des rues Rife et Pacific, l'éclairage traversait faiblement

1. Cette variété de grippe a parfois été mise en cause dans la pandémie de grippe dite « espagnole » qui a ravagé le monde en 1918-1919.

un enchevêtrement de branches nues. Des enfants masqués, affublés de draps, marchaient d'un pas rapide sur les trottoirs, frissonnant devant toutes ces évocations de mort.

Un gel sévère frappa la ville trois jours après Halloween. Le lait gela dans les bouteilles déposées dans les vérandas à l'arrière des maisons, se dilata et fit sauter les bouchons en carton. Les radiateurs des Dodge, des Buick et des Maxwell qu'on avait omis de vider éclatèrent – un bon argument de vente pour les Franklin refroidies à l'air, si l'on pouvait se permettre cette dépense supplémentaire. Celui qui inventerait un liquide qui ne gèlerait pas comme l'eau, qui ne s'évaporerait pas comme l'alcool et ne détériorerait pas la pompe à eau ou les durits comme le kérosène, celui-là engrangerait une fortune. En l'état actuel des choses, il fallait vider son radiateur tous les soirs ou alors sortir vers minuit, faire démarrer la voiture, puis recouvrir le radiateur d'une couverture.

Les potirons gelèrent eux aussi. Lorsque la température remonta vers les derniers jours de ce qui fut un été indien, ces mêmes potirons s'effondrèrent, leurs bouches sculptées devenues toutes molles et ratatinées comme celles de vieillards édentés.

Lizzie avait eu l'impression que Zack était près d'elle quand elle avait sculpté sa citrouille et l'avait mise devant la maison. C'était pour lui qu'elle l'avait creusée. Que peut-il arriver de mal à un garçon dont la mère sculpte et expose une citrouille avec amour ? Elle trouvait magnifique de pouvoir être ravie par l'odeur que dégage la bougie quand elle grille la chair de l'écorce du potiron, et puis de savourer le souvenir de tous les potirons passés. Peu nombreuses étaient les personnes qui, comme elle, avaient la chance de se réveiller tous les matins en aimant la vie, emplie de l'envie d'échanger un premier mot avec John et de boire une première gorgée de café.

« Je suis contente d'avoir gardé les graines », dit-elle en parlant de la dernière citrouille. Mais John ne put savoir si elle avait l'intention de les griller ou de les semer, car elle termina en disant : « John, je crois que je vais monter m'allonger. »

John resta assis, hébété, à côté du lit d'hôpital de Lizzie. C'était elle qui avait dit : « Rien ne compte à part nous deux. »

Pendant deux jours et deux nuits, elle fut lucide et parla de choses anciennes, mentionnant le passé pour annuler le présent. Elle évoqua une excursion en sac à dos jusqu'à un lac, et la fois où les plongeons avaient crié toute la nuit.

« Je m'en souviens, Lizzie. »

En soi, le souvenir était la vie.

Elle eut la chance d'être encore consciente trois jours après l'armistice ; John lui avait apporté le journal. Peut-être mourut-elle heureuse.

Elle ne parla pas une seule fois d'amour. Leur amour parlait de lui-même.

Son cercueil, comme celui de Martin Connor, fut parmi les derniers de bonne qualité encore disponibles. Thorpe, l'entrepreneur de pompes funèbres, se déclara prêt à rendre son tablier : impossible de se procurer de bons cercueils, quoi qu'on fasse et quoi qu'on paye.

10

AINSI, AU DÉBUT DE L'ANNÉE 1919, Harry Connor prit la place de son père ; et même si le fauteuil du vieux Martin Connor était impressionnant, Harry s'y installa avec un bel élan. Déjà avant la mort du vieux, Harry s'y était mis à plusieurs reprises, notamment pour acheter quelques milliers d'hectares de ravines asséchées, de rocaille et d'armoises sans valeur, pour la simple raison qu'un géologue était persuadé que du pétrole coulait quelque part en dessous. Comme on avait déjà prospecté en vain la région quelques années auparavant, on se disait que Harry, même dans ce fauteuil, avait frimé. Certaines personnes n'auraient pas été chagrinées de le voir prendre une veste.

Un homme d'un mètre soixante-dix-sept aime se considérer comme au-dessus de la moyenne, et il y a en effet des millions de gens qu'il peut regarder de haut. Celui qui mesure un mètre quatre-vingt-deux est plutôt à l'aise à cet égard et, quand il est dans une pièce avec d'autres hommes, il se trouve soit au même niveau, soit au-dessus de pratiquement tous les autres. Harry, lui, mesurait un mètre quatre-vingt-sept ; sa tête en dépassait bien d'autres dans les salles à manger et les dancings, et cela de Chicago jusqu'à San Francisco. Il avait la taille aussi mince qu'un jeune garçon ; on le soupçonnait de pratiquer la gymnastique suédoise dans sa chambre de la grande maison en brique de Grayling ou dans l'énorme maison en rondins du ranch où les planchers étaient taillés dans du bois dur et couverts de tapis navajos, où les murs étaient décorés des têtes empaillées des animaux sauvages qu'il avait abattus ici ou là.

Il se tenait avec l'arrogance et l'aisance de ceux qui ont fréquenté une bonne école privée puis une université toute proche du lac Washington et du détroit de Puget, ce qui est parfait pour s'exercer à la voile. Les amis qu'il avait eus là-bas étaient les enfants de gros négociants en bois et de transporteurs maritimes ; ils continuaient de venir à Grayling dans leurs voitures ou en réservant des compartiments entiers du train. Ils aimaient la vie au ranch, les excursions où l'on campait, la pêche, les rodéos de la région. Harry Connor ne prenait pas part aux rodéos – ceux qui s'y produisent n'appartiennent pas à la même classe. Les hommes qu'il employait réalisaient des prouesses lors de la fête de la Frontière à Grayling ou à Butte ou même, de l'autre côté de la ligne de partage des Rocheuses, à Salmon, dans l'Idaho, ville où tout le monde aime s'amuser. Mais Harry montait à cheval avec élégance, et il lui arrivait souvent de conduire du bétail depuis le ranch jusqu'à la voie ferrée.

« C'est drôle qu'il ne soit pas marié », entendait-on dire parfois.

On répondait en gloussant : « Ce Harry, il est pas obligé de se marier. » Et ceux qui le disaient n'avaient pas tout à fait tort. Depuis longtemps, il ne s'intéressait plus aux filles consentantes venues du mauvais côté de la ville ni à celles qu'il pouvait ramasser dans des entrées d'hôtel. Les sœurs de ses camarades d'université trouvaient qu'il ferait une bonne prise ; c'était aussi l'avis d'une jeune femme de Butte qui avait tout autant d'argent que lui.

De jeunes dames en robes de mousseline de soie, portant des bandeaux ornés de perles autour de leur jolie tête aux cheveux bien ondulés, dansaient avec lui à l'hôtel Saint-Francis, à l'Olympic, ou à l'hôtel Thornton de Butte. Avec lui, elles gravissaient à cheval de sombres sentiers de montagne entre les pins, supportant d'avoir leur joli derrière endolori et des courbatures dans les cuisses. Harry Connor couchait avec elles là-haut entre des couvertures qui sentaient bon l'herbe aux ours [1] bien fraîche, recouverts d'une bâche qui, elle, avait une odeur de soleil et de pluie, et il était le premier à se lever le lendemain matin, à se tourner de l'autre côté pour se soulager la vessie tandis que la jeune femme était gagnée par le désespoir.

Pas étonnant que le frère de la jeune femme – il possédait une mine de cuivre qui criblait de trous la plus grande colline de Butte – se soit exclamé qu'il allait faire la peau à ce Harry Connor. Mais après tout, disait elle-même la jeune femme, Harry ne l'avait pas forcée. Pourquoi l'aurait-il fait ?

« Quand le moment viendra, Harry se rangera. Forcément. »

Pourtant, cet homme si enviable était assailli de doutes sur lui-même, exactement comme nous tous, et pour une raison qui pourrait surprendre. Un homme est censé pouvoir boire sans perdre la tête et, tel qu'on le connaissait, Harry Connor était capable. Mais lui savait que ce n'était pas le cas. Bien qu'enclin à la réflexion, il en était venu à se demander s'il existait une corrélation entre l'agitation qui s'emparait parfois de lui, qui le poussait au-delà des frontières sûres du comté où il

1. *Xerophyllum tenax* – grande herbe de la famille des liliacées.

habitait, et les heures disparues, le temps englouti entre deux de ses propres pas, entre le verre levé et le verre reposé – heures qu'il ne retrouverait jamais et dont il n'oubliait que lentement la perte, non sans une gêne honteuse. Personne ne lui avait jamais posé de questions sur ces absences ; il n'avait donc rien commis de violent ou de dangereux. Mais il y avait des endroits où il ne retournait jamais parce qu'il craignait d'y avoir perdu le contrôle de lui-même, d'avoir agi bizarrement, de s'être donné en spectacle. Et s'il l'avait fait, ç'aurait été comme si on l'avait émasculé. Butte était donc encore un endroit possible ; mais pas Helena, ni Miles City, ni Fargo.

À Grayling, Harry Connor était d'une prudence extrême.

Ceux qui passaient en voiture à Grayling devant la maison de maître des Connor – une grande demeure carrée, en brique, où des géraniums écarlates fleurissaient dans des urnes de pierre de chaque côté des larges marches en grès –, ceux qui voyaient Harry Connor, en costume trois pièces et chapeau de cow-boy à large bord en ragondin de qualité extra, descendre à grandes enjambées ces imposantes marches, savaient que c'était un cœur à prendre et que la fille qui saurait l'attraper aurait gagné gros : la femme qu'il épouserait deviendrait aussitôt une reine.

On pouvait donc demander : « Mais alors, puisqu'il avait le monde entier à portée de main, pourquoi Harry Connor a-t-il proposé le mariage à une fille de dix-neuf ans dans une ville du nom de Salmon, en Idaho ? »

Qu'est-ce qui peut bien se trouver à Salmon, Idaho ? Qui pourrait y être ? Dans le passé, il y avait sans doute eu de l'or et de l'argent, mais pas tant que cela ; ces métaux s'étaient épuisés avant qu'aucun enfant du pays n'ait réussi à en amasser suffisamment pour se faire construire une grande maison avec une coupole et un cerf en fer sur la pelouse de devant. La plus grande partie de l'or avait filé vers l'Est dans les mains d'individus plus malins que les prospecteurs qui l'avaient découvert. Les prospecteurs ont la tête en l'air, ils rêvent de Dieu sait quoi, peut-être d'un lopin de terre, mais ils aiment payer des verres. Ils racontent encore l'histoire de celui qui, dans un bar, jetait des pépites d'or par terre pour voir les gens se précipiter à quatre pattes.

Salmon était une agglomération de quinze cents habitants. De petites maisons, quelques-unes en bois, d'autres en brique de la région, s'éparpillaient le long des deux rives de la Salmon ; elles étaient reliées par un haut pont métallique rouillé et branlant. Parvenues sans encombre de l'autre côté après être passées au-dessus des eaux furieuses, les âmes sensibles étaient fières d'avoir un peu trompé la mort ; il leur arrivait même de songer à la vie et au cadeau précieux qu'elle représente. Les éleveurs se rendaient en ville pour y acheter de l'épicerie, des selles et des harnais, et se procurer du baume antalgique Sloan's à la pharmacie de la Croix-Rouge. Il y avait une demi-douzaine de bars ouverts où l'on pouvait boire et jouer de l'argent.

Dans les trois restaurants, on pouvait commander du bifteck et, l'hiver, des huîtres apportées par un petit tortillard qui arrivait péniblement deux fois par semaine. La splendeur des paysages était une richesse qu'on avait seulement reconnue depuis peu. Salmon était situé près du « territoire primitif[1] » de l'Idaho ; d'immenses forêts étaient enserrées par de majestueuses

1. Cette appellation administrative (en anglais, *primitive area*) désigne un territoire protégé pour lui conserver son caractère naturel et sur lequel il est interdit de construire.

montagnes au relief en dents de scie. Des gens de l'Est voyageant facilement, lassés des Laurentides et même des Alpes, trouvaient ces montagnes vierges aussi lointaines que charmantes. Descendre cette rivière aux eaux claires et dangereuses en franchissant de redoutables rapides sur un radeau de bois constituait un exploit avec lequel peu d'amis de l'Est pouvaient rivaliser, et puis c'était une belle histoire à raconter aux réunions du club des campeurs.

Une fois la guerre finie, une poignée de ranches encore en activité mais mal en point avaient déjà commencé à héberger quelques touristes de l'Est – on les appelait des « *dudes* » à cause de leurs beaux vêtements, leurs cigarettes de luxe et leur ignorance de la selle western. Ces étrangers égarés qui désiraient tant entrer en contact avec les primitifs pour en connaître l'âme s'extrayaient de leur lit dès six heures du matin, se lavaient à l'eau froide et prenaient place à la longue table du petit déjeuner où ils mangeaient d'épaisses crêpes, des œufs sur le plat et du jambon passé à la poêle. Ils étaient fiers lorsqu'un garçon vacher efflanqué leur parlait gentiment, et ils le suivaient à cheval le long de pistes redoutablement étroites et escarpées. Quand la nuit tombait, ils s'asseyaient autour du feu.

Le samedi soir, ils « allaient en ville » avec les cow-boys et restaient debout au bar où ils apprenaient à rouler leurs cigarettes et à vider d'un trait des verres de whisky pur – et avec eux leurs femmes qui ne s'étaient encore jamais tenues debout au bar et ne s'étaient jamais non plus écartées pour faire place à un inconnu.

À Salmon, ils se ruaient dans les magasins pour acheter des chapeaux Stetson, des bottes Justin et des salopettes Levi Strauss. Le magasin McCloud's – le Big Store – importait des gants de daim de la partie méridionale de l'État où les Indiens avaient été exilés, mais aussi des gants pourvus de longs crispins où des perles formaient des motifs floraux très élaborés, ainsi que des mocassins ornés de perles et des sacs à main qui provenaient du patient labeur de squaws assises les unes contre les autres, blotties pour résister au vent qui hurlait dans des huttes de branchages remplies de fumée. Beaucoup d'entre elles devenaient aveugles. Elles n'avaient pas de quoi acheter des lunettes.

C'est au McCloud's – le Big Store (où de petits paniers en fil métallique, transportant de l'argent, faisaient des allers et retours au-dessus des clients) – que Harry Connor posa les yeux pour la première fois sur Anne Chapman. Il était venu justement pour la voir.

Bien entendu, Anne Chapman n'était qu'une femme. De nombreux hommes et autant de femmes l'avaient déjà dit, mais les femmes ne s'en étaient pas pour autant senties mieux.

Ce qui était arrivé à un couple de touristes de l'Est qui séjournaient dans un ranch résumait assez bien l'affaire. Ces *dudes*, mari et femme, donc, étaient entrés dans le Big Store peu de temps après leur arrivée à Salmon. Ils avaient acheté une canne à pêche pliante – une Shakespeare très chère – ainsi qu'un moulinet, un panier de pêche et une douzaine de mouches Silver Doctor. Pêcher à la mouche artificielle passe pour plus sportif que pêcher avec un appât vivant ; on a plaisir à tromper le poisson avec un appât confectionné avec de la soie et des plumes.

Au-dessus de leurs têtes, les petits paniers de fil de fer allaient et venaient. Les visiteurs remercièrent le jeune homme qui leur avait vanté la rivière Salmon comme regorgeant de poissons, et ils passèrent sous une ouverture voûtée pour se rendre au rayon de la mercerie. Quelques instants plus tard, ils se retrouvèrent dans la rue ensoleillée et montèrent dans leur grosse voiture de tourisme, une Marmon bleue.

Le mari resta un moment sans poser les mains sur le volant.

Sa femme lui demanda : « Tu as tes clés ?

— Mes clés ?

— De voiture. Les clés. Tu n'as pas regardé dans tes poches. Cherche dans tes poches.

— Ah oui. Dans mes poches.

— Tu parais complètement ailleurs. »

Il la regarda comme s'il essayait de trouver d'où venait cette voix.

Elle poursuivit : « Quand cette jeune femme t'a parlé, tu as regardé le bout de tes pieds comme un écolier. Est-ce qu'elle t'a ébloui à ce point ? Tu es devenu aveugle ? »

Il secoua la tête comme pour s'assurer qu'elle était bien là.

Sa femme continua. « Ce n'est pas difficile d'être attrayante quand on a dix-huit ou vingt ans. Pas extraordinaire. La nature a fait ce qu'il fallait pour qu'une jeune femme soit attrayante. »

Alors il parla : « Jamais, au cours de toute ma vie… » Les hommes âgés sur les murs de Troie n'avaient jamais non plus, au cours de toute leur vie. Quant à sa femme, elle se toucha les cheveux sous son chapeau pour voir s'ils étaient sortis de leur filet. Elle non plus, au cours de toute sa vie, n'avait jamais, mais bizarrement, elle n'éprouvait aucune jalousie, pas même d'envie, juste de la tristesse.

Harry Connor avait eu vent de quelque chose d'extraordinaire à Salmon. Il en avait entendu parler. Par des représentants qui s'arrêtaient pour encaisser un chèque. Par des maquignons. Des exploitants de mine passés à Salmon pour inspecter des sites susceptibles de redevenir rentables grâce à des machines et des méthodes nouvelles. Harry Connor en avait eu l'eau à la bouche car, même si ça n'avait pas grande substance, c'était toujours relayé par d'autres. Il avait entendu dire qu'à une certaine heure une jeune femme partait à pied de la périphérie de la ville où elle habitait avec son grand-père, suivait la rue dans toute sa longueur et pénétrait dans le Big Store presque à la hauteur du pont. C'était tout. Mais il était clair qu'à Salmon les gens regardaient quand elle passait.

Sur cette femme qui se déplaçait à pied, Harry Connor n'avait pas connaissance de ragots. Aucun rendez-vous amoureux n'était mentionné. Ni de conquête. Non, pas le moindre bruit à ce sujet. On ne connaissait que son nom – c'était à peu près tout ce que les gens savaient d'elle, et Harry Connor aurait parié que ce n'était pas de sa bouche à elle qu'on avait appris son nom. « Je m'appelle Anne Chapman » était sans doute un énoncé que peu de personnes avaient entendu. Anne était un superbe prénom. Magique. Et elle, était-elle magique ?

Imaginons qu'au lieu de lui demander « Comment vous appelez-vous ? », il lui dise « Je m'appelle Harry Connor ». De même que le nom d'Anne Chapman avait traversé vers l'est la ligne de partage des Rocheuses, la réputation de Connor avait dû s'étendre vers l'ouest. Une jeune femme, voilà ce qu'elle était. Et lui, c'était Harry Connor. Lui aussi on le regardait quand il marchait dans la rue.

« C'est Harry Connor. J'aimerais bien être à sa place. »

Dans ce nouveau mythe, il était toujours question d'un grand-père. Était-ce parce qu'il avait épousé une Indienne ou parce que les parents de la jeune fille avaient disparu ? Si impressionnant que puisse être ce grand-père, Harry Connor se sentait capable de s'en débrouiller. En tout cas, que la fille soit un quart indienne ne lui posait pas de problème. C'était même quelque chose qui lui plaisait. Il aimait l'histoire de Pocahontas. Une histoire qui ne se terminait pas tout à fait bien. Pocahontas aurait dû épouser le capitaine John Smith et pas le dénommé Rolfe, et pourtant elle était partie avec Rolfe pour l'Angleterre où ils avaient fréquenté les meilleurs cercles de Londres.

Quel était le grand-père qui ne serait pas content de voir sa petite-fille quitter la ville au bras d'un Connor ? Si le grand-père faisait partie du mythe, c'était peut-être parce qu'on voulait mettre en évidence la louable responsabilité que cette fille assumait à l'égard d'un vieillard. La responsabilité est une bonne chose également chez une femme.

Ainsi, à la fin de l'été 1919, Harry Connor franchit en voiture la ligne de partage des Rocheuses – on l'appelait « la colline » – pour se rendre à Salmon. De lourdes pluies avaient transformé le bas de la route, du côté du Montana, en un bourbier gluant. Comme si elle était vivante, l'argile suintait et venait se coller dans les creux du dessin des pneus et, rendant les roues lisses, leur enlevait leur force de traction.

Arrivé de l'autre côté d'une flaque fangeuse qu'il avait réussi à traverser en prenant de la vitesse, Harry Connor arrêta sa Peerless noire, passa une salopette par-dessus son costume, sortit les lourdes chaînes de marque Weed et les étala par terre devant les roues arrière. Il fit rouler la voiture dessus et les fixa autour des roues aux rayons de bois. Il se disait que les gens de chez Weed auraient quand même pu inventer un meilleur moyen de les attacher, un système qui ne vous pince pas les doigts et ne vous fasse pas des ampoules pleines de sang.

Quel soulagement d'atteindre le haut de la colline. En descendant, il aurait au moins la pesanteur pour lui. Il faisait frais, là-haut, et les dernières pluies s'étaient transformées en neige. Il déballa un sandwich au jambon et se demanda ce qui pouvait bien le pousser à poursuivre ainsi un feu follet. Il avait déjà parcouru presque quatre-vingt-dix kilomètres. La ville de Salmon s'étendait en bas, dans la lointaine vallée.

À Salmon, il s'arrêta devant un petit hôtel en brique rouge – un refuge plutôt minable pour représentants de commerce. Il aimait les bons hôtels, et comme d'autres voyageurs les aimaient aussi il avait investi une belle somme dans celui qu'on construisait à Grayling en face du vieil hôtel Metlen, mais de l'autre côté de la voie ferrée – du bon côté de la ville.

Il sentit qu'il avait besoin d'un verre.

Il était à présent quatre heures de l'après-midi, selon une de ces montres ultramodernes que les soldats avaient commencé à porter au poignet en France. Sa chambre était à quatre pâtés de maisons du Big Store, dans la même rue mais sur le trottoir d'en face ; ainsi Connor pourrait voir tous ceux qui quitteraient le magasin à cinq heures, moment de la fermeture. Quand il observait la rue depuis le premier étage de l'hôtel Shenon House, il avait un privilège dont il ne se doutait pas, celui d'assister à un spectacle qui ne se reproduirait jamais plus ailleurs qu'au cinéma : il voyait une rue où le nombre d'automobiles était pratiquement le même que celui des chevaux.

Il songea à rester là – il pourrait même mettre une chaise près de la fenêtre pour surveiller. Il se demanda si ces gens à cheval, ou dans des bogheis et des chariots, ou encore au volant de Ford modèle T, attendaient comme lui qu'il soit cinq heures. Puis il se jugea ridicule d'attendre que quelqu'un apparaisse et se mette à marcher dans la rue. Il avait roulé pendant cent quatre-vingt-cinq kilomètres. Pourquoi devrait-il, comme les autres, patienter derrière une vitre ? Il avait parcouru une bonne distance pour affronter un mythe, une légende. Eh bien, bon sang, il allait le faire et pas rester assis à attendre.

Il descendit les marches usées de l'escalier.

Une jeune femme portant un paquet encombrant sortit du Big Store ; elle poussait du genou une petite fille à laquelle elle disait : « … t'emmènerai plus jamais avec moi. » L'enfant fila devant elle.

Harry Connor entra dans le Big Store et, pour se repérer, s'arrêta au milieu des cannes à pêche, des moulinets et des paniers. Sous verre étaient exposés des carabines, des couteaux de poche et de chasse. Sur des comptoirs il y avait des bottes de chasseur : une debout et sa compagne encore allongée dans sa boîte. Ici se trouvaient les outils permettant à l'homme moderne de suivre les traces de ses ancêtres, de pister des animaux et de les tuer. Un homme robuste et d'âge mûr qui avait sans doute souvent pisté et tué s'adressa à lui depuis le milieu de la pièce.

« … quelque chose pour vous ?

— Je cherche la mercerie, dit Harry Connor.

— C'est juste par ici. »

Harry Connor franchit une ouverture voûtée et passa dans un univers féminin. Trois femmes collées ensemble parlaient à voix basse. Elles ôtaient les vêtements des portants et les tenaient à bout de bras devant elles pour avoir une idée de ce qu'ils donneraient.

« Peut-être bien, mais je ne crois pas.

— Ça me donne l'air complètement lessivée. »

Au-dessus d'elles, un panier en fil métallique fila juste sous le plafond et disparut dans un trou. Il réémergea presque aussitôt.

À la gauche de Harry Connor, une jeune femme se tenait derrière un comptoir. Ce ne pouvait être qu'elle.

Il marcha vers elle. S'arrêta. Demeura complètement immobile pour bien marquer sa présence. Elle le regarda droit dans les yeux.

Il déclara : « Je suis Harry Connor. »

Il était impossible qu'elle ne l'ait pas entendu. Ce qu'elle avait perçu n'avait pas grande importance. Il n'avait demandé ni renseignement sur la marchandise ni conseil, simplement il avait prononcé son nom : de quoi montrer à cette jeune fille que c'était justement pour paraître devant elle et se nommer qu'il avait fait cent quatre-vingt-cinq kilomètres. Bref, qu'il était sérieux, tout à fait sérieux.

« Je suis Harry Connor. »

Elle le regarda droit dans les yeux. « Oui ? »

Ce qu'il ressentit était exactement comme une ivresse. Mais Harry Connor n'allait pas tourner autour du pot. Il dirait ce que les autres n'osaient pas exprimer. Il lui posa la question que l'homme est encore obligé de poser à la femme.

Elle répondit. Il n'en crut pas ses oreilles.

« Non », dit-elle.

Plus tard, Harry Connor fut incapable d'expliquer le profond malaise qui ne le quittait pas.

Il était resté dans sa chambre d'hôtel, tout seul. Il n'avait pas bu une goutte, ni en public ni en cachette. Il n'avait parlé qu'à une personne, une seule, et il se rappelait chaque moment de cette rencontre.

Il n'y avait aucune raison pour qu'il retourne à Salmon.

Et aucune raison pour qu'il n'y retourne pas.

11

LORSQUE ZACK METLEN RENTRA DE FRANCE, il n'avait aucune place à prendre et pour seules chaussures celles qu'il avait aux pieds, reçues à l'armée. En ces années-là, les vêtements semblaient coupés par des gens qui avaient horreur de la silhouette humaine, et les uniformes militaires étaient particulièrement hideux : toujours froissés, ils se retroussaient et ils étaient difficiles à repasser. Zack avait un uniforme en grosse toile olive qui lui pendouillait sur le corps. Il portait au bras droit l'insigne du Signal Corps et, sur la poitrine, deux rubans dont l'un montrait qu'il avait servi dans la division Rainbow [1]. Au-dessus de ses godillots au bout affreusement court et rond, son pantalon s'enfonçait dans de grossières bandes molletières conçues bien des années auparavant pour des troupes qui avaient servi en Inde où elles devaient se protéger des morsures de serpent. Il n'y avait pas de cobras, sur le front européen, mais les traditions militaires ont la vie dure.

Zack savait qu'il n'avait pas de place à prendre. Il avait reçu la lettre. Mais pas celle qui lui annonçait la

1. Formée en 1917 à partir d'unités de National Guards venues de vingt-six États, la 42e Rainbow Division s'est distinguée dans la bataille de Champagne ainsi qu'à Verdun et dans l'Argonne.

mort de sa mère, et pendant des semaines John avait dû s'armer de courage en prévision de ce qu'il devrait lui dire en le voyant, sans l'écran du papier.

C'est à contrecœur que John débarrassa la grosse Locomobile marron clair de la bâche qui la recouvrait pour la conduire jusqu'à la gare : il n'avait plus droit à ce genre de voiture. Mais il avait promis de la garder en bon état pour Zack. La Locomobile symbolisait leur dernière conversation et une promesse. Il la conduisit donc jusqu'à la gare.

Ce jour-là, Zack n'était pas le seul soldat à rentrer dans cette partie du pays. Les autres lui passèrent devant et se précipitèrent dans des bras et sur des poitrines où ils versèrent des larmes et des murmures. Certains se jetèrent dans les bras de mères qui avaient parcouru les listes de victimes dans le journal – le *Butte Miner* – et s'étaient parfois dit, désespérées, que plus jamais elles ne resteraient éveillées en s'inquiétant pour ce fils, ses manquements et son avenir. Deux des soldats coururent vers des filles qui, croyant ne plus jamais connaître la poussée pressante de ce pénis, songeaient depuis peu à prendre d'autres dispositions.

John ne fut pas étonné de constater que Zack était le dernier à descendre. Zack ne poussait pas et ne se dépêchait pas. Il faisait preuve d'une patience étonnante, ce qui n'était pas le cas de John. Celui-ci, d'ailleurs, était conscient de ne comprendre qu'en partie ce qui circulait dans les méandres du cerveau de son fils. Que ce soit un lieu d'interrogations et de recherches, il le savait. Mais guère davantage. La patience de Zack était celle de quelqu'un qui nourrit un grand dessein. Contrairement à John, il n'était pas obligé de bondir pour saisir chaque éphémère moment de clarté. Lizzie, le seul prix durable qu'eût conquis John, avait disparu un matin entre dix heures et midi alors qu'un soleil d'hiver venait juste de toucher l'angle de l'hôpital.

Zack avait un grand sourire. Le cœur de John se serra. *Il ne sait pas.* Zack croyait que sa mère était restée à la maison pour glacer un gâteau, pour finir de préparer sa chambre, pour lui doubler son plaisir : d'abord son père, puis sa mère.

« Papa ! s'écria Zack en s'avançant vers lui. Mon bon vieux papa. J'ai des choses, là, dans le wagon à bagages. » Il ne portait avec lui qu'un petit cartable noir. « Comment va maman ? »

John fut incapable d'ouvrir la bouche. Il prit son fils dans ses bras et laissa son étreinte parler.

Plus tard. « Tu n'es pas obligé de rester ici, Zack. Il n'y a rien, ici. »

Zack répondit avec douceur. « Il faut bien que j'habite quelque part.

— Tu n'as qu'à prendre ça comme un endroit où tu fais une halte.

— Je ne suis pas obligé d'aller ailleurs, papa.

— Ce serait de la folie de tout compromettre parce que tu te dis que tu dois rester ici. » John se mordit la langue. Zack n'avait rien de plus que lui. Il ne possédait que ce qu'il portait dans le petit cartable noir, les vêtements qu'il avait sur son dos, le fouillis dans sa chambre et la caisse apportée dans le wagon à bagages.

« Ne t'inquiète pas. En restant ici, je ne compromets rien. Je pense que mon projet marchera aussi bien ici que n'importe où.

— C'est qu'il faut d'abord penser à soi.

— Mais bien sûr. Il faut d'abord penser à soi. »

Aucun des deux ne croyait un mot de cette affirmation-là.

Avant la Grande Guerre, à l'époque où de nombreuses gens montaient à cheval et où de nombreux rois étaient assis sur des trônes – on s'en souvient comme d'une époque où le soleil brillait davantage et où la pleine lune revenait plus souvent –, un jeune homme qui passait aux yeux de certains pour un peu fou déchargea un condensateur électrique et fit voler une étincelle d'un pôle à l'autre. Il remarqua que dans le sous-sol, trois étages plus bas, de la limaille de fer contenue dans un tube de fer en avait été dérangée.

Il était donc possible que des signaux soient transportés non seulement par un fil métallique ou un câble, mais par l'air lui-même – voire par la terre et la mer également. Et c'était vrai. Il y eut d'abord le télégraphe sans fil, puis le téléphone sans fil.

« Avant que j'aille là-bas, dit Zack, les Français se servaient de motos et de chiens pour porter des messages. Mais des deux côtés, on a vite creusé des tranchées, ce qui a arrêté les motos. Et puis les chiens risquaient de s'arrêter eux aussi et de devenir copains avec l'ennemi.

» Les Britanniques utilisaient des pigeons voyageurs. Ils les transportaient jusqu'au front dans des cages, leur collaient le message autour des pattes et puis les lâchaient. Les pigeons volaient par-dessus les lignes pour regagner leurs pigeonniers.

» Quand je suis arrivé là-bas, les Français et les Britanniques avaient déjà posé des fils allant jusqu'au front, et ils télégraphiaient. Nous, les Yankees, nous avons aussi mis des fils, mais nous n'avons pas télégraphié, nous avons téléphoné. Ils nous traitaient de maniaques du téléphone, nous, les Yankees. »

John et Zack discutaient comme des hommes sans

femmes ; ils ne parlaient jamais de livres de classe perdus, d'un enfant qui aurait eu envie d'un chien, de voisins qui auraient déclaré que votre fils n'est pas une bonne fréquentation pour le leur. Ils parlaient rarement de nourriture. Ils ouvraient des boîtes et mangeaient debout ; ils portaient leur linge sale à la blanchisserie Grayling Steam ; ils ne voyaient pas pourquoi ils auraient fait leur lit. Chacun trouvait l'autre de bonne compagnie.

« Les Allemands se sont glissés hors des tranchées et ils ont coupé les fils ?

— Tu l'as dit. Et quand nos propres troupes avançaient, elles s'emmêlaient dans nos fils.

» Kaufman – je t'en ai parlé dans une lettre – et moi étions en garnison près de Cologne quelques mois avant l'armistice, et on avait réfléchi à différents trucs. On pensait que si on pouvait provoquer des déclics dans un télégraphe – un télégraphe sans fil –, la force qui faisait bouger le récepteur d'un télégraphe serait aussi capable de faire bouger la membrane d'un téléphone. Comme dans un téléphone ordinaire, sauf qu'il n'y aurait pas de fil.

» On s'est donc mis au travail, et avant l'armistice nos troupes avaient quelques téléphones sans fil. Kaufman et moi avons joué un rôle important là-dedans.

— Un peu plus de café, Zack ? Continue. » L'idée que des téléphones puissent provenir de télégraphes plaisait à John. C'était une notion satisfaisante : elle prouvait qu'on pouvait tout faire – et que Zack le pouvait.

« D'abord, poursuivit Zack, ils ne fonctionnaient qu'à quelques centaines de mètres de distance, mais au moment de l'armistice on était arrivés à pratiquement un kilomètre et demi. Et puis ç'a été la fin. Une fois la guerre terminée, plus personne n'avait besoin de téléphones sans fil.

— Ça ne m'étonne pas.

— Enfin, dit Zack, ce que je veux, ce que je souhaiterais, c'est une petite cabane dans la campagne, à quelques kilomètres. Pas pour y vivre, juste un toit qui me permette de garder l'équipement au sec. Les batteries. Le redresseur. J'aimerais trouver un petit moteur à essence et une dynamo. Rien qu'une cabane. »

John dressa l'oreille. « Je connais l'endroit qu'il te faut », dit-il.

Tard le lendemain matin, ils partirent en voiture au-delà de l'hôpital ; arrivés à huit kilomètres de Black Canyon, ils tournèrent à gauche et traversèrent les grandes étendues plates en empruntant les traces à peine perceptibles d'une route pour chariots. C'était une terre pauvre qui ne nourrissait que de petites armoises clairsemées, quelques maigres lapins et de minuscules oiseaux gris qui fonçaient d'un buisson à l'autre et se cachaient dans les ombres courtes et chaudes du soleil qui montait. Zack avait replié la capote de la Locomobile et, à l'arrière de la voiture, dépassaient une demi-douzaine de planches en pin de cinq centimètres par dix. Devant eux, le soleil tapait selon un angle tel que les vagues de chaleur ensorcelaient la terre – elle donnait l'impression de se trouver sous une grande épaisseur d'eau. Ce qui avait d'ailleurs été le cas jadis. Plusieurs années auparavant, trois géologues étaient venus – deux jeunes et un vieux. Ils étaient descendus à l'hôtel de John qui les avait accompagnés jusqu'ici. Il avait pu discuter avec eux parce qu'il avait lu dans la *Britannica* l'article sur les trilobites. Il les avait regardés, tout petits contre cet horizon, chercher avec des pioches et des pelles ces créatures à coquille incrustées à jamais dans la pierre qui nous rappellent que tout passe et se trouve remplacé par d'autres créatures qui, elles aussi, seront un jour fixées dans la pierre. Qu'est-ce que cela pouvait signifier ? se demandait John. À quelle conclusion ultime menaient ces successions d'êtres mourants ? De grandes réjouissances auraient-elles lieu un jour dans la musique et les rires ?

La cabane de rondins abandonnée se trouvait juste au-delà d'une demi-douzaine d'hectares qu'on avait labourés pour la dernière fois il y avait dix ans de cela. La terre ressemblait à présent à la surface d'une planche à laver, mais les sillons avaient été tellement usés par le vent et la pluie que la voiture aurait pu passer droit dessus pour atteindre la cabane. Pourtant Zack vira soudain à droite et roula vers la cabane comme si la terre brûlée était vivante et verte. John lança à Zack un regard satisfait. En s'approchant ainsi de ce lieu, Zack faisait preuve d'un beau respect pour les efforts avortés d'un agriculteur sans eau.

Les vitres des deux petites fenêtres avaient été fracassées, et presque tout le verre était tombé à l'intérieur sur le plancher aux lattes gondolées ; on avait jeté les pierres de dehors. Aucune bande de ces garçons qui traînent un peu partout – des jeunes qu'agitent la puberté et des bouffées de la violence innée chez l'homme –, aucune de ces bandes, donc, ne peut supporter le jeu de la lumière du jour sur les vitres d'un bâtiment abandonné. Sans doute existe-t-il peu de bruits aussi satisfaisants que celui du verre qui se brise. John avait-il été un garçon de ce genre ? Non. Et Zack ? Non plus. C'étaient deux exclus. Il était assez réconfortant de l'admettre.

Il se sentit fatigué. « Je vais rester ici à t'encourager », dit-il à Zack qui se préparait à grimper sur le toit de terre et d'herbe pour construire en hauteur.

« Ça va ?

— Oui. Juste fatigué. »

Au-dessus de John commencèrent les bruits de

marteau et de scie. Les rares pas de Zack étaient impressionnants, avec quelque chose de désincarné, un peu comme les pas du destin à vos trousses. C'était le genre d'idée qui plongeait souvent John dans des rêveries. Si on lui avait demandé d'expliquer à quoi il songeait, il en aurait été incapable.

La cabane exhalait le dessèchement et la pauvreté. Du mobilier ne restait qu'un tabouret ; John s'assit dessus et fixa son attention sur un calendrier au mur, ouvert au mois d'août 1909. Le jeune Danois d'humeur sombre qui s'était installé là n'avait rien possédé d'autre qu'une charrue, une herse et un attelage de deux chevaux. Il utilisait l'une ou l'autre de ces bêtes comme cheval de selle, et il montait à cru, chose qu'aucun autre Blanc, dans cet État, n'aurait envisagée. On ne voulait pas voir qu'il existait peut-être des gens qui n'avaient pas de quoi acheter une selle.

En 1909, le jeune Danois avait labouré, hersé et planté ; mais la pluie n'était pas tombée. Il arrivait souvent qu'il ne pleuve pas. En août, le jeune homme était parti en fermant la porte, abandonnant à jamais la jolie fille sur le calendrier – la fille que tout jeune homme a désirée avant de se marier. Cette fille venait de rire, et un sourire errait encore sur ses lèvres. Elle conduisait une voiture d'une main adorable qui reposait sans effort sur le volant. Il suffisait de dire un mot et elle se remettrait à rire. Le pare-brise avait été rabattu, et la brise ramenait en arrière ses cheveux blonds. Elle était jolie à croquer. Mais, pour le jeune Danois qui venait d'échouer, elle était aussi lointaine que son auto – laquelle était de marque incertaine puisqu'on n'en voyait qu'une roue, un bout de tableau de bord et le pare-brise.

Là-haut, sur le mur, elle avait pourtant symbolisé l'espoir, car de telles filles existent ; et puis c'était juste une image qu'il avait laissée en fermant la porte. Il était jeune et fort, et il y avait beaucoup, oui, une grande quantité de métiers qui valaient mieux que l'agriculture sans irrigation, et son heure viendrait forcément, comme elle viendrait pour Zack. Mais quand si peu de choses sont sûres – la pluie, la carte qu'on retourne, le prochain battement de cœur –, chaque homme ne mérite-t-il pas d'aimer avant d'être incrusté dans la pierre ?

12

« VOUS ÊTES TOUS UNE GÉNÉRATION PERDUE. »

Ernest Hemingway et d'autres trouvèrent dans ces paroles un réconfort : elles leur permettaient de ne pas assumer de responsabilités. Parmi les gens perdus se trouvaient de nombreux jeunes obsédés par le nouveau jouet, la radio. On les appelait des radioamateurs. Ils ne s'intéressaient pas à ce qu'ils vendaient, construisaient ou transportaient ; ils se fichaient de ce qui se passait dans la boutique où ils travaillaient. Ils prenaient les journées comme un mal nécessaire car, pour des raisons qu'on ne comprenait pas encore, la réception était meilleure la nuit. À mesure que le soleil s'éloignait vers le Pacifique, ils enclenchaient leurs commutateurs zone par zone, tournaient leurs boutons, et leur vraie vie reprenait. L'attirail qu'ils tendaient au-dessus d'eux ne leur importait pas plus que les grilles, les tubes et les résistances ; ce qui comptait, c'étaient les banalités qu'ils entendaient de la bouche d'un individu à plusieurs kilomètres de là – c'était pour cela qu'ils attendaient, aussi fascinés que des moines par des manuscrits.

Soyons charitables : ils auraient pu faire bien pire. Être radioamateur coûtait beaucoup moins que boire ou se balader dans toute l'Espagne.

Zack Metlen et Bill Kaufman voulaient bien davantage, et ils étaient déterminés à l'obtenir. Des obstacles existaient, mais même si Zack n'était pas du genre à l'admettre, il se croyait capable de jouer ses cartes. Non. Il en était certain. Son problème, c'était que ses cartes ne suffisaient pas, qu'il lui fallait aussi l'apport de Bill. C'est peut-être pourquoi, lorsque la lettre arriva, il ne l'ouvrit pas. Il la laissa dans sa chambre où la lumière froide et claire du nord brillait sur son équipement récepteur et émetteur – un fouillis de fils et de batteries incompréhensible pour tout autre que lui –, et il s'occupa de ses affaires du jour.

Il n'arrêta pourtant pas de penser à Bill Kaufman qui était censé trouver des débouchés pour les inventions de Zack.

Dans le Signal Corps, il s'était d'emblée pris de sympathie pour ce garçon – enfin, presque d'emblée, parce que Kaufman avait commencé par une remarque que Zack n'aurait jamais faite.

« Mon père est chiropracteur, avait déclaré Kaufman. Il voulait être médecin, mais il n'y est jamais arrivé. »

Comment réagir à un tel accès de franchise ? Zack s'était contenté de répondre que son père avait un ranch.

« Donc, je suppose que c'est à moi de réussir », conclut Kaufman.

Il avait cependant interprété de travers un certain nombre de choses que Zack avait racontées sur le ranch et qu'il avait surtout dites pour se rappeler que sa vie ne se bornait pas à des poux et des sifflements d'obus. Zack avait notamment parlé des grands troupeaux, des vastes terres vallonnées, des éclairs verts des bagues de sa mère sur les touches du piano noir.

« Ton père a l'air d'être riche », commenta Bill Kaufman.

Zack n'eut pas le courage de dire : « Il a tout perdu. »

En 1888, un jeune Allemand du nom de Hertz identifia les ondes radio, et un peu plus tard, en Angleterre, le professeur Lodge réussit à faire tinter une cloche à l'autre bout de la salle de club où il se trouvait. Aucun des deux ne se rendit compte de ce qu'il venait d'accomplir. Ce fut Marconi qui comprit quels prodiges commerciaux étaient désormais possibles, qui engagea des hommes de loi et s'enrichit. Et ce fut seulement un soir d'épais brouillard où l'air était d'un silence et d'une humidité de mort que Zachary Metlen entrevit ce qui pouvait découler de la radio.

Zack s'était redressé sur le plateau du camion militaire lorsqu'un officier américain avait émergé de la brume pour lui tendre une enveloppe.

« Veuillez transmettre ceci sans délai. »

Il devait tourner la manivelle de son téléphone et appeler quelqu'un qui se trouvait au-delà d'un kilomètre et demi de cadavres de chevaux gonflés. En code, bien entendu. AURORE VEUT SAVOIR SI ELGIN EST À L'AUTRE BOUT. Il prit ses écouteurs, les glissa sur ses oreilles en s'attendant à cette faible pulsation qu'on perçoit quand on se bouche les oreilles – ce qu'un enfant écoute dans un coquillage. Mais il entendit autre chose. Non, « entendit » n'est pas le mot juste. Plutôt qu'un son, il y avait là une présence, un vide en attente, comme lorsqu'on presse la pédale forte d'un piano et que les feutres ne touchent plus les cordes. Le circuit à l'autre bout était ouvert – on dirait maintenant que le récepteur était décroché. De façon étonnante, il n'y avait pas de bruit, pas de friture, pas de craquements ni de petites explosions : rien que cette présence étrange en attente.

Et puis, exactement comme s'il était assis dans sa chambre du ranch en train d'écouter, au-delà du ray-grass, un homme esseulé dans le dortoir, il entendit la plainte grêle d'un harmonica.

Ce qui était stupéfiant, c'était la clarté du son.

Pendant ces quelques instants, au moins, la radio avait atteint sa perfection.

Quand le souper est terminé, quand vous avez ramassé les miettes et essuyé la poêle, vous devez lire votre courrier. C'est ainsi. Que votre ami vous ait écrit ce que vous souhaitiez ou pas, il a le droit de dire ce qu'il lui faut dire, et vous avez le devoir de l'écouter jusqu'au bout. Zack monta dans sa chambre. Le début de la lettre de Bill Kaufman était celui auquel on s'attend de la part d'un ami.

Zack, mon ami !

Quand tu es rentré, je suppose que tu as vu la statue de la Liberté. Mais moi, depuis le port de Boston, j'ai vu la tour du Custom House. Elle n'avait pas changé. Pas plus que State Street où il y a un tas d'argent que nous ne toucherons pas. La petite boîte à musique noire doit avoir un son aussi clair que celui d'un phonographe, faute de quoi la Grande Finance nous dira non.

De toute façon, si notre mirage d'une petite boîte noire dans chaque maison devenait réalité, le gars qui empocherait l'argent serait celui qui aurait investi. Je n'ai pas le fric qu'il faut pour créer une société, engager des avocats et discuter avec des banquiers et des députés. Tu l'as, toi ?

J'ai une nana qui dit qu'elle ne veut pas grand-chose

à part moi. On est sortis cette semaine pour voir si on pouvait trouver, à Dorchester, la moitié d'un double sandwich. C'est ce que font les gens. Zack, dans le grand tableau de l'univers, qui a de l'importance ?

Zack plia soigneusement la lettre et la replaça si bien dans son enveloppe qu'on aurait pu croire qu'elle n'avait jamais été ouverte ni lue.

Puis il descendit, retrouva John qui se demandait où il était passé, et il déclara : « Papa, il faut que je me trouve un travail.

— Ce n'est pas une mauvaise idée. Pour faire quoi ?

— J'en sais foutre rien. »

Tous deux éclatèrent de rire. « Moi non plus, Zack, je n'ai jamais su. C'est bizarre, mais il y a des hommes qui savent exactement ce qu'ils doivent faire. » Il songea alors : Ta mère m'a dit un jour que j'aurais dû être poète. Elle disait que les poètes sont vivants. Mais parfois, ça m'effraye.

De toute façon, ce n'est pas le genre de chose qu'on raconte. Pas à son fils.

C'est pourquoi John déclara sur le ton de la confidence : « Quoi que tu choisisses, Zack, tu le feras très bien. »

13

LE COMITÉ CHARGÉ DE LA CÉLÉBRATION des Jours des pionniers à Salmon, Idaho – de l'autre côté de la ligne de partage des Rocheuses –, envoya à Grayling un paquet d'exemplaires de l'édition spéciale du *Recorder Herald.* Il le fit quelques jours avant les festivités programmées pour le 4-Juillet. L'un des exemplaires tomba entre les mains de Zack la veille au soir de la fête prévue à cent quatre-vingt-cinq kilomètres de là. Le journal énumérait les attractions à voir ou auxquelles on pouvait participer : une course entre adultes attachés deux à deux par une jambe, une course en sac, du tir à la cible, une exposition d'armes à feu anciennes, un feu d'artifice réalisé par un professionnel, et un *tableau vivant** organisé sur l'île qu'enjambait le nouveau pont. Car l'ancien, qui faisait si peur, avait été remplacé, et c'était la raison de cette gigantesque fête. On couperait un ruban. Quant à ce que devait être ce *tableau vivant,* on en disait si peu qu'on pouvait soupçonner qu'il y avait une surprise en réserve.

Pour Zack, ces festivités servaient surtout à lui rappeler tristement qu'elles existent pour ceux qui ont quelque chose à fêter, et ce n'était pas son cas.

* En français dans le texte.

Cependant, un étranger avait payé une annonce dans le *Recorder Herald* pour dire qu'il passerait une semaine à Salmon où l'on pourrait le joindre dans son appartement de l'hôtel Shenon House jusqu'à midi le jour de la fête. Il accorderait des entretiens à de jeunes hommes hyperdynamiques désireux de devenir des VRP chargés de vendre des générateurs de lumière électrique à prix raisonnable. Cette opportunité qu'aucun jeune homme véritablement accrocheur ne pouvait se permettre de manquer était là, juste sous les yeux de Zack. C'était signé M. Roscoe Cornell. Le titre de « monsieur » n'était guère utilisé dans cette région, et que cet homme occupe un appartement au lieu d'une chambre montrait clairement qu'il était habitué à avoir à sa disposition un espace que la plupart des gens ne pouvaient pas se payer.

Zack était-il un jeune homme hyperdynamique ? Il ne pouvait pas imaginer quelqu'un de plus qualifié que lui pour vendre de l'équipement électrique. Et il y avait de la demande pour ce genre de chose, comme le savait sans doute fort bien M. Roscoe Cornell. Les W-C extérieurs et la lampe à pétrole passaient désormais pour les dernières reliques de l'âge des ténèbres. Les femmes, en particulier, avaient toujours craint la flamme nue de la lampe et accueilleraient avec joie la lumière électrique dans ces campagnes où l'on était loin des lignes à haute tension. Ce qui avait détruit San Francisco, c'était moins le tremblement de terre que les lampes à pétrole et les incendies qu'elles avaient provoqués.

Zack songeait à l'heureux hasard qui l'avait poussé à ouvrir ce journal au moment où il l'avait fait, si peu de temps après s'être rendu compte qu'il allait devoir trouver un travail, quel qu'il soit. Cela lui paraissait dans la veine de « Demande et tu recevras ». Comme son père, il croyait plus qu'à moitié aux signes et aux présages. Comment pourrait-on ne pas croire, dans un monde où des choses prodigieuses peuvent se produire – et, de fait, se produisent ?

Il quitta Grayling à sept heures du matin en gardant à l'esprit qu'il risquait une ou plusieurs crevaisons et en sachant que la route qui traversait la ligne de partage était si mauvaise que du quarante kilomètres à l'heure, même pour une Locomobile, représentait une bonne moyenne. Il arriverait bien avant que M. Roscoe Cornell n'ait quitté l'hôtel. En roulant, il se sentit gagné par des sentiments agréablement chaleureux à l'égard de ce M. Cornell qu'il se représentait comme un homme plutôt âgé, peut-être même avec des cheveux gris, dont le fils serait allé en France – ce qui, en soi, établissait un lien entre eux. De la part d'un tel homme, Zack pouvait escompter de la gentillesse et de la considération ; Zack pourrait donc proposer de prospecter cette région-ci, autour de Grayling, pour rester avec son père. Cornell comprendrait certainement ce genre de chose, le désir d'être auprès des siens, puisque c'était aussi ce qu'il souhaitait.

Zack n'avait pas eu l'idée de téléphoner à l'hôtel Shenon House avant de partir. Pourquoi aurait-il dû l'avoir ?

Il fit mieux que du quarante à l'heure et arriva à Salmon juste après onze heures. Il s'arrêta devant le Shenon House.

Cet hôtel ne paraissait pas très bien tenu. Personne ne se trouvait à la réception quand Zack entra, ni personne non plus dans le hall. Un jour de fête, ça pouvait se comprendre. Sur le comptoir, à côté du registre, il y avait une sonnette en nickel qu'on pouvait presser du plat de la main si l'on avait besoin de quelqu'un. Zack appuya dessus. Un jeune homme émergea d'un passage qui devait mener au bar.

« Je peux faire quelque chose pour vous ?

— Je suis venu voir M. Roscoe Cornell.

— Qui ça ?

— N'y a-t-il pas de M. Roscoe Cornell ici ? Inscrit dans votre registre ?

— Dans le registre ? » Le jeune homme feuilleta les pages du grand cahier posé sur le comptoir. « Je ne le vois pas ici. Je n'en ai jamais entendu parler. »

Zack fut si déçu qu'il en fut dégoûté et même furieux. Il se sentait victime d'une blague horrible, d'un mauvais plaisant. Mais bien des choses avaient pu arriver entre le moment où M. Roscoe Cornell avait passé son annonce dans le journal et l'instant présent. Il était peut-être tombé malade. Quelqu'un, dans sa famille, avait pu disparaître ou devenir fou. Quoi qu'il en soit, il n'était pas là.

« Merci », dit Zack, et il ressortit au soleil. Bon Dieu, comme il avait espéré ! Et il en était malade, d'espérer. Malade d'espérer, il s'arrêta donc au café Pony de l'autre côté de la rue pour y acheter un sandwich au jambon. De là, avec sa voiture, il prit le nouveau pont et se gara. Il n'y avait aucune place à l'ombre. Toujours malade d'avoir espéré, il descendit les marches qui menaient du pont jusqu'à l'île où tout le monde était à faire la fête et où il serait spectateur.

À Grayling, John avait de mystérieuses affaires à régler. Maintenant que Zack était parti, c'était le moment de s'en occuper.

Quand John avait perdu le ranch, le gérant de l'hôtel était aussi partii et John lui avait souhaité bon vent. Si John était amer, ce n'était pas contre son gérant. Il ne pouvait pas attendre de lui qu'il travaille pour rien. D'ailleurs, ce que John éprouvait n'était pas de l'amertume, car l'amertume vient du tort qu'on vous a causé, et personne ne lui avait causé de tort. Il avait fait faillite à cause d'un hiver et de sa propre bêtise. Ce qu'il ressentait, c'était de la pitié pour lui-même. Une fois ce gérant parti, John avait verrouillé les portes de derrière, puis la porte latérale et celle qui menait à la cave et, pour finir, la grande entrée de devant. Il avait appelé un bricoleur qui était arrivé avec des planches pour condamner les grandes fenêtres du rez-de-chaussée, ce qui empêcherait des jeunes de briser les vitres pour s'introduire à l'intérieur, se mêler aux fantômes, allumer des bougies et faire l'amour.

John avait souhaité ne plus jamais entrer dans l'hôtel. Car, sans ce bâtiment, il serait peut-être encore propriétaire de ses terres. Mais à peine avait-il ôté la clé de la dernière serrure qu'il avait été soudain tout à fait certain d'avoir laissé quelque chose à l'intérieur. Il avait jeté un coup d'œil sur la clé dans sa main, envisagé d'y retourner, mais s'en était abstenu. Puisqu'il n'était pas en mesure de nommer ce qu'il avait perdu, comment allait-il le chercher ?

Lorsqu'il avait dit à Lizzie qu'il avait verrouillé les portes, elle lui avait fait une remarque concrète : « Quelqu'un va vouloir acheter les chaises, les tables, les lits, les casseroles, la vaisselle et la cuisinière. »

Il n'y avait absolument pas pensé.

« Et même les rideaux et les vieux crachoirs, avait-elle ajouté. Il y a des brocanteurs qui passent. »

Il n'avait pas pu y retourner pour si peu d'argent, car il savait que ce qu'il serait allé y chercher, en réalité, ç'aurait été une partie de lui-même. Ce qui était fou. Mais, à présent, son fils était revenu et avait besoin de tous les sous qu'ils pouvaient trouver. Retourner à l'hôtel une fois de plus et passer en revue les vieilles chambres ne serait donc pas une mauvaise idée. Ce serait même faire preuve de prévoyance.

Et pas du tout fou.

John savait que si l'on doit s'acquitter d'une tâche après le départ de quelqu'un, il est sage d'attendre un peu ; la personne en question risque de revenir parce qu'elle a oublié quelque chose et vous surprendre en train de faire ce que vous aviez programmé. C'est pourquoi, avant de partir à pied pour son hôtel, John patienta jusqu'à ce que Zack soit, selon ses estimations, à une quinzaine de kilomètres de la ville.

Il alla alors prendre les clés dans un tiroir. Le retour à l'hôtel lui fut pénible. Peut-être était-ce une folie. John avait rarement envisagé le suicide, mais il se trouvait souvent un peu fou. Il avait cependant réussi à s'accommoder de celui qu'il avait enfermé là-bas, cet autre lui-même. Ce sentiment n'était pas forcément signe de bonne santé mentale, mais c'était bien celui qu'il éprouvait. Quant à ce qu'il fit quand il fut de nouveau dans l'hôtel – eh bien, pour cela un tribunal l'aurait sans doute expédié à l'asile de Warm Springs.

L'asile de Warm Springs était l'une des fiertés de l'État : on aurait pu le confondre avec le bâtiment principal de n'importe quel campus universitaire. L'été, la grande pelouse était soigneusement entretenue ; au bout de mâts blancs entourés de pierres passées à la chaux, le drapeau national flottait à côté de celui du Montana où figurent une pelle et une pioche, une charrue, des montagnes à l'arrière-plan et, au-dessous, la devise de l'État : « *Oro y plata* »[1]. À côté d'un bâtiment paisible, en brique rouge, poussait un bouquet de peupliers de

1. Or et argent.

Virginie dans un petit parc où les gens venaient marcher ou s'asseoir sur les bancs en bois. Les femmes étaient toutes habillées de la même façon, de robes d'intérieur vert sombre, tandis que les hommes portaient des salopettes propres. La scène était paisible, sauf que de temps à autre quelqu'un criait une obscénité qui montrait clairement de quoi on s'occupait ici et pourquoi il y avait des barreaux sur les fenêtres des étages. Ces gens existent, et le gouvernement en a la responsabilité. Ils sont comme nous, mais en mauvais état.

En tant qu'institution publique, Warm Springs était un lieu ouvert à tous, et, quand il faisait beau temps, des groupes y venaient des lycées ou des établissements supérieurs pour voir une réalisation de l'État. Les étudiants étaient chaperonnés par des enseignants qui n'avaient pas le sourire et s'efforçaient de croire que ce genre d'excursion ne constituait pas une scandaleuse intrusion. Le mieux, c'était d'apporter son déjeuner et de pique-niquer au bord de la route car, s'il était possible de prendre un repas à la cafétéria de l'asile et d'observer les internés en train de manger, l'odeur des macaronis au four et des pains de viande donnait la nausée. Après une visite à Warm Springs, nombreux étaient ceux, parmi ces jeunes gens qui avaient la vie devant eux, qui avaient un père et une mère qui les aimaient, qui étaient bons en sport ou en musique et savaient qu'ils allaient bientôt tomber amoureux, nombreux, donc, étaient ceux qui juraient de ne plus jamais manger de macaronis.

Une fois qu'ils étaient à l'asile, ils devaient accomplir leur visite. Ils devaient suivre leur chaperon à la queue leu leu dans les salles et devant des lits où il fallait changer des garçons de dix-huit ans comme on change des bébés, où de vieilles femmes gazouillaient des gentillesses à des poupées de chiffon et de vieux messieurs émaciés s'ôtaient de la chair des saletés imaginaires. Les étudiants passaient en silence, choqués par les gémissements qui leur parvenaient à travers des portes fermées. Ils se rappelaient des histoires – elles revenaient trop souvent pour être sans fondement – d'internés battus par des infirmiers qui ne les supportaient plus. Et qui pouvait blâmer les infirmiers ? On les payait mal ; ils n'avaient pas de statut social. Il devenait inévitable de se poser des questions sur sa propre violence, ou celle de son père, voire de sa mère. Les étudiants se souvenaient de choses qu'ils n'auraient pas dû entendre, et alors, quel soulagement de se retrouver de nouveau sous le ciel immense et puis dans la voiture pour repartir chez soi.

Il était aux environs de midi lorsque John entra dans son hôtel à la recherche de lui-même. Des gens qui devaient trouver la gloire longue à venir avaient fait exploser toute une rangée de pétards au bout de la rue, et les chiens de la ville, prenant ce vacarme pour des coups de feu, s'étaient mis à aboyer et à hurler – il devait y avoir, pas très loin, des lapins qui s'étaient arrêtés net. Protégé par tout ce tapage, John estima que personne, sans doute, ne l'avait vu entrer dans son hôtel. La lumière du soleil pénétra de biais par les portes ouvertes et révéla le bureau de la réception ainsi que les casiers où étaient rangées les clés des chambres. Il trouva l'interrupteur à côté de la lourde porte donnant sur l'escalier de la tour, et il l'actionna. Pas de lumière. Évidemment. Responsable jusqu'au bout, son gérant avait coupé le circuit général en partant. John n'avait aucune idée de l'endroit où se trouvait la commande. Bon, eh bien, il y avait des bougies dans les chambres à l'étage.

Les derniers temps, l'hôtel n'avait gardé que six chambres ouvertes et prêtes, et trois d'entre elles étaient rarement occupées. Pour les amateurs d'hôtels, Grayling était plutôt un endroit à éviter ; personne, de nos jours, n'avait envie de parcourir tout un couloir pour aller dans une salle de bains ; et un escalier de secours vaut mieux, pour échapper à un incendie, qu'une corde le long de laquelle on descend lentement. Dans chaque chambre il y avait un meuble de toilette avec un broc et une bassine sur le dessus et un pot de chambre dessous – cela pour une génération qui n'aimait pas devoir attendre le matin. Les fenêtres du premier étage n'avaient pas été condamnées. Une année de poussière les avait rendues translucides et deux générations de mouches s'étaient cognées en vain contre le verre. La plupart d'entre elles étaient à présent mortes, allongées sur le dos, mais quelques-unes s'agitaient encore. Dans chaque chambre, John prit une chandelle et un bougeoir.

En bas, au bar, il gratta une allumette et alluma une bougie qu'il posa au bout du comptoir. Il s'en servit pour allumer les cinq bougies restantes qu'il aligna à un mètre les unes des autres sur l'acajou poussiéreux. Les flammes reflétées sautillaient comme des lucioles parmi les bouteilles disposées en étages derrière le bar. Au-dessus d'elles et encore plus loin dans le fond, Custer livrait son dernier combat ; les flammes qui vacillaient légèrement jouaient sur la surface du tableau et lui donnaient vie. Custer était enfoncé jusqu'aux genoux entre les corps de ses amis en train de tomber ou déjà morts et ceux de chevaux innocents qui expiraient, couchés sur le flanc, les pattes emmêlées.

Les yeux de Custer montraient sans l'ombre d'un doute qu'il était fou. Il avait perdu son chapeau, et ses mèches de cheveux d'une longueur tout à fait chic étaient ramenées de côté par un vent puissant. Son pistolet, vidé, pendait inutilement au bout de sa main droite.

John passa derrière le bar ; il prit un verre à whisky et choisit une bouteille. Aucune ne serait bientôt plus autorisée dans ce pays. Il remplit son verre et le posa sur le comptoir. Puis il retourna de l'autre côté du bar, posa un pied sur la barre en cuivre, prit son verre et le leva. Il parla à haute voix.

« À la tienne, Custer. À la tienne, George Armstrong Custer. »

Et il vida son verre. Il passa de nouveau derrière le comptoir, se versa une autre rasade et retourna la boire à sa place. Une fois de plus, à haute voix, il déclara : « Custer, nous avons été vaniteux, prêts à des actes désespérés et idiots. » Il vida le verre et s'essuya la bouche. « Tous les deux. »

Il sentit la présence de quelqu'un debout derrière lui.

Il ôta son pied de la barre en cuivre et se tourna légèrement ; si personne n'était là, il ne s'était pas trahi en se retournant tout à fait. Et il ne pouvait pas en être absolument sûr.

Mais il y avait bien quelqu'un, et c'était une femme.

« Ça fait hyperjoli, éclairé comme ça, dit-elle. Je m'appelle Lucille Talcott. »

Cette voix ne faisait résonner aucune corde dans sa mémoire. Ce n'était pas une voix éduquée, mais cela ne comptait guère ; en plus, toutes les voix du Montana ont le même son. Lizzie, pourtant, n'aurait pas dit « Ça fait hyperjoli ». « Ça a du charme », peut-être, ou « C'est étonnant ». Mais alors même qu'il pensait ne jamais avoir entendu cette voix, il avait fortement l'impression d'avoir vu cette femme quelque part – et cela dans un contexte poignant. Oui, de l'avoir vue, mais de loin, comme entraperçue dans un miroir. Ou bien s'agissait-il du visage que s'attend de voir un homme pris sur le fait ? Car il avait été surpris devant le bar, entouré de bougies, en train de parler à un tableau.

Puisqu'elle était debout près de lui, il s'écarta pour lui faire de la place comme si des inconnus les pressaient de part et d'autre. Pour la première fois de sa vie, il se trouvait debout au bar avec une femme.

Elle portait un tailleur noir que Lizzie aurait jugé « ajusté », et elle avait quelques kilos en trop. En tant que femme – c'est-à-dire comme membre de cette moitié de l'humanité à laquelle le maquillage donne le privilège de défier le temps, le climat et la force de la pesanteur –, elle était belle. Bien des hommes auraient souhaité être vus en sa compagnie. Il ne pensait pas qu'elle était beaucoup plus jeune que lui et il ne lui semblait pas qu'elle avait toujours eu des cheveux aussi roux.

« Je prenais un verre, dit-il.

— En effet, fit-elle en souriant.

— En prendrez-vous un ?

— Ça ne me contrarierait pas. »

Il eut lui aussi un sourire, passa de l'autre côté du comptoir et la servit. Il retourna à sa place, debout près d'elle. Elle avait un parfum agréable. Elle sirota son verre sans frémir. « Je suis venue de Butte en voiture, reprit-elle. Je vis à Butte, désormais. »

Elle n'avait pas l'air de douter que John sût où elle avait habité auparavant. Où avait-elle donc habité ? Tel un faucon, l'esprit de John plana sur des douzaines de restaurants, une vingtaine d'hôtels. Avait-elle été serveuse, femme de chambre ? Si tel était le cas, elle était allée loin, apparemment. Il y avait toujours eu une certaine connivence entre les serveuses et lui ; rien de sérieux, bien sûr, mais leur façon de vivre au jour le jour avait quelque chose d'impertinent qui plaisait à

John et le poussait à laisser de généreux pourboires. Les gens ne se rendent pas compte à quel point les serveuses comptent sur les pourboires. Il discutait avec elles de leurs enfants, regardait leurs photos, et un jour – voilà que cet horrible moment lui revenait – il avait même promis de prier pour l'une d'elles. Lui qui n'avait jamais fait que quelques rares prières de rien du tout.

« Je vous ai vu entrer et j'ai eu envie de venir vous parler. Parler affaires. »

Ah. Voilà qui donnait la raison de ce tailleur sombre et bien ajusté, conçu pour ne pas distraire l'attention. Mais quelles affaires avait-elle en vue ? « Un bar est parfait pour ce genre de chose, mademoiselle Talcott.

— Justement, c'est du bar que je voudrais discuter. Je voudrais le louer. »

Le cœur de John bondit un quart de seconde. De l'argent. Mais son cœur se calma aussitôt. John avait cru voir en cette femme quelqu'un de capable, quelqu'un qui commence par jauger la situation et n'agit qu'ensuite.

« Je crains que vous n'arriviez un peu tard, dit-il.

— Vous avez donc pris d'autres dispositions ? Sauf si elles sont irrévocables, je peux vous donner cinq cents dollars par mois. En liquide. »

Cinq cents par mois – en liquide ! Une somme suffisante pour faire vivre un homme et son fils.

« Mademoiselle Talcott, je n'ai pas pris d'autres dispositions. Je ne suis pas très bon pour ça. Cinq cents dollars par mois, ça me paraît beaucoup. Vraiment beaucoup.

— Très bien. On tope là, alors ? »

John eut un sourire triste. « Vous lisez les journaux, mademoiselle Talcott ?

— Les gros titres.

— Dans ce cas, vous savez que l'alcool sera illégal à partir du premier de l'an.

— C'est ce qu'on dit, oui.

— Dans ce cas, je ne comprends pas pourquoi vous voudriez… si vraiment vous comprenez la sitation.

— Je la comprends, monsieur Metlen. Parfaitement. » Elle sourit, lui toucha le bras, et il perçut son parfum. La rose ? « Monsieur, s'il vous plaît, pourriez-vous faire le tour et nous verser de nouveau à boire ? Cette fois, c'est moi qui l'offre. J'ai cinq cents dollars justement ici dans mon sac à main. »

Il se détourna un instant pour qu'elle ne puisse pas voir son visage. « Jamais encore une dame ne m'a payé un verre. »

Elle eut un rire détendu et dit : « Une dame. Merci pour ce mot, monsieur. Mais j'aurais cru que vous m'auriez reconnue.

— Mademoiselle Talcott, j'ai eu en effet le sentiment bizarre de vous connaître. Je suis remonté un peu dans le temps.

— Pas assez loin, monsieur Metlen, car, voyez-vous, vous étiez là quand votre femme est descendue du trottoir pour ramasser mon sac à main. » Elle leva son nouveau verre en direction de John.

Et elle ajouta : « Voilà ce que j'appelle une dame. »

14

LES JOURS DES PIONNIERS SONT DES FÊTES devenues courantes dans de nombreuses villes de l'Ouest. On les organise non seulement par respect pour le passé, mais aussi pour permettre aux gens de s'habiller à la manière de leurs parents et de leurs grands-parents, de jouer à être comme eux. Autrefois, rares étaient les habitants de l'Ouest qui savaient grand-chose de leurs grands-parents. On n'avait pas, ici, de figures d'ancêtres vraiment lointains. Dans l'Est, en revanche, des gens issus de vieilles familles se rendaient à pied, habillés en pèlerins, jusqu'au roc de Plymouth où ils écoutaient des discours du gouverneur et du pasteur de l'Église unitarienne ou encore d'un ou deux authentiques descendants des Carver, des Saltonstall ou des Howland. Dans l'Est, on se remémorait les tempêtes en mer, les hivers cruels, la faim et les Indiens maraudeurs. On mangeait beaucoup de haricots à la manière de Boston, beaucoup de croquettes de poisson aussi, et l'on rendait grâce à Dieu.

Dans l'Ouest, le Saltonstall régional était le quidam qui, le premier, était tombé sur des pépites d'or dans un ruisseau, ou qui était arrivé avec un troupeau de vaches, ou même qui avait ouvert le premier magasin de tissus et d'articles de mercerie. Eux aussi avaient eu leurs Indiens maraudeurs. Quelques-uns des ancêtres de l'Ouest avaient acquis leur importance du fait qu'ils avaient été acceptés par les Indiens.

La première fête des Pionniers, à Salmon, fut programmée suffisamment tôt en 1919 pour que les barbes aient le temps de pousser. Car tout le monde n'a pas la barbe qui se fournit à la même vitesse. Elles étaient censées représenter un hommage aux aïeux ; en réalité, il y avait des hommes de quarante ans qui n'avaient jamais vu le véritable visage de leur père ou grand-père. Ce véritable visage se trouvait quelque part derrière une forêt protectrice de poils drus. Comme, chez leur père, les muscles faciaux qui réagissent à la colère, à la joie ou à d'autres sentiments leur étaient cachés et que seul l'œil de leur géniteur pouvait laisser connaître son humeur, il n'était guère étonnant que nombre d'hommes aient grandi en estimant que leur père était impénétrable. Voici que s'offrait à eux l'occasion d'avoir à leur tour une barbe, de se montrer impénétrables à leur femme et à leurs enfants, et de voir si cela changeait quoi que ce soit. Les femmes ou les petites amies se plaignaient que les barbes grattaient et que de la nourriture s'y accrochait. Il y avait des épouses qui y voyaient une intrusion dans l'intimité du couple, car la barbe de leur mari révélait un peu de la nature, de la consistance et de l'aspect de ses poils pubiens. Les vierges se posaient des questions.

Les Jours des pionniers devaient commencer le 4 juillet[1] par la mise à feu d'un canon datant de la guerre de Sécession. Il avait été transporté jusqu'à Salmon par chemin de fer quelques années auparavant et installé au milieu de la pelouse devant le nouveau palais de justice. C'était un symbole approprié – il en

1. Jour de la fête nationale des États-Unis.

avait été le défenseur –, mais personne ne savait exactement comment s'en servir. Les gens jetaient un coup d'œil et poursuivaient leur chemin. Le canon restait silencieux et menaçant, semblable à la justice sur le point de se prononcer.

L'événement principal serait l'inauguration du nouveau pont au-dessus de la rivière. Comme il était terminé depuis quelques semaines, tout le monde l'avait emprunté déjà bien des fois sans la moindre cérémonie ; mais, le 4 juillet, on tendit un ruban rouge-blanc-bleu en travers de la voie, à ses deux extrémités. Ce ruban serait coupé d'un côté par le maire et de l'autre par le receveur des postes. Les gens circulant dans des directions opposées pourraient se sourire en se croisant et se saluer de la main.

Le 4 juillet, donc, les femmes mirent des robes et des bonnets tels qu'on en portait quarante ans auparavant. Celles qui prenaient l'affaire le plus au sérieux exposèrent sur leur véranda des moules à bougies, des barattes et de la ferblanterie réalisée par leurs grands-parents. Peu d'hommes s'affublèrent de vêtements anciens. Ce sont ceux des femmes qu'on conserve. Les changements de la mode masculine sont d'une extrême lenteur, et de toute façon c'était la barbe qui comptait.

L'on décida de ne pas tirer le canon ; curieusement, ce qui avait paru une idée formidable ne l'était plus du tout. Quelqu'un rappela que pendant la guerre de Sécession les canons avaient souvent explosé : leur culasse était partie en fragments, tuant des gens qui, sinon, auraient pu mourir pour une cause et donc, pour ainsi dire, à bon escient. De plus, sauf si l'on dégageait ce canon de sa fondation coulée dans le béton, le boulet qui en partirait risquait de tomber tout droit sur la demeure d'un dénommé Edwards qui possédait la plus grande maison en brique de la ville. L'on décida donc qu'une douzaine d'hommes, tous fils de pionniers, déchargeraient leur vénérable Winchester en l'air au signal qui leur serait donné depuis les marches du palais de justice. Tout bien pesé, ce serait là un salut plus approprié qu'un coup de ce canon nordiste. Car il existait encore des gens, dans cette ville, qui nourrissaient des sympathies sudistes.

À huit heures du matin, le 4 juillet 1919, sous un ciel dégagé et bleu, les Winchester firent feu et la fête commença.

Quand la sirène de midi retentit dans la caserne des pompiers et que les chiens se mirent à hurler de partout contre ce qu'ils prenaient, une fois de plus pour la voix d'un dangereux intrus, l'on coupa les rubans du pont à l'aide de ciseaux neufs, et le public, conscient du moment historique, se mit à le traverser à pied ou en voiture. En son milieu, des marches en béton menaient à une île qui s'étendait sur la rivière comme un radeau en forme de navire. Jusqu'alors, elle avait été le domaine de garçons prépubères. Depuis l'ancien pont métallique, ils y descendaient en se balançant sur des cordes à nœuds au risque de chutes mortelles qu'ils avaient toujours évitées. L'été, quand l'eau était basse, ils se lançaient vers l'île sur des radeaux en rondins et le courant les y portait. Il aurait pu y avoir des noyades, mais il n'y en avait jamais eu.

Sur l'île, ils construisaient des cabanes dans les arbres ; ils pouvaient tout voir à travers les branches, mais personne ne pouvait les voir. Même leur ennemi le plus acharné aurait été incapable de les atteindre. Ils étaient prêts à lui lancer des pluies de cailloux sur la tête et à le transpercer avec leurs épées de bois. Ils travaillaient à l'aide de marteaux et de clous volés, se servant de bouts de planche subtilisés la nuit à la société de bois de construction, et de petits rondins échoués au bord de la rivière. Ils travaillaient comme des enragés, sans se soucier des écorchures, des contusions et des ampoules – c'étaient pourtant les mêmes qui, chez eux, pleurnichaient et gémissaient dès qu'on leur demandait d'aller chercher un seau d'eau ou une petite bûche de bois à brûler. Perchés dans les arbres, ils fumaient des cigarettes, essayaient de mâcher du tabac et vomissaient. Ils décoraient la peau tendre de leurs avant-bras de dessins de têtes de mort et de tibias en croix, ils creusaient des trous dans le sol où ils enterraient des trésors sous forme de billes – en verre et en silex, en agate et en porcelaine chinoise –, et parfois sous forme de pièces de un *cent*, voire de cinq *cents*. Ils dessinaient des cartes pour indiquer l'endroit où l'on pourrait un jour localiser ces précieux biens si, disons, l'un d'entre eux devait mourir d'une horrible maladie ou déménager avec ses parents dans un endroit où il n'aurait pas d'amis et ne connaîtrait personne. Mais désormais, hélas, l'île appartenait à tout le monde, et surtout aux adultes.

Pour la ville, cette île représentait un joli bout de terre récupéré, et l'on ne manquait pas de projets pour elle. On y mettrait des bancs où ceux qui étaient fatigués de la vue de leur salon et de l'éternelle masse de leur piano droit contre le mur du fond pourraient venir s'asseoir le soir, savourer le murmure de l'eau de la rivière et écouter le cri si clair des pluviers. Aujourd'hui, c'étaient les francs-maçons et les membres de l'Elk's Club qui avaient disposé des tables en planches de pin brut. Des dames appartenant aux Eastern Star et aux Filles de la Révolution américaine, ainsi que d'autres dames tout à fait bien, même si elles n'avaient pas les mêmes qualifications, avaient apporté des nappes blanches, du poulet frit, de la salade de pommes de terre, du jambon cuit au four, des boîtes

Van Camp's de haricots à la tomate, des pickles, du maïs conservé dans de la saumure et des petits pains juste sortis du four. Près de l'eau – car les femmes avaient exigé des hommes que ce soit là qu'ils allument le feu au cas où les flammes leur échapperaient et se propageraient à toute l'île –, les hommes avaient installé des pots à café de quatre litres au-dessus des braises en les suspendant, comme ils avaient appris à le faire dans leur jeunesse, à un bâton horizontal posé entre deux fourches faites de branches de saule.

Se déplaçant d'un pas gracieux à la périphérie de cette zone où l'on s'activait avec tant de sérieux, des filles non mariées chuchotaient entre elles, douces et jolies dans leurs robes d'été voletantes. Très peu pour elles, ces vêtements antiques et démodés que leurs mères avaient tirés de coffres délabrés et étalés au soleil pour en chasser la mauvaise odeur de naphtaline. Ces jeunes dames, en plus, ne prêtaient guère main-forte aux autres, car elles ne pensaient qu'aux jeunes hommes qui plaisantaient sous les arbres. Le passé est une excellente chose, mais il n'a pas grand-chose à voir avec l'avenir.

Leurs sœurs aînées auraient pu les mettre au courant de deux ou trois choses. Elles aussi, les aînées, avaient porté des rubans peu de temps auparavant, et elles savaient où ça les avait menées : à des lessiveuses et à des langes, à des marmots geignards, à des explosions de colère, des portes qu'on claque et des réconciliations, et puis à s'offrir le soir à un homme s'il a envie de vous prendre.

À l'écart des autres jeunes filles se tenait Anne Chapman. Elle s'était habillée de blanc pour tenir compte de la saison, mais comme le disaient bien des gens, peu importait ce qu'elle mettait : il y avait autour d'elle un miroitement de lumière. Aussi impénétrable qu'un mur, cette lumière était là dès avant les douze ans d'Anne Chapman. À cette époque, dans la cour de récréation, les garçons réussissaient par des manœuvres aussi maladroites qu'élaborées à s'interposer entre elle et les autres filles et puis, comme si elle n'existait pas, ils se mettaient à courir, à grogner et à se lancer des coups de poing. Ils roulaient, tombaient et luttaient tout près de la lumière dont était nimbée Anne Chapman en espérant qu'elle verrait les efforts auxquels ils se livraient, les grognements et la force qu'ils démontraient en plaquant au sol un autre garçon comme la préfiguration de l'homme qu'ils seraient et qui déracinerait des forêts, endiguerait des fleuves, construirait des chemins de fer, arracherait les ciels et les jetterait à ses pieds si tel était son souhait. Ce qui commençait comme une petite bagarre dégénérait parfois en véritable bataille ; la lutte se durcissait, les garçons haletaient et étouffaient, il y avait parfois du sang. Son genou durement planté dans la poitrine du garçon au-dessous de lui, le vainqueur espérait qu'Anne Chapman prenait bien note.

D'autres petites filles assistaient au spectacle, fascinées par cet ahurissant déploiement de masculinité. L'esprit des garçons était insondable ; ils constituaient une race à part. Ce qui était détestable, c'était que seuls les garçons aient le droit de choisir ; et celle qu'ils choisissaient était tout aussi haïssable. Parlant d'Anne Chapman, les filles chuchotaient :

« Mais pour qui est-ce qu'elle se prend ? »

Elles se sentaient mieux en le disant. Car elles savaient exactement qui elle était : elle était métissée d'Indien. Et si *elles aussi* avaient été métissées d'Indien ? Mais elles ne l'étaient pas. À elles de s'inquiéter, de se donner du mal, d'arriver à épouser un millionnaire.

Oui, le grand-père d'Anne s'était marié à une Indienne qui, à présent, était morte. Anne Chapman et le vieux habitaient une petite maison à la périphérie de la ville. Le grand-père possédait quelques vaches à lait : il portait de la crème à la laiterie dans une carriole joliment peinte.

Une jolie fille n'est pas censée être une élève extraordinaire ; elle sort beaucoup, ce qui doit retentir sur ses études, et puis, de toute façon, on ne peut pas tout avoir. On n'attend pas d'une fille intelligente qu'elle soit jolie. Ce n'est que justice.

On trouvait donc injuste qu'Anne Chapman ait des notes excellentes. Du moins, c'était ce qu'estimaient certaines mères. Quelle est la mère qui voudrait que sa fille se sente inférieure à une personne jugée inférieure ? Mais les mères, sachant fort bien ce qui est injuste, savaient aussi comment l'on peut rendre quelqu'un d'autre responsable de cette injustice de la même manière qu'on va déposer un chat mort devant sa porte.

« Je vais vous dire ce que j'en pense, observa l'une d'elles. Je ne serais pas, mais alors pas du tout, étonnée si les enseignants étaient particulièrement indulgents à l'égard d'Anne. Voyez-vous, ils ont pitié d'elle. »

Il n'y a parfois pas de plus grand plaisir que de pouvoir plaindre quelqu'un. On se place alors au-dessus de lui. Mais on aurait eu du mal à continuer à plaindre Anne Chapman.

Elle avait été nommée major de sa promotion. Hélas.

En 1916, quand elle termina le lycée, il y avait quarante-trois élèves de dernière année. Vêtus de la toge et du mortier de cérémonie, ils étaient tous assis sur des chaises pliantes aux deux premiers rangs du nouveau gymnase. Le lutrin avait été installé sur l'estrade escamotable qu'on retirerait plus tard pour faire de la place aux jeux et aux danses. D'un côté de l'estrade se trouvaient deux chaises : l'une pour le principal, l'autre pour le maire. Le pasteur épiscopalien était assis de l'autre côté – celui de l'Évangile.

On remarqua que le maire, après avoir croisé confortablement les jambes, s'était mis à agiter un de ses pieds chaussés de bottines élastiques. Il avait hâte de voir la cérémonie commencer. C'était un vieil habitué de cet exercice. Quant aux pieds du principal, ils étaient fermement posés sur le plancher, le gauche un peu en avant de l'autre ; en s'appuyant dessus, le principal se rapprocherait légèrement du lutrin le moment venu.

On n'avait pas vu le pasteur épiscopalien sur l'estrade depuis à peu près quatre ans. Il avait été précédé par les pasteurs méthodiste, baptiste et congrégationaliste. Le prêtre catholique n'avait jamais été convié : sa congrégation était récente et peu nombreuse. Il la retrouvait pour des offices religieux célébrés dans la réserve au-dessus de la quincaillerie de la Compagnie de l'Idaho. Il fallait pousser les caisses contre le mur pour faire place à la messe. C'était dans cette réserve du premier étage, très sonore, qu'il portait la valise noire contenant ses vêtements sacerdotaux ainsi que les serviettes, les coupes et les soucoupes nécessaires à cette modeste célébration. Aucun de ses paroissiens n'avait terminé le lycée, et certains d'entre eux ne l'avaient même jamais commencé ; les choses de l'esprit n'étaient pas pour eux.

Le pasteur épiscopalien, comme le maire, avait croisé les jambes, manifestant ainsi une détente typique de sa secte – la décontraction disciplinée qui permet de passer avec gaieté et confiance au milieu des terreurs, des chausse-trappes et des humiliations de cette vie pour gagner la suivante sans même jeter un regard derrière soi. Contrairement au maire, il ne laissa pas son pied se balancer sur l'autre cheville, car il connaissait la nature de l'éternité : on ne la bouscule pas.

Le principal se leva et marcha jusqu'au lutrin. Il adressa un sourire aux deux cents têtes qu'il voyait au-dessous de lui, fit un pas en arrière et un autre en avant.

« Bienvenue, dit-il, à chacun de vous. M. Burgess va dire l'invocation. Ensuite, notre *salutator* prendra la parole. »

Il y eut quelques crissements de chaises pliantes et des chuchotements – le mot latin de *salutator* était inconnu de la plupart des gens.

« Ensuite, ce sera au tour de notre major. » Là, le principal balaya la salle d'un regard sévère.

Pour sa part, il estimait qu'il aurait été plus convenable que le major fût un garçon, et il l'avait expliqué aux parents plutôt énervés du jeune homme qui s'était attendu à avoir cette place. Car c'est l'homme qui va couper le bois et rapporte à manger. À maintes et maintes reprises on a observé que, lorsqu'une jeune fille est brillante, elle risque de se croire supérieure à son mari, ce qui ne conduit à rien de bien. Que ces jeunes femmes parlent leur français, qu'elles fassent donc des bouquets et des tableaux où elles peignent des miches de pain et des fruits mûrs ! Mais, au bout du compte, les femmes manquent de discipline. Qu'il est bon de voir une jeune femme tenir dans ses bras un bébé ; nous trouvons, dans l'attention et la tendresse qu'elle déploie, une confirmation de cet avenir pour lequel elle a fait tout le nécessaire.

Néanmoins, les faits – ces parents eurent du mal à les comprendre et le principal non moins de mal à les expliquer – étaient là dans toute leur brutalité : celui qui parlerait en premier était le second, et celle qui parlerait en dernier était la première. Par conséquent, le jeune homme – et avec lui son père et sa mère – devait se contenter de l'honneur d'être second, qui leur paraissait à tous convenir davantage à une femme. Et cela parce que le principal, même s'il était limité, était honnête et que les notes ne mentent pas.

Pourtant, il avait été manifeste dès son entrée au cours préparatoire que ce jeune homme était destiné à la première place. Il coloriait entre les lignes sans déborder, il ne collait pas les chiffres les uns aux autres et, s'il était obligé d'effacer quelque chose, il ne se mettait pas en colère et ne gâtait pas le papier. Plus tard, ses parents frappaient à la porte avant d'entrer, craignant de l'interrompre tandis qu'il se livrait peut-être à quelque exercice nettement plus avancé que son âge.

Ils disaient à ses jeunes amis : « Il ne peut pas sortir pour l'instant. Il étudie. »

Il était moyen en sport – pas le meilleur, mais il s'en tirait honorablement. Il réglait les disputes d'une voix calme et ferme et arrivait à l'heure aux repas, même s'il se méfiait un peu des plats auxquels il n'était pas habitué. Un bel avenir lui était réservé.

À cette époque, on honorait les anciennes vertus, et sans doute plus qu'ailleurs dans les régions rurales où le mécontentement social suscité par la pauvreté n'était pas encore apparu avec son cortège d'idées violentes et folles. Par conséquent, lorsque le jeune homme se leva de sa chaise à lames de bois et monta sur scène, il annonça d'une voix claire mais quelque peu maussade : « J'ai pris pour sujet la responsabilité. » Il parla fort longtemps.

La responsabilité était un thème que son auditoire connaissait bien. Tout le monde savait comment en pratique elle empiète sur les désirs et les petits plaisirs. À cause d'elle, on se passe de choses pour qu'un autre les ait. À cause d'elle, on reste éveillé et on accepte d'être appelé à des heures indues. À cause d'elle, on garde pour soi ce qu'on pourrait crier sur les toits. À cause d'elle, on sort de chez soi pour affronter encore Dieu sait quoi.

Il était remarquable qu'un homme si jeune fût tellement au fait de la responsabilité alors qu'il n'avait pas encore connu de grandes épreuves. Mais, globalement, le public était satisfait de lui, content qu'il soit un des leurs. Il avait déjà été accepté dans une université d'un autre État. Si, au bout de quelques années, il revenait triomphalement à Salmon après avoir réussi, on l'accueillerait à bras ouverts et on lui pardonnerait son excellence.

Une belle allocution. Les applaudissements furent sincères.

En revanche, les applaudissements qui saluèrent le bref discours du major de la promotion furent maigres et timides. Une franche ovation aurait signifié qu'on était d'accord, et pratiquement personne, dans la salle, ne souhaitait que son voisin croie qu'il approuvait la profession de foi que ce major avait laissée transparaître.

Car Anne Chapman avait parlé de Dieu et de Nathaniel Hawthorne[1]. À Salmon, Idaho, on associait les contes de Hawthorne à une odeur de vêtements de laine humides pendus au vestiaire, à un crissement de craie sur le tableau noir, et donc à Mlle Scholtz qui, dans son cours de lettres anglaises, avait donné *La Lettre écarlate* à lire aux élèves de dernière année. Deux filles avaient rapporté la chose à leurs parents. Mlle Scholtz s'était défendue devant le conseil d'établissement en soutenant que ce livre était de la « littérature » (si toutefois on sait

1. Écrivain américain (1804-1864), auteur notamment du roman *La Lettre écarlate*, publié en 1850.

ce que ce mot veut dire), mais l'on avait quand même ôté le roman des rayons de la bibliothèque cette année-là et l'on avait rayé Mlle Scholtz en personne des enseignants du lycée l'année suivante.

Les temps changent, pourtant : les jeunes se révoltent et rient au nez des anciens ; ils portent des masques et s'adonnent à une vie secrète derrière leur dos. Ce qui avait dérangé, ce n'était pas qu'Anne Chapman eût parlé des contes de Hawthorne mais bien qu'elle eût parlé des contes de Dieu. Personne, dans un environnement laïque, n'est très à l'aise quand surgit le nom de Dieu, sauf s'il est prononcé dans un juron par un individu en colère. C'est seulement dans un contexte sacralisé, dans l'enceinte d'une église et devant ceux dont la présence garantit la foi, qu'on se sent à l'abri des moqueurs. Là seulement peut être exposé son besoin dans toute sa nudité. Dites-moi : vers qui se tourner, sinon ?

Or, voilà que cette lycéenne se tenait devant eux, affichant une présence troublante et une beauté de sorcière (Hawthorne, évidemment !). Elle semblait dire que si le Créateur existait réellement, il n'avait qu'indifférence pour ses créatures. Par ses paroles, elle démolissait ce que certains voulaient désespérément croire.

Apparemment, être en partie indienne était une punition qu'Anne Chapman ne trouvait pas suffisante.

Trois ans plus tard, cette même jeune fille était sur l'île de la rivière Salmon, seule et à l'écart. En plus, elle n'était, hélas (ce mot a suffi à apaiser bien des consciences), pas encore mariée. Jusqu'à présent, elle avait eu un bon nombre de prétendants et plus que sa part de petits bals, de fêtes d'anniversaire et de soirées où l'on s'amuse à faire des bonbons au caramel. Mais la

Nature a prévu que ce genre de réjouissances se termine par le mariage et le lit conjugal, et… eh bien, elle n'était toujours pas mariée. Ce n'était pas si étonnant, au bout du compte, parce qu'il faut penser au bébé qui va naître. Et qui pouvait dire à quelle part d'une mère elle-même en partie indienne l'enfant pourrait ressembler ?

« Allons, déclara un père à un jeune homme d'humeur sinistre, si ça se trouve, le gosse naîtra avec des tresses noires. Qu'est-ce que tu en dirais ? »

Ces paroles ne soulagèrent pas le jeune homme, ne lui ôtèrent pas sa morosité. C'était l'un de ceux qui avaient courtisé Anne Chapman quand il avait quatorze ans, puis quinze et encore dix-sept ; il s'était privé et avait mis de l'argent de côté pour lui acheter des sodas et des coupes de glace au drugstore de la Croix-Rouge. Il avait gravé en profondeur sur son avant-bras gauche, avec une plume acérée, le nom d'Anne Chapman à l'encre rouge. La blessure s'était infectée et s'était mise à suppurer. On lui avait posé des questions, il avait subi l'enfer. Les parents ne comprennent rien. Puis, un jour, en regardant Anne, il avait compris qu'il n'avait pas l'ombre d'une chance. Elle vivait dans un autre monde que le sien, un monde où ni lui ni les autres garçons d'ici n'allaient pénétrer. Mais il aurait accepté un bébé aux longues tresses noires et il aurait fait les cent pas en le portant parce que ç'aurait été l'enfant d'Anne.

« Allons, lui dit son père, tu ne sais pas quelle chance tu as eue qu'elle ne te veuille pas. »

Pour ce qui était de sa chance, il la mesurait parfaitement.

Une fête des Pionniers aurait été impensable sans des tableaux vivants recréant l'arrivée des Blancs dans la vallée, et Mlle Lowe, professeur d'anglais, était la personne ad hoc pour les préparer. Elle avait passé deux ans à l'Emerson College[1] de Boston où elle avait été formée à la technique d'élocution et de gestuelle de François Delsarte. On la connaissait à Salmon pour sa manière de donner des scènes de Shakespeare, et elle avait monté avec les élèves de première année le spectacle de Thanksgiving.

Les exigences de l'art ayant supplanté celles de la pudeur, Mlle Lowe avait clairement expliqué à tous les acteurs participant aux tableaux vivants qu'ils devaient vider leur vessie et leurs intestins avant d'aller sur scène, car il leur serait pratiquement impossible de rester immobiles si un besoin naturel les appelait.

On avait construit une petite estrade de pin brut assemblée avec un minimum de clous pour qu'on puisse la défaire facilement et réutiliser le bois dans un ouvrage définitif. On avait peint des draps en bleu ciel et on les avait réunis de telle façon qu'en les séparant on pouvait donner l'impression de cieux qui s'ouvrent sur une scène du passé de Salmon.

Un soleil radieux jouait sur les rides de la rivière ; le déjeuner était terminé, et les femmes habillées des robes de leurs grands-mères se dépêchaient d'enlever les assiettes en carton et de les entasser pour les brûler plus tard. Le jus des haricots en boîte imprègne tout, et la laitue, quand elle est molle et humide, devient désagréable au toucher. On aurait davantage de plaisir à manger sans toutes ces conséquences.

On entendait exploser les derniers pétards de l'autre côté de la rivière. Le bruit sur l'île – les bavardages, les rires, les glapissements des chiens – se rapprochait de la petite estrade où, dans très peu de temps, des gens que

1. Établissement d'enseignement supérieur spécialisé à cette époque dans l'art oratoire.

tout le monde connaissait allaient faire semblant d'être d'autres personnes. Mais parmi ceux qui se rassemblaient se trouvaient quelques indésirables – quel dommage que notre monde soit enlaidi par des fauteurs de troubles. Ils se mêlent à nous en ridiculisant nos entreprises et en se moquant de notre droiture morale. Ils s'amusent, parfois nous rient au nez, et un bon nombre d'entre eux, en plus, s'adonnent à la boisson.

Parmi ces indésirables se trouvait le jeune Harry Connor. Il était déjà venu une fois à Salmon, mais, lors de sa première visite, il n'avait donné qu'à une seule personne l'occasion de se souvenir de lui. Aujourd'hui, cependant, il était à la tête de tout un groupe arrivé de Grayling en voiture. Tous auraient été chaleureusement accueillis s'ils s'étaient bien tenus, mais ils se conduisirent mal. On les aperçut d'abord au bar Owl au moment où le défilé commença, mené par l'orchestre du lycée. Derrière l'orchestre venaient des habitants de la région, par rangs de quatre, sur des chevaux de selle. Puis le nouveau camion des pompiers. Lorsque l'orchestre passa, on eut le désagrément d'entendre du ragtime sortir à plein volume du bar pour disputer la préséance au *Semper Fidelis* [1]. Peu après, leur verre à la main, les trublions traversèrent la rue pour se rendre au Smoke House. De là, ils se dépêchèrent de descendre les marches menant du pont neuf à l'île et, en même temps que la foule, ils se rapprochèrent de l'estrade de pin.

La société sait se charger de la plupart des perturbateurs ; quand ils franchissent une certaine limite, ils risquent de se retrouver face aux autorités et d'être jetés en prison où ils ont tout loisir de dessoûler et de réfléchir. Mais le meneur de ce groupe n'était pas quelqu'un

1. Marche militaire, hymne officiel des Marines depuis 1883.

qu'on pouvait enfermer dans une des cellules sous le nouveau palais de justice. On ne pouvait pas le traiter comme certains le souhaitaient, parce qu'il possédait la chose que tout le monde désire, même ceux qui prétendent ne pas la vouloir et affirment détenir des choses qui valent au moins autant, comme la santé, des enfants obéissants et une bonne réputation. La plupart des gens échangeraient tout ce qu'ils prétendent détenir contre ce que possédait cet homme, à savoir la richesse.

Si un tel homme constate que vous lui pardonnez ses frasques, il se peut qu'il vous considère plus tard d'un œil favorable ; vos besoins et ses ressources peuvent converger. Il peut vous aider, surtout s'il possède une banque. Mais si vous êtes l'un de ceux qui ont porté la main sur lui, son hostilité vous poursuivra aussi loin que vont les rails ou les fils téléphoniques. Il vous mettra à genoux.

Les chaises pliantes devant l'estrade en pin avaient été gracieusement mises à disposition par l'Elk's Club, les francs-maçons et les églises. Les hommes les installaient et s'écartaient pour vérifier que les rangs étaient bien droits. Les femmes détestent s'asseoir sur des chaises pliantes tout autant que les hommes détestent porter des sacs d'épicerie en public. Les sièges commencèrent à se remplir, et quand ils furent tous occupés il resta encore pas mal de gens debout ou assis par terre des deux côtés et au fond. Les trublions s'étaient installés à l'arrière.

Les gens qui avaient quelque idée des mœurs du théâtre pour avoir fréquenté le cinéma Rex lancèrent des chuts pour intimer le silence à leurs voisins les plus bruyants, mais ces chuts enroulés au bout de la langue et soufflés à travers les incisives s'adressaient particulièrement aux perturbateurs. Or, les trublions trouvent dans les efforts qu'on fait pour les réduire au silence un encouragement à leurs mauvaises manières ; la désapprobation leur convient.

Les draps bleu ciel se gonflèrent quand les acteurs qu'ils cachaient, en gagnant leur place, provoquèrent quelques courants dans l'air estival environnant.

Le thème des tableaux vivants, dans ce pays, n'aurait pas pu être autre que ce qu'il fut. C'était celui de l'expédition de Lewis et Clark passant dans la région avec une Indienne comme guide. Les États de l'Ouest étaient parsemés de monuments invitant à se souvenir de cet aimable trio. À vingt kilomètres de Salmon à peine, près d'un ruisseau de montagne aussi mince qu'un fil – la véritable source du grand fleuve –, se trouvait un tumulus sur lequel une plaque de cuivre dûment vissée portait les paroles suivantes : MERCI À DIEU DE M'AVOIR PERMIS DE VIVRE POUR ENJAMBER LE PUISSANT MISSOURI. En lettres plus petites, on attribuait cette déclaration au capitaine Meriwether Lewis en 1804. Près de Grayling, dans le Montana, une autre plaque proposait de s'imaginer la joie exceptionnelle qu'avait dû éprouver Sacajawea quand, grâce à des souvenirs semblables à ceux qui proviennent de rêves, elle avait reconnu la vallée même où elle était née. Dans toutes les montagnes Rocheuses, l'admiration qu'on vouait à cette femme tenait du culte ; son courage, son intelligence, son inaccessibilité faisaient d'elle un personnage que connaissaient des gens incapables de se rappeler le nom de toute autre Indienne.

Quand on comprit qu'Anne Chapman avait été choisie pour jouer le rôle de Sacajawea – en quoi consistait ce rôle, nul ne le savait, mais ce ne serait certainement pas la scène d'accouchement où Sacajawea donne naissance au bébé qu'elle a conçu avec le trappeur canadien épousé durant l'expédition –, certaines personnes se sentirent gênées.

Si Anne Chapman devait figurer Sacajawea, il paraissait étrange que la gentille Mlle Lowe le lui eût demandé. Il semblait même cruel que la jeune fille s'affichât publiquement en Indienne, car c'était peut-être quelque chose qu'elle souhaitait cacher. Les gens qui avaient presque oublié ses origines allaient se les remettre à l'esprit et, en fin de compte, Mlle Lowe faisait preuve d'un manque d'égards criant en choisissant cette fille pour jouer Sacajawea – surtout au vu de ce qui allait se passer.

« Chuuuuut ! »

Le silence est le fond indispensable sur lequel s'appuient les tableaux vivants ; Mlle Lowe n'allait évidemment pas écarter les rideaux, s'avancer et rompre le charme en parlant. Par conséquent, lorsque les rideaux furent retombés derrière elle, elle brandit un grand panneau en carton avec des lettres si grandes que même les vieux pouvaient les lire. Elle tint le panneau légèrement de côté pour se rendre visible elle aussi dans sa longue robe en mousseline fraîche d'un gris discret.

LE CAPITAINE LEWIS REÇOIT SES ORDRES.

Les rideaux s'ouvrirent.

Le président Jefferson était assis en biais à son bureau, et il était président jusqu'au bout des ongles. Il portait des guêtres, et l'une de ses jambes, bien tournée, était tendue. Comme les autres acteurs de cette scène, il avait dû renoncer à la barbe. Debout derrière lui, une main légèrement posée sur le bureau, se tenait le vice-président Burr ; son visage de renard fixait l'occiput du Président. Un homme plus petit avait été choisi pour figurer le capitaine Clark. En effet, Clark tenait un moindre rang dans l'expédition et sa véritable taille a été perdue pour l'Histoire ; vêtu de son uniforme de cavalerie, il portait son chapeau et se tenait avec raideur en position de salut militaire.

Le capitaine Lewis était donc plus grand. Il portait lui aussi son chapeau, ce qui montrait qu'il ne comptait pas s'éterniser une fois qu'il aurait pris le document corné que le Président lui tendait. Ce document corné nuisait un peu à l'ensemble de la scène ; un léger tremblement des doigts du Président, en effet, était communiqué au papier, qui l'amplifiait et qui, du coup, s'agitait presque. Ceux qui avaient réellement observé la scène cent seize ans auparavant l'avaient évoquée plus tard comme explosive. Avant la fin de l'année, Burr allait tirer sur Alexander Hamilton lors d'un duel et le tuer ; il serait, quant à lui, ruiné. Selon une rumeur, le Président à la jambe bien tournée avait pris une Noire pour maîtresse. Le capitaine Lewis arriva jusqu'à l'embouchure du fleuve Columbia comme on le lui avait demandé, et quatre ans plus tard il se suicida. Clark disparut de l'histoire.

Les rideaux se refermèrent. Le public n'avait remarqué aucun tremblement de lèvre, aucun clignement d'œil. Seul ce papier qui bougeait perturbait la scène, et ce mouvement aurait pu être provoqué par un courant d'air fortuit. Des sons sifflants parcoururent le public : « ... si silencieux, si immobile. » À la faveur de cette marque d'appréciation, Mlle Lowe disparut dans la fente entre les rideaux, et les applaudissements se calmèrent vite pour laisser place à la scène suivante. Mlle Lowe réapparut avec un panneau.

MERCI À DIEU DE M'AVOIR PERMIS DE VIVRE POUR ENJAMBER LE PUISSANT MISSOURI !

Les rideaux s'ouvrirent.

Pour cette scène très forte, une bande de tissu longue et étroite, d'un bleu brillant, avait été posée au sol depuis le bord droit du plateau jusqu'au centre et quelque peu tordue pour suggérer un cours d'eau. De chaque côté se dressaient de véritables arbustes, grands et petits, prélevés le long du ruisseau Jesse. Leur fraîcheur sautait aux yeux et aux narines. Une des personnes chargées de couper ces arbustes s'était interrompue pendant son travail et, stupéfaite par la nature et la variété des tâches terrestres, avait levé les yeux vers le grand ciel vide de juillet.

Le capitaine Meriwether Lewis portait le même uniforme de cavalerie que dans la scène précédente et le même chapeau à large bord mais, à la suite de rencontres avec des rochers déchiquetés et des bêtes sauvages, sa chemise était déchirée. Même dans les meilleures conditions, on ne peut pas effectuer le voyage de Saint Louis jusqu'au Montana sans abîmer sa chemise. Les mains du capitaine étaient levées vers le ciel, la paume vers le haut, comme si elles devaient recevoir quelque chose. Ses yeux restaient fixés sans ciller sur un ciel dégagé juste au-dessus de la gare au-delà de la ville. Avec ses pieds posés de part et d'autre du petit ruisseau, il donnait l'impression aux hommes du public qu'il était sur le point d'uriner – à ceci près que son pantalon était fermé. Mais il avait cet air songeur. Une dame – et vierge, avec ça –, Mlle Lowe, lui avait fait prendre cette pose en toute innocence alors qu'il n'y avait pratiquement pas un seul homme de Salmon qui n'eût pas, un jour, pique-niqué là-haut près du tumulus, dans un territoire que l'État venait de se réserver sous le nom de parc Sacajawea. Il n'y avait pratiquement pas un seul homme qui n'eût pas connu l'appel insistant de l'eau vive dans cet étroit ruisseau sorti tout bouillonnant d'un contrefort, pas un homme qui, bien des fois, ne se fût pas campé ainsi, un pied sur une rive et un pied sur l'autre. Il était impensable que le capitaine Meriwether Lewis, en traversant ces eaux, ne se fût pas soulagé dedans pour s'approprier le puissant Missouri comme l'ont toujours fait les garçons du coin emportés un instant par la grandeur de ce moment historique.

Les rideaux se refermèrent. Mais, avant que ne commencent les applaudissements, quelqu'un hua :

« Ou-ou-ouh ! »

Il aurait aussi bien pu lancer une pierre. Cette huée venait d'une personne qui prenait plaisir à gâcher le plaisir d'autrui. Dans cette vie, ce sont les huées qui renversent, détruisent et anéantissent les petits rêves. Son écho se prolongea dans le silence, telle une horrible dissonance.

Les gens se retournèrent.

L'individu recommença. Pas étonnant qu'il accable de son mépris les efforts de Mlle Lowe. Si cette demoiselle avait été quelqu'un de valable, elle n'aurait pas enseigné à Salmon, Idaho. L'homme qui huait avait, quant à lui, bénéficié d'avantages refusés au commun des mortels. Dans son enfance, il était allé en voiture Pullman à New York pour la première de *The Red Mill* ; puis, à Chicago, il avait assisté à la reprise de *Mlle Modiste*[1]. Le vrai théâtre lui répugnait autant que la Bible à ces villageois. S'il n'avait pas été ivre, il aurait pu trouver ces amateurs amusants et ne les aurait pas conspués. On doit pardonner certaines choses à un ivrogne, mais on a du mal à pardonner à celui qui vexe Mlle Lowe et humilie les acteurs. Dès le départ, les comédiens avaient été peu sûrs d'eux, inquiets de s'exposer en public, et ils avaient compté, pour s'en tirer, sur la bonne volonté de leurs amis – c'est-à-dire de l'auditoire. Au pire, leur interprétation passerait plus tard pour une gentille plaisanterie, voire pour un service

1. *The Red Mill* (1906) et *Mlle Modiste* (1903) sont deux opérettes célèbres de Victor Herbert.

rendu à la communauté : il fallait bien que quelqu'un aide Mlle Lowe à mettre en scène l'histoire du pays.

Et ce n'est pas pour rien qu'on méprise la profession de comédien. Elle se situe dans un monde de faux-semblants grouillant de gens qui ne peuvent pas s'adapter à la société, qui n'ont pas les pieds sur terre et auxquels, par conséquent, on ne peut pas faire confiance.

Les ou-ou-ouh ! s'arrêtèrent, mais leur souvenir persista à la manière d'une boule puante, et quand Mlle Lowe apparut pour la troisième et dernière fois, le panneau qu'elle brandit était tout tremblant. Cette jeune dame avait cependant appris à Emerson College ou dans un endroit semblable une exigence tout à fait digne de louanges : le spectacle doit continuer, exactement comme la vie. Elle releva donc la tête. Elle croyait que cette ultime scène, dans sa simplicité, signerait son triomphe.

Sur son panneau tremblant, il n'y avait qu'un mot : SACAJAWEA.

Sans cette Indienne, l'expédition vers l'Ouest aurait pu échouer. Sacajawea avait non seulement servi de guide, mais aussi d'interprète. En accompagnant les explorateurs, elle leur avait conféré une crédibilité sans laquelle ils auraient tous risqué d'être assassinés en chemin ou scalpés par les Indiens. Et, miracle d'entre les miracles, peu après avoir reconnu la région de sa naissance, Sacajawea, toujours avec les autres membres de l'expédition, était tombée sur son propre frère à la tête d'un groupe de chasseurs. Ce frère s'était chargé de leur procurer des chevaux frais.

Il n'existait aucun dessin ou portrait de cette femme réalisé de son vivant ; chacun pouvait donc la représenter comme il le souhaitait. Elle avait disparu avec son Canadien de mari sans laisser de trace. Elle possédait le charme et l'attrait du lointain, du disparu, de l'inatteignable.

Le triomphe de Mlle Lowe consista à faire représenter l'Indienne par la seule femme au monde (pour autant qu'elle le sache) capable de jouer Sacajawea. Capable *d'être* Sacajawea. Sur cette jeune femme planait une aura de distance correspondant à celle que la véritable Sacajawea n'avait sans doute acquise qu'avec le passage de tout un siècle. Cette distance qui avait tant frappé Mlle Lowe – demoiselle sans grand charme et célibataire – était celle qui enveloppe la femme douée de beauté absolue, la malheureuse que bien des hommes n'osent aborder de peur d'être rejetés et qui, parce qu'elle ne veut pas de lui, refuse l'homme d'exception qui a suffisamment confiance en lui-même pour oser s'approcher d'elle.

Les rideaux s'ouvrirent et Anne Chapman apparut.

Ses cheveux étaient coiffés en tresses sombres ; elle portait une tunique à franges en daim clair assortie à des mocassins qui montaient jusqu'aux cuisses et qui étaient ornés de perles. Elle avait mis un genou à terre, montrant son stupéfiant profil, et placé sa main droite en visière au-dessus de ses yeux pour regarder au loin – pose classique, voire stéréotypée. Ce que les gens virent dans ce tableau avait le charme de certaines œuvres picturales qu'ils aimaient et accrochaient sur leurs murs : des lithographies et des gravures qui en appelaient à leurs émotions et faisaient vibrer une corde sensible. On voit ainsi une fille de ferme lever un regard extasié du champ où elle travaille, et c'est « Le chant de l'alouette ». Ou bien un paysan en train de peiner sous un ciel qui s'obscurcit, et c'est « L'homme à la houe ». Lui, il sait ce qu'est l'endurance.

Dans l'immobilité d'Anne Chapman sur scène, même ceux qui y avaient rarement songé virent une préfiguration de l'éternité. En tant qu'image, elle incarnait la différence entre la vie et l'existence.

Les rideaux se refermèrent. L'instant qui suivit ressembla à celui où, en sortant d'une séance l'après-midi au Rex, l'on se retrouvait, le soir tombant, exactement là où l'on était avant d'entrer : on était frappé par un sentiment de perte. Mais les spectateurs ressentaient-ils une perte, ou du désir ?

Aux prises avec les questions complexes de l'absolu et avec le lien subtil qui existe entre l'amour et la perte, le public n'était pas préparé à de nouvelles huées, et il n'y en eut d'ailleurs pas. Mais la même voix à la fois ivre et claire cria : « Voyez ça, une vraie squaw ! »

Ce qui se passa ensuite arriva si brusquement que bien des gens ne le virent même pas et durent poser plus tard des questions précises.

« C'était splendide ! » Voilà ce que Mlle Lowe était censée avoir déclaré, et il est très vraisemblable qu'elle l'ait dit, car le mot « splendide » figurait dans son vocabulaire.

Depuis la scène, elle avait bien regardé l'assistance et elle avait tout vu. Et même si l'on pouvait s'attendre qu'elle soit interloquée par une violence aussi inhabituelle, on n'aurait pas cru qu'elle puisse en être remuée à ce point. Car, en réalité, elle avait dit « absolument splendide ».

En effet, un jeune homme s'était soudain avancé et il avait jeté à terre l'auteur des huées. Il avait ajouté : « Si tu te relèves, je te cogne encore. »

Au bout de quelques instants, lorsque l'assaillant se fut éloigné, les amis du trublion mal en point – ils s'étaient tenus à l'écart, tels des chiens qui attendent de voir comment l'affaire va tourner – s'approchèrent et aidèrent leur copain à se relever. Puis ils l'emmenèrent. Personne ne revit aucun d'entre eux ce jour-là. Le rédacteur du *Recorder Herald*, sur place pour couvrir les tableaux vivants, avait pris des notes pour le prochain numéro du journal.

Pourtant, la fin violente de la représentation ne fut jamais rapportée dans la presse à cause de l'identité de la personne qui s'était fait battre. C'est regrettable, mais il y a des gens que l'on doit traiter différemment des autres.

Rares étaient les spectateurs présents ce jour-là à la fête des Pionniers qui avaient déjà vu une fille se faire insulter en public. N'ayant aucune expérience d'une scène aussi douloureuse et ne la comprenant pas réellement, ils estimèrent que le mieux était de ne plus y penser. Il serait sans doute peu délicat de tenter de réconforter la femme insultée ; nul ne souhaite la pitié des gens, surtout s'il la mérite. C'était la fin décevante et pénible d'un après-midi qui, sinon, avait été agréable. Voyez ! Pas un nuage dans le ciel ! Seuls les chiens qui rôdaient dans l'île ne se souciaient pas de ce qui s'était passé, et peut-être aussi les enfants, qui étaient régulièrement exposés au spectacle de la violence dans les cours de récréation et savaient aussi bien lancer des insultes que les recevoir.

La foule s'éloigna ; tous les acteurs, sauf Anne, descendirent de l'estrade.

Zack Metlen avait à présent vingt-trois ans ; ses cheveux blond-roux redevenaient rebelles dès que l'humidité déposée par son peigne mouillé avait séché. Il avait des épaules puissantes et un visage ouvert, sans la moindre trace de malice. Pour ce qui était des femmes, il n'en connaissait pratiquement rien.

Au lycée, à l'époque où les autres comprenaient clairement qu'il existe une grande différence entre les sexes,

Zack était passé à côté des petits flirts, et des billets qui circulent en cachette d'une rangée à l'autre jusqu'au fond de la classe où se trouvent le dictionnaire et le buste de Washington. Il se concentrait sur autre chose. Il avait bien compris que les filles ont souvent le fou rire et font plein de choses à leurs cheveux, que les garçons sont meilleurs dans les sports brutaux ; mais rien de cela ne semblait s'appliquer à Zack Metlen.

Il ne saisissait pas davantage pourquoi les filles prenaient tel ou tel garçon pour héros – entre autres, une année, ce fut un jeune voyou qui avait dérobé un stylo Waterman. Ce stylo n'était pas plus utile au garçon qui en était le propriétaire qu'à celui qui l'avait pris, car c'était avec un porte-plume et une plume en acier que tous les élèves devaient écrire inlassablement le mot « Lanning » et la phrase : « Voici un échantillon de mon écriture. » La méthode Palmer interdisait de bouger les doigts ; c'était à partir du coude qu'il fallait effectuer les glissements et les arrondis, et le résultat recherché était que toutes les écritures soient semblables. Mais alors, comment protéger ses chèques ou son testament ?

Le jeune voyou fut donc envoyé dans le bureau du principal d'où il ressortit avec un petit sourire narquois, ce qui ne manqua pas de susciter une admiration à peine dissimulée chez plusieurs filles en train de papoter. Il avait volé le stylo et on l'avait vu avec : mais la preuve avait disparu. On ne peut pas traîner quelqu'un en justice sans preuve. Pas dans ce pays. Zack, quand il y réfléchit plus tard, eut l'impression que cette admiration reconnaissait la fourberie comme une sorte de pouvoir : Renard le goupil protège sa renarde aussi bien que Brun son ourse. Entravées par des jupes, mal équipées pour porter leurs propres livres, obligées de se faire accepter par un garçon pour avoir un avenir, les filles pouvaient certes gagner la compassion de Zack, mais elles ne l'intéressaient pas. Il lui vint à l'esprit que sa mère n'était pas du tout comme elles.

En effet, la mère de Zack était différente.

M. Roscoe Cornell ayant décampé ou n'étant peut-être jamais venu, plus rien n'était susceptible d'intéresser Zack à Salmon. Mais la défection de Bill Kaufman le troublait plus qu'il ne l'aurait pensé. Si la foi de Bill pouvait s'évaporer ainsi, peut-être, après tout, la boîte noire n'était-elle qu'un rêve, une chimère. Dans ce cas, quel but restait-il à l'existence de Zack Metlen ? C'était pour ne pas entreprendre sur-le-champ, en compagnie de telles pensées, le long trajet qui le ramènerait à Grayling que Zack s'était joint à l'assistance devant la petite scène en planches de pin. Ayant tout de suite compris que la représentation serait un travail d'amateurs, il était resté. Il savait que la personne qui montait le spectacle espérait ne pas passer pour une dilettante. Alors, gagné par un fort sentiment d'obligation envers ceux qui allaient essayer et très certainement échouer, Zack s'était assis.

« Tu ne peux pas, avait-il un jour entendu sa mère dire à son père, être responsable du monde entier. »

Mais il savait exactement ce que son père ressentait.

Enfin, les rideaux s'ouvrirent sur la dernière scène. Zack fut envoûté. Ce fut dans une transe qu'il regarda cette immobilité exquise, et la voix qui hurla « Squaw ! » fut aussi hideuse à ses oreilles que celle d'un homme adulte insultant un enfant.

Aveuglé par la colère, il s'était levé.

Dix minutes plus tard, il était près des marches d'un côté de l'estrade. Au bas de ces marches se tenait un vieil homme sec et nerveux qui portait un costume fin de siècle. Il s'était fait couper les cheveux si récemment qu'un cercle de peau pâle apparaissait autour de son crâne à la base de son chapeau noir. Le vieillard se tenait comme le père de Zack commençait à le faire, c'est-à-dire sans être tout à fait assuré sur ses jambes.

Dans son vieux costume, il regardait sur la scène au-dessus des marches. Peut-être n'y a-t-il pas de tragédie absolument singulière, mais le grand-père d'Anne avait perdu sa femme à cause de la variole – maladie qui, jadis, tuait de préférence les Indiens – et puis sa fille en couches. Comment tout cela peut-il arriver ? Le mot « arriver » est cruellement passif ; c'est le néant qu'il accuse.

Soudain, la fille de cette fille morte descendit de l'estrade, et Zack les vit discuter.

Elle portait une jolie robe d'été et, au lieu des tresses, ses cheveux étaient relevés en chignon. Quant à Zack, il était dans ses chaussures militaires informes et sa veste de soldat dont la couleur était la pire qui soit – marron moucheté de merde, disait-on. Il avait aussi commencé à prendre du poids, parce que avec son père il mangeait surtout du pain et des pommes de terre.

Le vieux monsieur et la jeune fille l'avaient vu. Il n'avait pas de mots pour expliquer sa présence. Pendant une seconde, les yeux de la jeune fille croisèrent ceux de Zack. Il ne savait pas que Socrate avait parlé de la moitié qui cherche l'autre moitié pour être entier. Mais il savait, en cet instant, qu'il lui fallait user de parole.

Quand vous voyez des gens debout quelque part, vous savez qu'ils ne vont pas rester là longtemps si ce n'est pas l'endroit où ils sont chez eux. Ils voudront se rendre chez eux, et c'est pourquoi on leur demandera : « Est-ce que je peux vous déposer quelque part ? »

Zack s'approcha donc. « Je suis Zack Metlen. Puis-je vous déposer quelque part ?

— Je m'appelle Joe March », répondit le vieux

monsieur. Ils se serrèrent la main. « Voici ma petite-fille, Anne Chapman. »

Zack toucha à peine la main de la jeune fille ; un jour, sa mère lui avait fait observer que les hommes ne serrent pas vraiment les mains des femmes. Serrer la main, disait-elle, était à l'origine un test de force, et, entre hommes et femmes, ce genre de test n'a pas lieu d'être. Ensuite, la jeune fille s'adressa à Zack et lui dit la chose la plus magnifique qu'il eût jamais entendue.

« Vous êtes très gentil. » Elle aurait aussi bien pu lui poser sa main fraîche sur le front.

C'est tout juste s'il fut capable de dire : « Ma voiture est à l'autre bout du pont. »

Ils se mirent donc à marcher. Dans un ciel sans nuages, le soleil de juillet leur tapait dessus. Il faisait si beau que Zack avait replié la capote de la Locomobile et il s'inquiétait, se demandant si les sièges en cuir n'allaient pas être trop chauds pour être confortables. Il mettrait le plaid pour Mlle Chapman ; le vieux monsieur et lui pouvaient bien se brûler les jambes et le derrière quelques minutes.

La marque de sa voiture lui déplaisait. Une jeune femme qu'on venait de traiter publiquement d'Indienne et un vieil homme dont la petite-fille avait été insultée n'allaient pas se sentir particulièrement à l'aise dans une voiture qui représentait le summum de ce monde riche et blanc qui leur était fermé. Mlle Chapman et son grand-père risquaient de ne plus rien dire en la voyant. Il arrive souvent que les vieilles personnes n'en fassent qu'à leur tête ; il leur reste si peu de temps qu'elles veulent le répartir comme elles l'entendent, et Zack pouvait s'imaginer le vieux monsieur en train de refuser de mettre le pied dans une telle voiture. Tout en marchant, il cherchait en vain un moyen de les préparer à cette Locomobile. Elle donnait une impression tout à fait trompeuse de la situation dans laquelle il était ; mais, de la même manière qu'il n'avait pas réussi à avouer à Kaufman la ruine financière des Metlen, il aurait beaucoup de mal à annoncer à cette jeune femme qu'il était presque sans le sou. Sa veste et ses chaussures de soldat disaient vraiment qui il était. Mais si jamais ils interprétaient son accoutrement militaire comme le fait d'un vantard qui veut montrer qu'il a été Là-Bas ?

Le vieux monsieur s'arrêta, leva la tête et huma l'air. « Je sens de la pluie », dit-il.

Anne s'arrêta. « Beaucoup de pluie ?

— Oui, une forte pluie. »

Pas un nuage dans le ciel. Le soleil tapait. Bon, le vieux faisait la conversation. Et quand on parle comme ça, une remarque creuse en appelle une autre.

« Mais il n'y a pas le moindre nuage dans le ciel, monsieur.

— Ils vont venir, assura le vieux. Ils vont venir, les nuages, là, devant.

— Mon grand-père ne se trompe jamais quand il s'agit de pluie, dit Anne.

— Oh si, je crois qu'il m'est arrivé de me tromper, dit le vieux monsieur.

— Ça nous arrive à tous, dit Zack.

— J'ai l'impression que vous ne vous êtes pas tellement trompé, dit le grand-père. Vous n'êtes pas assez âgé pour ça.

— Comme ce serait bien, fit Anne, si nous nous trompions seulement pour la météo. Grand-père, tu ne devrais pas admettre que tu te trompes. M. Metlen va en déduire que tu es passé à côté de plein de choses.

Zack se sentit exclu, tellement leur lien était intime.

« Je suppose, monsieur Metlen, dit Anne, que vous avez fait des erreurs ? »

Zack répondit avec honnêteté. Il eut le sentiment que

ce qu'il allait déclarer était absolument vrai – vrai, en tout cas, pour ce qui concernait ces derniers jours : « Ma vie même a été une erreur.

— Dans quel sens ? demanda Anne. Vous vous êtes engagé dans une mauvaise direction ?

— Dans le sens où j'ai cru qu'il y avait une direction, expliqua Zack.

— Des rêves, dit Anne.

— Il ne parle pas de rêves, remarqua le vieux monsieur. Il parle de direction. Mais je peux vous dire, jeune homme, que vous allez dans la bonne direction aussi sûrement que nous allons avoir de la pluie. »

Si le vieil homme avait été indien au lieu d'avoir seulement été marié à une Indienne, Zack l'aurait peut-être cru à moitié. Les Indiens conversent avec les esprits et perçoivent des signes cachés aux Blancs. De toute façon, il n'arrivait pas à comprendre pourquoi il s'était livré à une confession aussi personnelle devant des gens qui, jusqu'alors, étaient pour lui des étrangers. Ils devaient du coup le tenir en moindre estime. Des gens dont on vient de faire la connaissance s'attendent à davantage de discrétion.

Devant l'énorme Locomobile, le vieil homme déclara : « Que voilà une grosse voiture. Anne va s'asseoir à l'arrière pour pouvoir saluer les gens de la tête. »

Ils habitaient à la périphérie de la ville et, du pont, ils pouvaient facilement se rendre chez eux à pied. Ils n'avaient aucune raison d'accepter d'aller en voiture, sinon pour faire plaisir à Zack. Si Anne avait été humiliée par les paroles du jeune Connor, elle se serait moins exposée aux regards en rentrant à pied qu'en remontant lentement la rue principale dans une Locomobile, telle une princesse.

« Que j'aimerais, lança-t-elle, être riche et célèbre et me déplacer comme si j'y étais habituée ! »

Ces paroles donnèrent à Zack l'occasion de mettre les choses au clair. « J'aimerais bien avoir le droit de conduire cette voiture.

— Évidemment, dit Anne, quand votre famille perd tout, elle a envie de garder quelque chose en souvenir.

— Vous êtes donc au courant ?

— Ne faisons pas semblant d'ignorer que, dans nos deux États, tout le monde sait ce qui est arrivé aux Metlen. Les gens célèbres sont désavantagés. Leur chute suscite les passions. »

On ne l'invita pas à entrer dans la petite maison de brique à la périphérie de la ville. Il n'avait rien à offrir – c'était un fait avéré. En acceptant de monter en voiture avec lui, ils se montraient gentils envers un homme qui n'avait rien d'autre à donner. Le vieux monsieur bougea les jambes et descendit tout seul de voiture. Anne attendit que Zack fasse le tour pour l'aider. Tous deux le remercièrent.

« Ce que je tenais à dire depuis tout à l'heure, déclara Zack, oui, depuis que nous sommes ensemble, c'est à quel point votre travail sur scène m'a plu. »

Anne et son grand-père échangèrent un bref coup d'œil. Zack se demanda s'ils n'avaient pas trouvé sa remarque trop personnelle.

Anne parla. « Ce que je tenais à dire, moi, depuis tout à l'heure, c'est à quel point votre intervention m'a plu – et à quel point elle a plu à mon grand-père. Il a dit que votre poing, quand il a frappé, a rendu un son bien net.

— Et permettez-moi de vous dire à présent, ajouta le vieux monsieur, que tant que votre voiture est arrêtée, vous devriez mettre la capote et les rideaux latéraux. »

Il n'y avait pas un seul nuage dans le ciel.

Il était pourtant impossible de ne pas tenir compte de la suggestion du grand-père. Car c'était plus qu'une suggestion. Donc, pour que le vieux monsieur ne perde pas la face, Zack entreprit de couvrir la voiture, ce qui n'était pas une mince affaire. D'abord, il fallut ôter la toile qui recouvrait la capote pliée. Ensuite, déplier la capote et l'étirer sur toute la longueur occupée par les passagers. Mais où étaient les rideaux latéraux ? Personne ne s'en était jamais servi. Zack finit par les trouver dans un creux aménagé au dos du siège arrière, roulés et rangés dans un sac en toile, pas faciles à sortir ni à installer. Tandis qu'il se livrait à ce travail idiot, deux automobiles passèrent sur la route et ralentirent. Les deux conducteurs levèrent la tête vers le ciel dégagé, sans nuages, et poursuivirent leur chemin.

« Il y a un endroit difficile au bas de la colline, dit le grand-père. Vous risquez d'avoir besoin de vos chaînes. »

Le vieux et la belle lui firent au revoir de la main lorsqu'il repartit. Au dernier coup d'œil qu'il jeta dans son rétroviseur, il les vit toujours là.

Il s'arrêta au bout d'un kilomètre et demi, enleva les rideaux latéraux avant et les jeta sur le siège arrière. Maintenant, ceux qui passaient ne le trouveraient pas tout à fait aussi imbécile. Il secoua un paquet de Fatima pour en extraire une cigarette qu'il alluma. Il resta un instant debout près de la voiture, sur le point d'enlever aussi les rideaux de derrière et de plier la capote. Et puis non. Il s'en abstint par respect pour un vieux monsieur que l'âge affectait d'une manière étrange, et « en souvenir » de cette fille – c'était une expression qu'elle avait elle-même employée. Il remonta dans la voiture et continua son chemin.

Lorsqu'il fut redescendu à mi-hauteur de la colline, côté Montana, une chose stupéfiante se produisit. Des nuages noirs et violets comme des hématomes surgirent derrière lui, et la foudre tomba si près qu'il sentit l'odeur d'ozone. La pluie se mit à tomber à torrent. Les êtres humains, comme les chats, détestent se mouiller ; ils prennent des parapluies, portent des cirés, courent se mettre à l'abri. Zack conduisit d'une main ; de l'autre, il actionnait les essuie-glaces. Devrait-il s'arrêter pour installer les protections latérales ? Non. S'il s'arrêtait, la pluie aurait le temps de remplir de boue le creux dans la chaussée, et il serait obligé de sortir pour mettre les chaînes.

Il ne réussit pourtant pas à traverser le creux boueux sans les chaînes.

« Je m'inquiétais, lui dit son père. Je n'ai pas vu une telle pluie depuis une douzaine d'années. Tu as dû te tremper, en mettant la capote. Est-ce que tu as trouvé les rideaux latéraux. Il y en avait ? »

Zack n'expliqua pas qu'il avait quitté la ville de Salmon sous un ciel sans nuages dans une Locomobile entièrement couverte, et cela à l'instigation d'un vieillard qui croyait avoir des pouvoirs de divination. Fugitivement, Zack se dit que peut-être le vieux en avait, en effet. On lit des histoires sur des gens comme lui, et même si en principe personne n'y ajoute foi, tout le monde les croit à un moment ou un autre.

Mais, alors même que son père affirmait s'être fait du souci en se demandant si Zack n'était pas dans une fondrière avec un axe cassé ou s'il n'avait pas été frappé par la foudre, Zack fut étonné de le trouver gai et plein d'entrain. Son père poursuivit : « Bon, la Loco t'a mené à bon port, ça on peut le dire en sa faveur. Et puis, maintenant, on a tout le temps de réfléchir avant de la vendre. » Il adressa à Zack un sourire chaleureux. « Une femme nous loue l'hôtel pour cinq cents dollars par mois.

— Qu'est-ce qu'elle veut en faire ?

— C'est le bar qui l'intéresse. On peut s'y mettre à l'aise pour discuter.

— Mais il n'y aura plus d'alcool.

— Elle le sait, dit John. Mais elle ne le croit pas. Je me suis senti obligé de le lui expliquer, parce qu'on a l'impression, en tant qu'homme, qu'une femme risquerait de ne pas être au courant, mais elle m'a fixé d'un regard... Elle doit savoir de quoi elle parle.

— Mais pourquoi notre hôtel ?

— Il fait partie de l'histoire locale, et il est accueillant. Mais ce n'est pas pour ça qu'elle le loue.

— C'est pour quoi, alors ?

— Ta mère a agi gentiment envers elle, et il y a des gens qui n'oublient pas une gentillesse. Il doit y avoir des centaines d'hôtels à louer, dans l'État. Tout ça, oui, nous vient de ta mère. Bon sang, comme elle me manque.

— Elle me manque à moi aussi, papa.

— Nous sommes tous les deux pareils. Comme les choses évoluent bizarrement ! Peut-être Mlle Talcott a-t-elle pensé qu'elle avait de la chance de pouvoir louer cet hôtel. Mais nous, nous avons de la chance de ne pas l'avoir liquidé. »

Ils mangèrent une boîte de haricots à la tomate avec des sandwiches garnis d'épaisses tranches de bacon et de fromage passées à la poêle. John remonta de la cave quatre bouteilles de bière Anheuser-Busch. « Étant donné ce qui s'est passé, nous dînerons dans la salle à manger. Nous ne sommes plus les mêmes qu'hier. »

C'est bien vrai, je ne suis plus le même, pensa Zack.

« Ta mère aimait avoir des bougies sur la table. Je vais en trouver. Elle disait que quand on vieillissait, la lumière des bougies était moins cruelle. Mais elle n'en a jamais eu besoin. »

Ils prirent leur repas éclairés par des bougies. Zack lança : « Papa ?

— Qu'est-ce qui te tracasse ?

— Papa, combien d'argent faut-il, combien d'argent un garçon doit-il avoir pour qu'une fille l'épouse ?

— Pourquoi me poses-tu cette question ? Ça dépend de la fille. Si elle désire le garçon ou ce qu'il possède.

— Suppose qu'elle ait dit un jour qu'elle voulait être riche et célèbre.

— Eh bien, je ne serais pas tranquille. D'abord, je me dirais que ce n'est pas le genre de fille que tu souhaites. Et puis je me demanderais : pourquoi va-t-elle raconter ça à un homme puisqu'il va être tenté de croire qu'elle en veut à son argent ? Peut-être l'a-t-elle dit pour inciter l'homme à vouloir devenir riche et célèbre. Ta mère n'a jamais rien voulu. J'avais bien assez d'argent, à l'époque, mais elle m'aurait épousé même si je n'avais pas eu un sou - en tout cas, je me le dis parfois. Il m'est quand même arrivé de me demander pourquoi elle m'avait épousé. Je lui ai donné des émeraudes parce qu'elle avait les yeux verts, comme toi, mais elle les portait pour me faire plaisir. Elle allait salir ses mains dans le jardin sans ôter ses bagues. Elle aimait les chapeaux ; elle en avait, mais les chapeaux, ça ne compte pas. J'aimais voyager. Ça ne l'attirait pas, mais elle m'accompagnait. Et maintenant elles sont parties, les émeraudes, toutes.

— Il ne pourrait pas y avoir une autre fille comme ma mère.

— Non, bien sûr que non.

— Mais s'il y en avait une et qu'elle me donnait une sensation de vide au creux de l'estomac ?

— Dans ce cas, je crois que si j'avais la moitié de

cinq cents dollars par mois, j'irais la trouver sans perdre une seconde et je lui dirais : Écoute, voici la situation. Elle répondrait comme elle voudrait. Tu ne serais pas le premier à être éconduit, Zack. Aucun homme n'est jamais mort d'un saignement de nez ou d'un cœur brisé. »

15

DEPUIS DES ANNÉES, LES AGRICULTEURS et les éleveurs donnaient pour un dollar ou deux l'autorisation de clouer des petits panneaux publicitaires en fer-blanc sur leurs piquets de clôture. Il y eut d'abord les publicités qui exploitaient l'impérieux besoin de nicotine : CHIQUE HORSESHOE et TABAC BULL DURHAM. Si une femme qui passait dans un boghei remarquait la LEVURE CLABBER GIRL ou le CAFÉ ARBUCKLE, il n'était pas exclu qu'elle se dise : Si ce produit vaut une dépense publicitaire, peut-être vaut-il aussi qu'on l'essaye.

Quand survint l'ère nouvelle et que les roues se mirent à tourner plus vite, l'HUILE DE MOTEUR RAVOLINE et les PNEUS KELLEY SPRINGFIELD furent pris sous les mêmes tirs mortels que les vieux panneaux en train de rouiller et se retrouvèrent criblés de trous – sans que personne eût jamais entendu le moindre coup de feu.

AVEC SIMONIZ, VOTRE VOITURE BRILLE.

Ce matin-là, Zack était sur le point d'enlever au tuyau d'arrosage la boue sur sa voiture, de laver la carrosserie et de la lustrer.

Puis il se ravisa. La pluie qui était tombée d'un ciel ensoleillé – et donc cette boue – prouvait le don prophétique du grand-père. Si cela pouvait compenser un peu le fait d'être âgé, il n'y avait pas de mal pour un vieux monsieur à se croire doué de prescience. Zack tourna la Locomobile et toute sa boue en direction de Salmon, Idaho.

Du côté du Montana, dans la montagne, il y avait un torrent dont le bord était tapissé de castilléjes écarlates. Zack n'avait encore jamais cueilli de fleurs, mais il pourrait mieux expliquer son retour en apportant des fleurs. Quand il les eut posées sur le siège arrière, elles lui apparurent cependant comme une excuse assez mince, une idée d'écolier.

Il roula jusqu'à la petite maison en brique. Ce fut Anne qui ouvrit. Il se rendit compte qu'elle attendait qu'il parle le premier.

« J'ai eu envie de repasser. J'ai apporté des fleurs.

— Je suis contente. Que vous soyez revenu. Que vous ayez porté des fleurs. »

Elle prit les castilléjies, et il la suivit dans le séjour – une petite pièce aux murs couverts de livres. Il nota sur l'étagère du bas – l'endroit où la pesanteur assigne leur place à ce genre de volumes – la silhouette vert foncé de l'*Encyclopædia Britannica*. C'était la même édition que celle que son père avait achetée avant leur déconfiture. Elle contenait tout le savoir du monde, depuis la lettre « A » (la première dans l'alphabet phénicien) jusqu'à « zymotique », mot qui se rapporte à la fermentation.

Le grand-père se leva d'un fauteuil en bois garni de coussins. « Bonjour monsieur. Je comptais bien vous voir, dit-il en souriant, et savoir ce que vous avez pensé de cette pluie. À moins que vous ne soyez venu pour découvrir ce qu'Anne lit ? Je vous ai vu regarder. »

Anne se trouvait dans la pièce adjacente où, penchée sur l'évier, elle s'occupait des fleurs.

« Je ne voudrais pas avoir l'air trop curieux, monsieur. Mais je lis beaucoup. Mon père aussi lit beaucoup.

— On peut apprendre pas mal de choses en regardant ce que lisent les gens », déclara le vieux.

Sur l'étagère au-dessus de la *Britannica,* Zack avait remarqué *La Lettre écarlate.*

« J'ai bien peur d'être quand même curieux. »

Anne revint avec les fleurs.

« Ce serait mieux si c'étaient des roses, dit Zack.

— Je suis contente que ça n'en soit pas. Celles-ci, vous les avez cueillies vous-mêmes. C'étaient les préférées de ma grand-mère. Je me souviens d'elle quand nous allions dans le ruisseau chercher des moules d'eau douce. Autrefois, les Indiens s'en servaient comme argent. J'avais six ans, et elle, à cinquante ans, était plus vieille que le monde. C'était une Indienne, vous savez.

— Je sais.

— Dans ce cas, pourquoi avez-vous été si féroce à l'égard de M. Connor ? Il n'a dit que la vérité.

— Parce qu'il cherchait à vous faire honte.

— Mais il n'allait pas y arriver, vous savez.

— Il ne le savait pas. Quand j'étais gamin, j'avais pour ami un Indien. Nous allions marcher dans le ruisseau. C'était un Tendoy. »

Lorsque ses paroles se furent éteintes, il eut l'impression que tout se figeait dans la pièce. Le vieillard toussa.

Anne s'approcha des fleurs écarlates et les toucha. « Ma grand-mère était de la famille Tendoy. »

Les lèvres de Zack s'entrouvrirent : « Je… »

Mais elle poursuivit : « Vous semblez stupéfait.

— Je l'ai été. Un instant. Mais ça colle.

— Ça colle ?

— Oui, comme dans un puzzle. »

La lumière était celle de midi ; elle était immobile.

Le vieux monsieur déclara : « Vous deux, allez donc dîner au Shenon House. Il est plus facile de parler en terrain neutre. Si vous restez ici, je serai obligé d'aller dans ma chambre et vous croirez que je vous écoute. Je pourrais bien aller dans la grange, mais ça ne me dit rien. »

Au Shenon House, lorsqu'ils furent assis à une table un peu à l'écart, elle lui dit : « Je pensais que vous alliez revenir.

— Hier, pourquoi ne m'avez-vous pas invité à entrer ?

— Je voulais croire que vous auriez plus envie de revenir que je n'avais, moi, envie de vous voir revenir. Je ne voulais pas paraître effrontée. »

Avec quelle facilité ils parlaient ! Cela faisait-il partie de l'amour ? « Une femme belle ne peut pas paraître effrontée.

— Ne dites pas que je suis belle.

— Pourquoi ?

— Parce qu'on me l'a dit mille fois. Je ne crois pas à la beauté, elle ne dure pas. Je préférerais que vous me pensiez intelligente ou même intéressante. La beauté ne sert à rien, sauf à attirer, au départ. D'abord, ce sont les mains qui se gâtent, puis on a des rides autour de la bouche et des yeux, ensuite les muscles qui pendent, et alors c'en est fini de la raison pour laquelle tant d'hommes croient aimer une femme. Si c'est un homme bien, il reste lié à elle ; sinon, il se tourne vers une autre plus jeune. La beauté et la jeunesse sont les pièges qui permettent de continuer la course. Pourquoi cette course devrait continuer, c'est encore une autre affaire.

— J'étais sûr de revenir, dit-il. Mais pourquoi espériez-vous que je reviendrais ? Je ne suis pas très beau et, comme vous le savez, je ne possède presque rien.

— Pour ce qui est de votre beauté, vous parlez

comme si vous ne vous regardiez jamais dans un miroir. Je vous soupçonne de vous raser à tâtons. Je ne ferais pas confiance à un homme qui compte sur son image. Et puis vous m'avez protégée. Vous ne saviez pas que j'avais besoin de protection, mais vous avez eu une attitude protectrice. Il y a quelque chose de faible en moi que ce geste touche. Mais, surtout, j'espérais que vous reviendriez parce que... »

Il se pencha en avant en s'appuyant sur les coudes. « Parce que ?

— Je savais qu'on pouvait vous faire confiance. Il y a une place pour vous dans le monde. Quelle est cette place ? Qu'est-ce que vous souhaitez faire ? »

Voilà donc ce que voulait dire son père quand il lui avait expliqué que les femmes poussaient les hommes à devenir riches et célèbres. « Quand j'étais gamin, commença-t-il, j'étais fasciné par les aimants.

— Par l'inconnu. Par les possibilités de l'inconnu.

— Au lycée, j'ai reproduit toutes les expériences de Marconi et de Hertz. Les ondes radio.

— J'ai lu un peu là-dessus.

— Ce que je vois, ou plutôt ce que j'ai vu, c'était une boîte semblable à un phonographe posée sur des tables dans des villes où les gens sont des anonymes les uns pour les autres, mais aussi dans des endroits éloignés, très éloignés, où il n'y a ni voix ni musique.

— Ce dont vous parlez, dit-elle, c'est d'un divertissement populaire. »

Il la fixa du regard. « Oui, c'est exactement ce que ce serait. Exactement.

— Il n'y a rien d'aussi populaire que le divertissement.

— J'ai travaillé avec un copain en France. Nous avons tous les deux vu où se situait le problème. C'est le bruit. L'électricité statique.

— Ce que j'en comprends, c'est qu'il faut s'en débarrasser. Mais vous n'y avez pas réussi ?

— Un soir, un soir de brume, j'ai entendu un harmonica avec autant de netteté que de la musique sur de l'eau. Et, pendant un petit moment, j'ai espéré.

— Vous avez espéré quoi ?

— Que je pourrais réaliser un circuit avec une certaine combinaison de triodes.

— Pour reproduire ce qui s'est passé à cet endroit-là à ce moment-là ? Et alors ?

— Le problème m'est apparu presque impossible à résoudre.

— Pourtant, un soir, pendant quelques instants, ce problème a été résolu. Je crois que vous pouvez le résoudre de nouveau. »

Il secoua la tête. « Pour qu'un homme réalise une chose pareille, un tel miracle, il faudrait qu'il ait quelqu'un qui croie absolument en lui. Par exemple, qu'il soit marié à une fille comme vous. »

Elle posa son couteau et sa fourchette côté à côte sur son assiette, puis elle regarda droit dans les yeux verts de Zack. « Eh bien, ça marche. » Elle tendit le bras pardessus la table et lui toucha la main. « Dès le premier moment où je vous ai vu, j'ai eu envie d'aller au lit avec vous. Il fallait que je fasse attention à ne pas être effrontée. »

Quand Zack rentra de Salmon ce soir-là, il avait le cœur qui chantait et il se livra à une petite comédie plus caractéristique de son père que de lui. Dans sa chambre se trouvait un placard d'angle – il arrive qu'un architecte estime qu'un placard occupera tout à fait bien un angle qui, sinon, n'aurait aucune fonction –, et, sur la porte de ce placard, était fixé un miroir en pied qui n'avait intéressé Zack que très brièvement quand il avait tout juste quinze ans et que, comme les autres garçons de son lycée, il était soucieux de sa coiffure. À cette époque, il fallait donner à ses cheveux le mouvement d'une vague au-dessus du front : c'était le style « Pompadour », popularisé peut-être par une chanson datant de quelques années.

Comme peu de cheveux poussent naturellement de cette façon, on inventait des trucs pour les torturer et les obliger à repartir vers l'arrière bien lisses et plats comme s'ils suivaient leur propre mouvement. On trouvait pour cela, sur le marché, une pommade du nom de Stacomb qui, en revanche, n'avait pas la faveur des mères : elles se plaignaient de taches sur les taies d'oreiller et de dégâts irréparables sur tout fauteuil ou canapé que touchait une tête enduite de Stacomb. Un autre stratagème consistait à mouiller complètement les cheveux, les plaquer en arrière et les maintenir en s'enfonçant sur la tête, comme on l'aurait fait d'une calotte, un bas emprunté à sa mère ou à sa sœur.

Zack n'aurait jamais pu se résoudre à demander à sa mère un de ses bas pour quoi que ce soit, mais, comme il lisait l'encyclopédie avec frénésie, il avait appris que certaines tribus sauvages d'Asie faisaient bouillir des graines de coing (fruit que certaines autorités tiennent pour être la pomme du jardin d'Éden) afin d'obtenir une colle transparente permettant de modeler les cheveux à son gré.

Zack était depuis longtemps en bons termes avec le vieux droguiste qui, au cours des années précédentes, lui avait fourni de petits flacons d'acide, des paquets de sels et de bases, ainsi que le tétrachlorure de carbone qui lui servait à dégraisser les raccords électriques. Le vieux droguiste accueillit avec une neutralité toute professionnelle la demande de graines de coing que lui adressa Zack, et le garçon ne fut pas étonné de constater qu'elles étaient en vente, car il savait qu'elles avaient des propriétés médicinales et pouvaient servir de mucilage.

Comme Zack avait un bec Bunsen portatif dans sa chambre ainsi que des cornues et des vases à bec, il n'avait pas besoin d'embêter sa mère en utilisant sa cuisine et ses casseroles – ce qui lui permettait, en plus, d'éviter les questions qu'elle ne manquerait pas de poser. « Des graines de coing ? Tu veux faire bouillir des graines de coing ? Et te mettre ça sur la tête ? C'est vraiment ça que tu veux ? » De toutes les questions qu'on nous pose, celles d'une mère sont les plus perspicaces, mais aussi les plus gênantes parce qu'on est si proche d'elle.

Et comme Zack l'avait lu, les graines se transformèrent en gel transparent qui, apparemment, faisait tenir ses cheveux. Mais pas très longtemps. Rien n'aurait pu les fixer longtemps. Sa chevelure était vouée à s'orienter selon des courants qui formaient des épis et des mèches rebelles. Il se peut que ç'ait été au moment où il constata que ses cheveux ne pouvaient pas être comme ceux de tout le monde qu'il se fût également rendu compte qu'il ne pourrait jamais, lui non plus, être comme les autres.

Il n'était absolument pas vaniteux ; il avait compris très jeune qu'il n'avait rien en lui dont il pût tirer vanité. Il n'avait jamais entendu quiconque dire : « N'est-ce pas que c'est un beau garçon ? » Non, rien de tel. Juste, peut-être, un : « Il a un joli sourire » et : « Il a une voix calme. » Et ces appréciations venaient toujours de gens plus âgés.

Mais, à présent, il n'y avait pas quatre heures de cela, voilà que tout à coup la femme la plus adorable du monde venait de lui dire qu'elle voulait coucher avec lui. Non, ce n'était pas la vanité qui le poussa à se regarder nu dans le miroir en pied à l'angle de la chambre. Pas la vanité, mais la curiosité. Il observa son corps nu d'un regard froid, détaché, et se tourna pour trouver un autre angle susceptible d'être plus attrayant pour une femme. Mais qu'avait-elle donc pu voir en lui ? Elle avait pourtant bien décelé quelque chose, car c'était lui qu'elle avait préféré à tous les autres. Il s'adressa soudain un grand sourire, puis il soupira. Mais, au fond de sa gorge, il y avait un sanglot. Il resta longtemps allongé sans dormir, cette nuit-là, en s'imaginant des quantités de choses.

Ils se marièrent donc, peut-être accompagnés par des chœurs d'anges, à l'église épiscopalienne Saint-Marc. Ce saint, représenté sur l'un des vitraux, ressemblait à un vieil oncle barbu, et il fronçait les sourcils en regardant le gros livre qui reposait sur son avant-bras – un volume trop imposant pour ne contenir que les trois premières ébauches de l'Évangile dont il était l'auteur. À moins qu'il n'adressât ce regard désapprobateur à l'Ancien Testament.

Sur l'un de ces vitraux, l'image centrale était celle d'un agneau, et elle réfutait tout ce que l'on sait sur les articulations de ces ovidés, car c'était avec le sabot de sa patte antérieure droite que l'agneau portait la splendide bannière de l'Église épiscopalienne. Trois jolies saintes dont le nom se perd dans l'histoire ecclésiastique étaient presque cachées au milieu de superbes pieds de vigne d'où pendaient des raisins. Un enchevêtrement analogue de plantes grimpait le long des tuyauteries verticales dans l'angle le plus reculé de la salle à manger du nouvel hôtel Andrews, de l'autre côté de la rue.

La lumière qui passait à travers ces précieux vitraux

conférait à la petite église une certaine splendeur. Il était donc hors de question de parler ; même un chuchotement aussi innocent que celui qui aurait permis de demander une épingle de nourrice aurait eu un côté conspirateur, comme une prière faite pour soi seul.

Les bancs de chêne s'étaient un peu adaptés à la forme humaine, mais la traverse qu'on abaissait et sur laquelle on s'agenouillait pour prier était cruelle pour les rotules.

À présent remplis de roses, les vases de bronze sur l'autel, loin devant, brillaient grâce aux soins des membres de l'Altar Guild [1]. Lizzie avait appartenu à cette association ; c'était elle qui allait à l'église. Il est remarquable que les hommes soient si nombreux à charger leur épouse ou leur mère des devoirs de la religion ; s'il s'avère que Dieu existe, ces hommes pourront alléguer qu'ils croyaient leurs femmes aptes à s'en occuper mieux qu'eux. L'Altar Guild formait un groupe sélect, à Grayling. Il arrivait parfois aux femmes qui en faisaient partie d'avoir l'impression – et cela à l'occasion d'un moment de silence qui pouvait se produire même quand elles étaient occupées à autre chose, disons à danser au son d'un phonographe ou de l'orchestre Baxter-Tonrey, ou encore à jouer au bridge – d'être les servantes du Christ. C'était d'ailleurs le cas : elles prenaient au sérieux les coiffes de lin blanc qu'elles portaient en travaillant, et elles aimaient qu'on les voie avec. Les chandeliers brillaient donc de mille feux, tant celui qui se trouvait du côté de l'Évangile, c'est-à-dire du côté gauche, que celui qui était du côté de l'Épître. Luisait aussi la grande croix de bronze où seules les lettres IHS apparaissaient sur le poteau. La coutume

1. Association de femmes de la paroisse qui aident le pasteur à s'occuper de l'église et à la préparer pour les événements religieux.

catholique qui montre le Christ suspendu à des clous était jugée ici trop sauvage, même si on l'excusait pour des groupes ethniques que leur passé avait habitués à des morts violentes.

Le nouveau pasteur, un homme jeune, n'était lui-même marié que depuis sept ans. Au séminaire de l'université du Sud, dans le Tennessee, on lui avait appris à conseiller les jeunes qui souhaitaient se marier. Il fit donc venir Zack et Anne dans son petit bureau, au presbytère, à côté de l'église. À l'étage, on entendait un bébé pleurnicher. Zack et Anne s'assirent en face de lui ; il joignit les pouces et les doigts de ses deux mains comme pour leur donner la forme d'une tente et il regarda ses visiteurs par-dessus.

« Anne, ma chère, et Zack, mon cher fils. Votre visite me fait grand plaisir. Quand j'aurai terminé, je vous invite à rester pour prendre un café. Je n'ai pas grand-chose à dire, sinon que le mariage est un état sanctifié, voulu par Dieu. Le croyez-vous ?

— Je suis prête à le croire, dit Anne.

— Je le crois, dit Zack.

— Et vous savez que tout ne sera pas toujours rose. Loin de là. Tout ne sera pas une partie de plaisir. »

Ce qu'il disait plutôt mal, c'est que deux personnes qui vont se marier n'ont aucune idée de ce qui les attend. Absolument aucune. De ses sept ans de mariage, le jeune pasteur n'avait pas tiré grand enseignement.

Il y a, dans le mariage, le grand plaisir d'être en présence de l'être aimé, le doux désir teinté de nostalgie quand cet être aimé s'éloigne ne serait-ce que d'un kilomètre. Il y a l'extase de l'orgasme – moment que les Français appellent *jouir**, ce qui est bien dit, car le mot rappelle *jouer**. Il peut y exister le plaisir d'avoir un compagnon ou une compagne, et parfois, entre les deux époux, se crée un lien mystique qui permet à l'un de savoir exactement ce que pense l'autre – un transfert de pensées qui fait d'eux des partenaires redoutables au bridge.

Il y a aussi la maladie, l'ennui et le doute. Il y a l'espoir de rentrer à la maison le soir et d'y trouver du nouveau. Il y a la femme très belle avec une fille sans grâce, ou la femme quelconque qui a pour fille une vraie beauté. Il y a le père qui réussit et le fils qui échoue, ou au contraire le fils qui réussit alors que le père sombre dans l'échec, les paroles de colère et puis la boisson. Oui, vient ensuite le moment où la fille divorcée rentre à la maison avec des enfants qui auraient préféré rester avec leur père, qui ont des secrets qu'ils n'osent pas avouer mais finissent par révéler quand même. Vient le moment où, dans cette maison bien rangée, revient le fils divorcé qui n'a plus de travail, qui critique tout et affiche un air renfrogné parce qu'on lui a tout permis quand il était petit. Les dettes, la faillite, la mort précoce de l'enfant préféré – celui dont les frères et sœurs avaient toujours su que c'était le préféré.

Il y a toujours des histoires d'argent, de besoins particuliers, et voilà que deux jeunes ayant vécu en voisins toute leur vie – le garçon a entendu la fille faire ses gammes au piano pendant une douzaine d'années, tandis qu'elle est habituée depuis longtemps à la moto du garçon, au rugissement du moteur qui démarre – en viennent à se rendre compte qu'ils sont deux êtres humains totalement différents, presque des espèces à part. Allongés la nuit sans dormir, ils se demandent ce qu'ils vont devenir, ce que vont leur apporter les quelques années qui leur restent, et ce que tout cela est censé signifier.

« Et je voudrais vous dire, termina le jeune pasteur, que je vous souhaite d'avoir ensemble la meilleure vie qui soit. » Ce que ces paroles sous-entendaient de restrictions fut sans doute perdu pour tous les trois. En tout cas ils se levèrent tous. Le jeune pasteur s'approcha et passa ses bras autour des deux autres.

« Que Dieu soit bon avec vous.

— Je vais pleurer, dit Anne.

— Non, dit le pasteur. Soyez heureuse. Et maintenant allons boire un café. »

Le lendemain, au bras de son grand-père, Anne Chapman remontait l'allée centrale tapissée de rouge. Le costume ancien du grand-père était parfait dans cette ambiance.

Et Anne ?

Des centaines de femmes, le jour de leur mariage, avaient déjà remonté cette allée tapissée de rouge au bras d'un père, d'un frère ou d'un grand-père. Et de toutes l'on avait dit : « Quelle adorable mariée elle fait ! » Car, si quelconques ou même ingrats que puissent être les traits de la mariée, si mal ajustée que puisse être sa robe, au moment où elle va devenir une épouse, elle est exactement ce que la Nature a voulu, et il en transparaît quelque chose.

Pour Anne Chapman, au moment où elle allait devenir Anne Metlen, il n'y eut pourtant aucun : « Quelle adorable mariée elle fait ! » De telles paroles auraient été totalement incongrues ; elles auraient presque paru mensongères. Car jamais avant, et sans doute jamais depuis, une jeune femme comme elle n'a marché sur ce tapis rouge.

La coutume voulait que la mariée porte quelque chose que sa mère avait mis lors de ses propres noces : le voile, peut-être, ou une couronne de fleurs en soie, ou – et c'était le mieux – tout les atours nuptiaux de sa mère, si elle pouvait y entrer. Mais le mariage de la mère d'Anne avait été un événement si impromptu qu'Anne n'avait aucun de ces doux souvenirs du passé à inclure dans sa tenue. Et ce qu'elle porta, ce fut la robe de mariée de Lizzie Metlen. Du coup, la pensée surgit dans plusieurs cerveaux (chez ceux qui connaissaient la situation) que beaucoup d'hommes choisissent pour épouse une femme qui, très concrètement, ressemble à leur mère. Il se peut que la légende d'Œdipe ait plus de ramifications qu'on ne le soupçonne à première vue.

Cette robe avait été l'idée de John Metlen. Il était enchanté par celle qui allait devenir sa belle-fille. La première fois qu'il l'avait vue, il avait fait un pas en avant pour lui toucher la main ; elle était venue à lui aussitôt et l'avait embrassé.

Que pourrait-il faire pour la convaincre de ce qu'il pensait d'elle ? Ah ! Quand elle emménagerait dans la maison, il lui donnerait sa chambre, la grande, celle où Lizzie et lui avaient ri et s'étaient aimés.

« C'est une chambre trop grande pour un homme seul », lui expliqua-t-il.

Elle le regarda droit dans les yeux et eut un sourire que John interpréta comme de la reconnaissance. « Vous ne quitterez pas votre chambre. Sinon, je ne viendrai pas dans cette maison. C'est vous l'Ancien, ici. C'est vous qui avez l'expérience. »

Jusqu'alors, il n'avait jamais cru qu'être qualifié de vieux puisse être un compliment, et il ne s'était encore jamais trouvé porteur d'expérience. « Mais ça me ferait plaisir, insista-t-il.

— Il vous faudra trouver un autre plaisir.

— Dans ce cas, reprit-il d'une voix qui se brisa un peu, pourriez-vous me faire la faveur de porter la robe de mariée de Lizzie ?

— Je la porterai très volontiers, dit Anne. J'ai l'impression d'être plus grande que votre femme, mais, par un heureux hasard, on fait les robes plus courtes aujourd'hui. »

Elle s'avançait donc dans la robe de Lizzie, mais c'était une femme tout autre, un sphinx aux cheveux de jais dont l'expression et les paroles étaient sujettes à interprétation. Dans la robe de Lizzie, elle subjugua la petite église et détourna l'assemblée de fidèles de la cérémonie en cours. Il y eut bien ici et là un peu d'envie, voire quelque hostilité latente que seule l'allure d'Anne pouvait expliquer. Son maintien, en effet, la mettait tellement à part qu'elle n'avait nul besoin de ce que les autres avaient à offrir : eux-mêmes.

Elle laissa son grand-père à la balustre du chœur, fit une pause et monta jusqu'à l'autel où Zack l'attendait sous le neuvième vitrail de style Tiffany, tout rond, qui montrait l'ascension d'un Christ dont le pied gauche était placé de façon à prendre appui sur le vide pour monter plus haut. Ce vitrail avait été offert par le vieux Martin Connor, mais son fils n'était pas présent à la cérémonie.

Ce soir-là, ils se couchèrent, et oh, ce fut... Oui, oui, ce fut et ce serait.

Elle prit un travail de vendeuse de vêtements chez Niblack, qu'une publicité dans le journal l'*Examiner* appelait « le Magasin sublime ». Cette appellation était un choix étrange dans une ville où l'on ne tenait guère en haute estime les langues latines dans lesquelles l'adjectif, de manière perverse, vient après le nom. Peut-être Niblack avait-il en tête les maisons de couture parisiennes. Niblack était un homme qui se tenait au courant de tout et n'était pas né de la dernière pluie. Il s'était récemment rendu à Chicago en voiture Pullman, c'est-à-dire à l'arrière du train. Celui qui attachait un grand prix à sa vie et avait les moyens de payer le supplément voyageait ainsi. Si la locomotive percutait quelque obstacle ou déraillait, ceux qui se trouvaient dans la voiture Pullman avaient toutes chances de n'être que secoués, les moins fortunés placés à l'avant faisant pour ainsi dire tampon pour eux.

Descendu au Palmer House, il avait exploré le grand magasin de Marshall Field où il avait remarqué une nouvelle tendance. Tout un rayon attribué aux poudres, aux rouges, aux crèmes, lotions et parfums avait été placé près de l'entrée du magasin pour que les clients soient accueillis par d'agréables odeurs de fleurs et de musc. Les femmes de l'Est s'abandonnaient à l'artifice, et les jeunes femmes derrière les comptoirs étaient aussi à la mode que les clientes, sinon plus, et parlaient globalement aussi bien.

Dans le Magasin sublime, Niblack installa donc un rayon semblable, quoique plus petit, destiné à la transformation des femmes. Il le pourvut des créations de Houbigant, Coty et Ciro ; mais son meilleur atout était d'avoir placé Anne Metlen derrière le comptoir. Le Magasin sublime devint un théâtre.

C'était la saison touristique ; des étrangers arrivaient pour pêcher dans les ruisseaux et les rivières et pour jouer quelques semaines à l'homme de l'Ouest en prenant pension dans les nouveaux ranches accueillant des visiteurs. Ils se rendaient en voiture à Grayling le vendredi soir, descendaient au nouvel hôtel, l'Andrews, puis ils allaient côtoyer des cow-boys au bar du Pheasant et faisaient des courses au Magasin sublime. Ils étaient enchantés, et Niblack savait que ce n'était pas à cause de la modernité de son rayon de parfumerie.

Quelles questions ils devaient se poser en sachant que son employée arrivait au travail tous les matins à bord d'une Locomobile – certes, elle n'était plus neuve, mais c'était quand même une Locomobile !

Malheureusement, les bonnes choses ont une fin. Anne se retrouva presque tout de suite enceinte ; et, au bout de trois mois, Zack et John furent tellement inquiets de la savoir debout toute la journée – surtout avec ces chaussures – qu'elle fut obligée de demander à Niblack un congé jusqu'à la naissance du bébé. On verrait alors, tous ensemble, ce qu'il était possible de faire.

Niblack lui dit : « Il y a un bon nombre de femmes, en ville, qui seraient heureuses de pouvoir s'occuper d'un bébé pendant la journée. Vous vous rendriez service et vous leur rendriez service à elles aussi. »

Un petit garçon naquit donc en avril dans le parfum des armoises et l'éclat des lupins. On n'avait jamais vu autant de merles bleus des montagnes, et jamais les sturnelles n'avaient chanté aussi tard le soir. L'accouchement fut facile et eut lieu dans l'hôpital situé à la sortie de la ville où tout était plus calme.

On a du mal, quand on regarde un nouveau-né, à croire qu'il sera capable de vivre dans ce monde qui lui est si étranger. Et, malgré ce que semblent penser ceux qui sont nouvellement parents ou grands-parents, un bébé ressemble beaucoup à un autre, et un bébé malade n'est pas non plus très différent d'un bébé en pleine santé. Les pièges et les chausse-trappes que le jeune pasteur avait si récemment mentionnés allaient finir par rattraper Zack et Anne : ils rattrapent tout le monde. Mais ce qui se passa dans l'immédiat fut à la fois plus simple et bien pire. Le bébé naquit avec une carence osseuse.

Ils espérèrent ; il y eut beaucoup de silence dans la maison, et ils espérèrent.

« J'ai honte d'avoir pleuré, dit Anne. Je déteste la faiblesse chez une femme. »

Zack n'arrêtait pas de cligner des yeux. « Il peut s'être trompé, dit-il. Les docteurs se trompent souvent. Ils sont humains, eux aussi.

— Je jure que ça ira bien. Nous ferons en sorte que ça aille bien. » Voyant qu'il était terrifié, elle le serra dans ses bras.

Ils voulurent d'autres avis. Ils portèrent le bébé – ils l'avaient appelé John – jusqu'à Butte, une ville dont on disait : un kilomètre dans les cieux, un kilomètre sous terre. À Butte, les médecins s'occupaient des infirmités des rois du cuivre.

« Je regrette, mais nous ne pouvons rien faire. » Des médecins. Des médecins...

« Mais auriez-vous entendu parler d'un endroit où l'on peut y faire quelque chose ? »

Non, ils ne savaient pas.

Ensuite, ce fut Salt Lake City : le carrefour de l'Ouest, le Chicago de l'Ouest. Le carrefour de l'Ouest. Zack ressassait ces expressions comme des incantations. Là, à Salt Lake City, se trouvaient les mormons, si fanatiques de santé et de bien-être.

Anne et l'enfant iraient à Salt Lake. Zack resterait à Grayling où il travaillerait à ses circuits électriques. Ils formaient une équipe. Ils œuvraient pour un seul but. Pour un petit garçon.

« Je te téléphonerai tous les soirs », dit-elle. Et quand elle prononça ces paroles, elle ressentit la difficulté de leur situation financière, car les appels longue distance coûtaient cher. À cette époque, l'opératrice commençait par déclarer : « Vous avez un appel longue distance » et alors, comme lorsque vous receviez un télégramme, votre cœur se mettait à cogner. Des communications si coûteuses annonçaient en général un décès ou d'autres désastres définitifs.

La ligne ferroviaire de l'Union Pacific reliait directement Butte à Salt Lake City, deux villes distantes de huit cents kilomètres. John l'ancien insista pour qu'Anne occupe un compartiment ; John l'ancien ne renoncerait jamais à ses goûts dispendieux ni à la conviction que ses proches devaient jouir du confort d'un traitement particulier. Il ne précisa rien, cependant, sur l'endroit où elle devrait habiter à Salt Lake City. Peut-être supposait-il que ce serait à l'hôtel Utah dont le chandelier en cristal passait pour une merveille et duquel jusque dans les cuisines des homards empaquetés dans de la glace et des algues étaient acheminés en toute hâte depuis l'État du Maine.

À Salt Lake City, Anne trouva un hôtel bon marché et propre où, dans un tiroir de la commode, en utilisant un édredon du lit, elle aménagea un coin douillet pour le bébé. Elle téléphona à l'hôpital lié à l'université de l'Utah et elle expliqua sa situation. Le médecin auquel elle parla paraissait bienveillant. Il doit certainement exister un rapport entre la bienveillance et la compétence professionnelle. Quand elle appela Zack, elle mentionna la voix bienveillante du médecin.

« N'oublie pas combien je t'aime », lui dit Zack.

Puis il parla pendant plusieurs minutes d'une extension de trois mètres qu'il préparait pour l'antenne de la petite cabane à l'extérieur de la ville. Elle lui permettrait d'atteindre d'autres radioamateurs au moyen du téléphone sans fil. Et tout cela visait à assurer Anne qu'il faisait son possible en prévision des factures des médecins et des dépenses de voyage.

Comme elle avait donné naissance à un enfant déficient, Anne s'en voulait. De la même façon qu'un autre aurait cru que s'il s'était abstenu de fumer, s'il avait mangé comme il faut ou cru en Dieu tout se serait bien passé, Anne accusait l'Indienne en elle. Zack et elle n'étaient pas tout à fait compatibles génétiquement. Si la nature avait créé des races séparées, c'est qu'elle voulait une telle séparation. Ceux qui passaient outre à ce décret – son grand-père, et maintenant elle et Zack – le faisaient à leurs risques et périls. Mais l'horreur s'était abattue sur un petit garçon qui, pour l'instant, subissait des examens dans un hôpital de l'Utah.

En y pensant, elle baissa la tête. Si elle avait été catholique, elle se serait signée.

« Nous verrons ce que nous pouvons faire », avait déclaré le médecin. Au bout d'une semaine, il lui téléphona dans son hôtel bon marché et propre.

Ce fut avec un grand espoir qu'elle quitta sa chambre vide et nue. La gentillesse de l'infirmière qui lui demanda d'attendre juste quelques instants fut loin de la rassurer.

Il y avait, dans la petite salle d'attente, des jouets si ingénieusement répartis qu'ils ressemblaient plus à des éléments de décoration qu'à de vrais jouets – ce qui rappelait au visiteur qu'il était dans l'antichambre d'un bureau de pédiatre et que, parmi les enfants qui entraient ici, certains ne vivraient peut-être pas assez longtemps pour maîtriser le maniement du cheval à bascule.

Le médecin apparut à la porte, vêtu d'un costume de ville, arborant l'air compatissant du professionnel qui nous sait tous également affligés. Il y a des docteurs qui suscitent de faux espoirs comme il y a des parents qui ne veulent pas savoir. Certains docteurs, eux, disent ce qu'il en est, et tant pis s'il y a de la casse.

« J'ai bien peur, madame, déclara celui-ci, qu'il y ait peu d'espoir. »

Et Anne se demanda si « peu d'espoir » ne signifiait pas quand même quelque espoir.

Il poursuivit : « Au cours des dernières années, j'ai vu trois cas semblables. Franchement, ce sont des énigmes. Ce sont des maladies qui surviennent de temps à autre, mais même si un jour on arrive à les comprendre et à les vaincre, pour le moment nous ne les comprenons pas. Mon expérience avec les autres me fait seulement dire que vous ne devez pas vous attendre que le petit John vive plus de cinq ans. » Avant qu'Anne ait pu répondre, il ajouta : « Vous allez bien sûr chercher un deuxième avis. »

Un deuxième avis. N'était-ce pas ce dont Zack et elle avaient parlé ? Et même d'un troisième avis ?

À Salt Lake City, il y avait un autre hôpital, tenu par des catholiques que les mormons appellent des gentils puisqu'ils ne connaissent pas la vraie foi. Mais les catholiques géraient un bon hôpital et ne refusaient jamais quelqu'un s'il pouvait payer les factures.

Anne transporta l'enfant par tramway à l'hôpital Holy Cross. Elle regardait sans cesse son bébé ; il ne lui paraissait pas différent des autres, et s'il avait cinq ans devant lui, n'était-il pas envisageable qu'en ce laps de temps sa maladie fût élucidée ? Elle trouva de bon augure que, alors même qu'elle n'avait pas téléphoné pour prendre rendez-vous, son garçon soit aussitôt emmené dans une salle où une demi-douzaine d'autres jeunes enfants étaient allongés sans savoir ce qui se passait.

Elle avait apporté une copie des examens et des bilans établis à Butte et à l'hôpital mormon. Des documents venant de ces deux endroits, une fois lus et rassemblés dans un troisième, ne pouvaient-ils pas être synonymes d'espoir ?

Le chef du service de pédiatrie était parti en

montagne, à la pêche. L'infirmière, cependant, avait de bonnes nouvelles.

« On l'attend pour demain. Je ne l'ai jamais vu ne pas revenir à l'heure dite. C'est un praticien extrêmement dévoué, madame Metlen. Je dois dire aussi que c'est un homme bien. »

Anne savoura le mot « praticien ». Quant au terme « dévoué », il voisinait avec la sainteté. Et puis un « homme bien » ne serait pas brutal.

En attendant, elle était consternée par les cinq dollars qu'elle devait donner tous les jours pour sa chambre, par les frais d'hôpital et même par le coût de la nourriture. Dans un magasin d'articles d'occasion, elle acheta une plaque chauffante qu'elle introduisit subrepticement dans l'hôtel en se disant que les gérants ne verraient sans doute pas d'un bon œil un appareil qui risquait de provoquer un incendie. Elle se sentait aussi un peu honteuse d'être poussée à la malhonnêteté par l'état de ses finances. Dans une casserole en aluminium, elle faisait réchauffer des soupes, puis des haricots avec du porc. Elle estima qu'elle avait de la chance de nourrir John au sein.

Lorsqu'elle téléphona à Zack – encore un appel longue distance –, elle mentionna le praticien extrêmement dévoué qui, selon une personne qui n'avait aucun avantage à le dire si ce n'était pas vrai, était également un homme bien. « Il doit rentrer demain. C'est le genre d'homme sur qui on peut compter.

— J'ai commandé de l'équipement neuf, dit Zack dont la voix semblait soumise à des vibrations. Qui ne risque rien n'a rien. » Anne se dit qu'il n'aurait pas ajouté cela si l'équipement en question ne coûtait pas très cher.

Le chef du service de pédiatrie rentra comme prévu de ses vacances dans les monts Wasatch. Beaucoup de gens, quand ils reviennent de congé, ne sont pas très désireux de reprendre aussitôt le collier et préfèrent rester chez eux un jour ou deux pour savourer encore leur récente liberté. Mais cet homme se rendit sans délai à son travail et téléphona à Anne.

Les voyageurs qui n'avaient assez d'argent que pour cet hôtel ne s'attendaient pas à avoir le téléphone dans leur chambre. Il y avait donc un seul appareil dans le couloir de chaque étage ; quand il sonnait, quelqu'un répondait forcément (tout le monde espérait que ce serait pour lui). Et celui à qui l'appel n'était pas destiné suivait le couloir pour aller avertir l'heureux appelé. Il s'agissait d'une courtoisie entre étrangers.

Le téléphone se trouvait juste devant la chambre d'Anne.

« Madame Metlen, ici le Dr Bower. J'ai regardé le dossier de votre fils.

— Oui ?

— J'aimerais que vous passiez pour que nous puissions en parler. »

Quand elle eut raccroché, elle demeura quelques instants debout, les yeux fixés sur l'appareil.

Le bureau de Bower ressemblait plus à une salle de séjour assez solennelle qu'à un cabinet de médecin. Étant passé par l'école de médecine de Harvard comme un étranger parce que c'était un Irlandais de Boston, se trouvant maintenant exclu par les mormons aux mœurs spartiates et frugales, le Dr Bower avait choisi de s'entourer d'estampes japonaises et de porcelaines chinoises, mais aussi de marcher sur d'épaisses moquettes, se montrant aussi exigeant et exotique qu'un

Juif pour ce qui était de ses goûts et de ce qu'il cherchait à comprendre. Il était grand et maigre, presque complètement chauve et doux. Il inspira confiance à Anne.

« Je vous en prie, asseyez-vous, dit-il, et mettez-vous à l'aise. Je manquerais de franchise si je ne vous disais pas, d'emblée, que je ne peux rien faire pour votre fils.

— Mais alors, docteur, pourquoi m'avez-vous demandé de venir ?

— À cause d'une étrange coïncidence. Nous, les médecins, sommes censés être au courant de toutes les nouveautés, des dernières trouvailles. Nous nous rendons à des congrès ici ou là, sommes très affairés et lisons la presse médicale. Nous sommes très curieux de savoir ce que les autres font dans notre domaine. Malheureusement, aux États-Unis, nous sommes en retard. Peut-être parce que nous n'avons pas eu toutes ces victimes qui ont fourni aux médecins français et allemands de si parfaits – et horribles – champs d'étude pour explorer l'infection et la maladie, et pour ouvrir ainsi des domaines médicaux entièrement nouveaux.

— Mon mari a été dans cette guerre.

— Il en est revenu indemne ?

— Oui, dit-elle. » Mais elle pensa : Il est rentré pour épouser une femme qui lui a donné un enfant déficient. Pouvait-on dire de Zack qu'il était revenu indemne ?

« J'ai pris quelques jours de vacances, mais avant de partir j'ai rassemblé plusieurs journaux professionnels en me promettant de les lire à la lueur de la lampe à pétrole. Je me doutais que je n'en regarderais pas un seul. Mais, bizarrement, j'ai coupé la couverture d'une de ces revues. Et je l'ai lue. Imaginez ma stupéfaction : en examinant le dossier de votre fils, je me suis rendu compte qu'à peine deux jours auparavant j'avais appris que des travaux sur sa maladie sont actuellement entrepris à Paris et à Vienne.

— Alors, il nous faudra aller à Paris ou à Vienne.

— Je peux vous donner le nom de deux cliniques. » Il hésita en remarquant les doigts d'Anne, minces et nus, ses vêtements de campagnarde. La plus grande cruauté serait sans doute de faire naître chez elle un espoir inatteignable. Mais si c'est Dieu qui donne, l'homme n'a pas à s'en mêler. Il déclara donc seulement : « Ce sera très cher. »

Elle ne répondit rien.

En revanche, il pouvait tenter d'offrir une aide de moindre ampleur. « J'ai travaillé avec des enfants handicapés, dit le docteur. Et avec leurs parents. L'enfant n'a pas conscience de sa situation, et c'est la mère, pas le père, qui souffre le plus. S'il vous plaît, comprenez... pour que vous ne vous sentiez pas à part.

— Mon mari n'est pas comme ça.

— Il ne le ferait pas exprès. »

En réalité, elle s'était déjà dit que Zack risquait de ne pas aimer un enfant déficient.

« On n'a aucun moyen de savoir, dit-il en guise d'avertissement, si quoi que ce soit de tangible pourra être fait à Paris ou à Vienne.

— Mais il y a de l'espoir. »

Leurs regards se rencontrèrent et restèrent sans se détourner un long moment.

Elle vit un homme bienveillant et honnête.

Il vit une femme courageuse et peu sentimentale.

Il alla donc s'asseoir, sortit son stylo et se mit à écrire. Puis il se leva et donna à Anne une raison d'espérer.

À la sortie de Salt Lake City, le train passait près du lac. Un plan d'eau aussi calme devrait refléter les nuages qui s'assemblent en formes très reconnaissables, disons celles de l'Angleterre et de la France, mais aussi des têtes de monstres. L'eau salée, pourtant, contrairement à un miroir, ne reflétait pas les images : elle les absorbait. Les arbres aux contours irréguliers – des peupliers de Virginie, quelques fruitiers – ne touchaient pas leurs jumeaux inversés et devenaient eux-mêmes, peut-être, des reflets de l'imagination. Comment pouvaient-ils pousser, en effet, dans ce sable salé ?

Anne avait acheté un berceau en osier ; le bébé dormait sur le siège d'en face. Des voyageurs qui, comme elle, n'avaient pas assez d'argent pour le wagon-restaurant situé un peu plus vers l'avant avaient ouvert des gamelles, et l'odeur des œufs durs et des pelures d'orange s'insinuait dans toute la voiture.

À sa gauche se trouvaient le lac et les arbres aux contours irréguliers, et dans sa tête trottait un vers de Byron. Childe Harold avait effectué un pèlerinage en Europe et observé la folie de la guerre, la cruauté du servage, l'immuabilité de l'entêtement humain, l'indifférence des hommes vis-à-vis de l'expérience, et il avait bu la coupe amère mais réconfortante du cynisme.

Anne bougea les lèvres, son regard fixé sur le lac.

« Comme des pommes au bord de la mer Morte, devenant cendres dans la bouche. »

Elle avait oublié ce que Byron avait voulu dire. Parlait-il de la futilité des pèlerinages ? De ceux, par exemple, qu'elle avait accomplis à Butte et à Salt Lake City ? Mais ce n'était pas la futilité des pèlerinages qui lui avait fait venir ce vers à l'esprit ; c'était la futilité qu'il y avait à entreprendre un pèlerinage sans argent.

16

LA TERRE TREMBLA, LE BRAS DU SÉMAPHORE S'ABAISSA et le train entra dans Grayling. En tête, la locomotive s'immobilisa et vibra.

Anne descendit avec le petit garçon. Zack s'avança et les prit tous les deux dans ses bras. Personne ne parla. Ils savaient qu'il valait mieux ne rien dire. Des paroles risquaient d'ébranler et de renverser des espoirs en équilibre précaire. Comme la parole est l'apanage des êtres humains, le fait de parler les désignerait tous les trois comme tels. C'est une chose bien connue.

La preuve que le circuit élaboré par Zack fonctionnait bien dépendait de réponses humaines, pas de mesures ni d'appareils. Depuis des mois, Zack était en contact avec une douzaine de radioamateurs ; ils l'appelaient ou restaient silencieux.

Ces radioamateurs étaient rarement des personnes instruites ; il s'agissait surtout d'hommes jeunes, gagnés par la fièvre de la radiotéléphonie au lycée ou lors de leur service militaire en France. Ils étaient bûcherons ou manœuvres, mécaniciens, maçons, employés dans des magasins, ou vendeurs de sodas à l'orange. Au lieu de gaspiller leur jeunesse et leurs talents sur des motos et d'aléser des culasses de moteur à explosion, ils s'installaient tous les soirs devant leurs appareils et ils y demeuraient jusqu'aux heures les plus avancées de la nuit, car c'est alors que les bruits parasites sont le plus faibles. Leurs écouteurs bannissaient l'autre monde.

Ceux d'entre eux qui étaient mariés ne suscitaient pas grande compréhension chez leurs femmes qui ne les encourageaient guère.

« Tu pourrais aussi bien être marié à ce machin. D'ailleurs, à mon avis, tu l'es.

— Et toi ? Je t'entends papoter au téléphone en permanence. Tu devrais t'écouter.

— Tu ne m'as jamais entendue parler au téléphone depuis minuit jusqu'au matin. Est-ce que tu comptes manger avec moi et les gosses, ou bien tu vas te faire un sandwich ? »

Cette conversation pouvait avoir lieu au petit déjeuner.

Ce n'étaient pas des idées qui voguaient sur les ondes, mais des informations relatives à la météo, à un incendie en ville, à l'éventualité d'un hiver précoce, à l'intelligence du chien de quelqu'un. Aucun de ces jeunes hommes n'avait imaginé que la radio puisse devenir un divertissement domestique aussi attrayant pour les femmes que pour les hommes. Peut-être la conviction, si répandue à cette époque, que les femmes constituaient une race à part les rendait-elle incapables de saisir les possibilités qui s'étalaient sous leur nez. Ils s'accrochaient à leur rôle d'opérateurs-auditeurs. Ils ne se doutaient absolument pas que la radio rétrécirait tellement le monde qu'on entendrait New York en clair depuis la Californie.

Mais ils parlaient souvent entre eux de la mauvaise qualité de la réception radiophonique et de ses variations. Zack se disait que si ce qu'ils captaient sous leur casque était d'une clarté exceptionnelle, ils se mettraient en rapport avec lui.

Pour atteindre un plus grand nombre de ces amateurs, il avait besoin d'une antenne plus haute. Et, par une coïncidence heureuse, le vieil hôtel Metlen était pourvu d'une tour. Zack avait déjà là les vingt-cinq premiers mètres des trente-trois qu'il lui fallait pour toucher cent radioamateurs de plus.

Il écrivit à Kaufman qui, dans l'Est, se trouvait « au cœur de l'action ». Grâce à son père qui était dans la sphère médicale, Kaufman pourrait contacter le monde scientifique et, par le monde scientifique, intéresser des avocats spécialisés dans les brevets.

« Si cette invention, quel que soit son nom, débouche *ici*, je serai dépendant de toi *là-bas*. Nous trouverons un accord financier qui te satisfera. Au fait, je parie que la première fois que nous nous sommes serré la main, nous n'imaginions ni l'un ni l'autre que nous en viendrions un jour à discuter d'accords financiers. »

Il posta la lettre en espérant que les dieux et les Parques lui pardonneraient son grand orgueil.

Il souhaitait que Kaufman lui fasse parvenir un devis. Combien les avocats demandaient. Comment obtenir un brevet. Quelle somme fallait-il pour installer une station émettrice et à qui devait-on faire appel pour l'expertiser si on voulait l'acheter ou la louer. Que valait un tel brevet ?

Désormais, tout dépendrait (du moins le croyait-il) de la première émission qu'il réaliserait depuis la tour Metlen à l'intention de quelques radioamateurs.

Les habitants de Grayling se posèrent des questions quand ils le virent, aidé par deux autres jeunes hommes, installer un échafaudage le long de la tour. Lucille approuva cette initiative. Les gens furent nombreux à venir dans son bar et à boire en faisant diverses suppositions. Elle ne s'était pas trompée pour ce qui était du dix-huitième amendement[1]. Des voitures résistantes et rapides – du genre Hudson Super Six – arrivaient à toute allure par des routes secondaires restées sans surveillance le long de l'immense frontière canadienne. Son bar fut fermé une fois pendant une semaine, mais il y eut de l'argent glissé au bon endroit. Tout le monde aimait bien Lucille.

Zack analysa avec soin ce que devrait être sa première « émission » sur son nouveau circuit. Il ne voulait pas annoncer sur les ondes qu'on devait s'attendre à du nouveau dans la qualité du son. Il ne voulait pas, par ce genre de suggestion, influencer les auditeurs. Comme les ondes débordaient déjà de bavardage, Zack décida de diffuser de la musique pour attirer l'attention, puis, une fois la musique finie, de prononcer quelques mots.

En 1917, presque tout le monde possédait déjà un phonographe. Certains l'appelaient aussi « graphophone », d'autres « gramophone », mais tous étaient d'accord pour dire que le meilleur était celui d'Edison. Le Kimball était passable, comme le Sonora et le Victrola. Si l'on considère la supériorité de l'Edison, il est étonnant que le nom de Victrola, et non celui d'Edison, ait ensuite été utilisé couramment pour désigner un phonographe.

L'Edison était cependant un appareil onéreux. Au lieu d'une aiguille en acier, il utilisait un diamant qui semblait inusable. Le bras du lecteur parcourait le disque sans distorsion ni erreur. Les disques, trois fois

1. Le dix-huitième amendement à la constitution américaine interdisit la vente d'alcool dès janvier 1920. Il fut abrogé par le vingt et unième amendement en 1933.

plus épais que ceux des autres marques, prenaient donc beaucoup d'espace et demandaient des frais d'envoi élevés. Un phonographe de marque Edison, en même temps que la Locomobile, fut l'un des derniers jouets coûteux que s'offrit John Metlen avant sa faillite.

Il ressemblait à un cercueil en chêne dressé sur une des extrémités. La grille par laquelle sortait la musique formait un arc gothique, et elle était garnie d'une couche de soie couleur de tabac à priser. Dessous, dans un compartiment, se trouvait une collection hétéroclite de disques. Les goûts de John, en musique, étaient certes éclectiques. Il y avait une adaptation pour cuivres et instruments à vent de la suite pour orchestre *Peer Gynt*[1]. Le morceau intitulé « Dans l'antre du roi de la montagne » était celui qu'il passait le plus souvent à cause du beau fracas dans lequel il se terminait. Quant au *Ballet égyptien*[2], il avait un son si égyptien qu'on était étonné qu'un Italien l'eût composé ; on pouvait très bien, en l'écoutant, s'imaginer voir le passé sous la forme d'une frise pétrifiée de jeunes filles dont la tête serait vue de profil et les épaules et la poitrine de face. Il y avait aussi des opérettes : « Les plus grands airs de *Runaway Girl*[3] », « Les plus grands airs de *The Red Mill* », et encore d'autres par Victor Herbert. Comme Caruso et Amelia Galli-Curci étaient tous deux sous contrat avec la société Victor, John acheta une extension pour son appareil Edison, ce qui lui donna le plaisir, ainsi qu'à Lizzie, d'écouter *I Pagliacci*[4] et « L'air des clochettes[5] ».

Zack songea à diffuser en premier lieu une marche de

---

1. Composée en 1875 par Edvard Grieg.
2. Suite orchestrale composée en 1875 par le chef d'orchestre Alexandre Luigini (1850).
3. Opérette du compositeur anglais Lionel Monckton (1861-1924).
4. Opéra de Ruggero Leoncavallo joué pour la première fois en 1892.
5. De l'opéra *Lakmé* (1883), par Léo Delibes.

Sousa – « Stars and Stripes Forever » ou « The Washington Post March » –, mais, après réflexion sur l'âge et les goûts des radioamateurs, il leur préféra une chanson populaire du nom de « Jada ».

Une chanson vide mais prenante. À part le fait qu'elles ne nous parlent plus de merles noirs ou bleus ni de rivières mais chantent des griefs sociaux, les chansons populaires n'ont guère changé.

Zack et John transportèrent le phonographe Edison dans la Locomobile jusqu'à l'hôtel, puis ils l'installèrent dans la minuscule pièce au bas de la tour. Zack y avait déjà mis son équipement radio et son casque. Il avait l'intention d'écouter ce qui passait sur les ondes dès qu'il aurait fini d'émettre. Le microphone qu'il avait réalisé lui-même était prêt, posé derrière la paroi en soie de la grille du phonographe. Lucille et ses clients manifestèrent leur intérêt.

Mais Zack ne voulait pas d'inconnus autour de lui quand il lancerait « Jada » sur les ondes. Pourquoi, on aurait eu du mal à le dire. Peut-être cette tentative exigeait-elle à ses yeux de rester aussi privée qu'un acte sexuel. Il décida d'opérer à minuit, lorsque Lucille aurait pris congé de son dernier client. C'était d'ailleurs à minuit que l'air semblait le plus accueillant pour la radio et que les radioamateurs vraiment fervents étaient à leur poste, leurs écouteurs bien serrés contre leur crâne.

Seuls Zack et Anne devaient être présents pour ce qui pourrait devenir un événement. John garderait le bébé à la maison. « J'ai changé mille fois les couches de Zack et je ne l'ai pas piqué une seule fois avec une épingle. » Il était évident, pour lui, que le petit garçon de presque trois mois l'adorait. Le bébé lui souriait sans la moindre idée de la brièveté éventuelle de son avenir. Comme les animaux, les enfants ont la chance de ne pas connaître la mort ; ce n'est pas avant d'avoir enterré avec pompe et des honneurs païens un oiseau mort placé dans une boîte d'allumettes qu'ils sentent la présence de l'oubli tout proche. Mais ce petit garçon souriant risquait de ne pas vivre assez longtemps pour inhumer un oiseau mort – une idée que sa famille refusait catégoriquement.

« Ce soir, je m'occupe du garçon », déclara John.

Anne et Zack quittèrent la maison sous la nouvelle lune.

Dans la minuscule pièce au pied de l'escalier raide et étroit qui montait dans la tour, tout était silencieux. On n'y avait jamais installé de lumière électrique, et les lignes de courant qui alimentaient l'émetteur au sommet de la tour partaient de l'entrée et serpentaient sous la porte. Zack avait une lampe de poche. Anne respirait à peine. Peut-être priaient-ils ; en tout cas, la prière a été inventée par les hommes comme ultime recours quand ils veulent accomplir une chose qu'ils ont déjà jugée peu réalisable. Qui priaient-ils, s'ils le faisaient ? Aucun des deux n'aurait su le dire, mais sans doute invoquaient-ils quelque principe de justice. Pourquoi un petit garçon n'aurait-il pas la chance de vivre ?

Les craquements nocturnes en provenance des pièces supérieures s'infiltraient dans le petit espace où ils étaient. L'horloge du palais de justice sonna minuit.

« C'est bon, chuchota Zack. On y va.

— Attends ! » Elle s'approcha et mit sa figure contre la poitrine de Zack. Et ses paroles résonnèrent dans la poitrine de son mari. « Que ça marche ou pas, nous ferons avec. Que ça marche ou pas. N'oublie pas. » Elle l'embrassa. « Maintenant, vas-y. »

Zack éclaira un commutateur avec sa lampe. Il l'actionna. Un faible bourdonnement se produisit au-dessus de lui, comme des abeilles dans le lointain. Il projeta l'éclat de sa lampe sur le phonographe dont il souleva le couvercle. Il plaça le disque *Jada* sur le plateau, puis il remonta la machine à l'aide de la manivelle. Le plateau commença à tourner. Zack souleva le bras, mit le diamant en position et rebaissa le bras. Il rabattit le couvercle. La musique se fit entendre, délicate avec les violons, plus raide avec le banjo, pleine d'entrain avec la batterie. Vint ensuite la voix haut placée et surexcitée d'un homme qui chantait.

Le disque ne durait que quatre minutes. Zack prit alors le micro derrière la grille et annonça : « Ici, Zack Metlen, W2XW à Grayling, Montana. J'ai été à la guerre, moi aussi. J'espère que tout le monde a l'impression que ça s'est passé il y a très longtemps. »

S'asseyant devant ses appareils, il fixa bien ses écouteurs. Il n'entendait presque plus de l'oreille droite. Il avait connu un bon nombre d'épisodes effrayants, en France. Un obus avait explosé trop près de cette oreille.

Un bon nombre d'épisodes effrayants. Et comme il détestait la mort ! Pendant les accalmies, il ne cessait de se dire qu'une vie humaine est infiniment précieuse et ne nous est que prêtée. Se concentrant alors sur lui-même et sentant bien qu'il était dans un pays qui appartenait à d'autres, il passait en revue les années et les jours en cherchant ce qui avait rendu sa vie précieuse, ce qu'il voulait, ce dont il se souvenait. Très souvent, ce qui lui restait en tête lors de ces moments était un son aussi éphémère que la vie même et pourtant si palpable qu'il aurait pu le tenir dans sa main. Ce qui lui venait à l'esprit, c'était l'horloge du palais de justice quand elle sonnait les heures de la nuit, le coup unique qui signalait la demi-heure après minuit ou une heure du matin, ou encore une heure et demie. Il les nommait – pour lui tout seul, sans l'avoir jamais dit à quiconque – les trois Un, et ces coups avaient été ses compagnons intimes pendant son avant-dernière année de lycée tandis que, durant ces petites heures sombres, il résolvait des équations sur la vitesse de la lumière et la nature du son.

Ce soir-là, il ne fut pas du tout surpris quand, peu après le coup unique marquant minuit et demi, il entendit qu'on l'appelait.

« J'appelle Metlen. W2XW.

— W2XW, répondit Zack.

— Je crois que tu as lancé quelque chose, mon pote. *Jada,* ça marche. »

Anne rentra à la maison. Zack resta debout toute la nuit. Elle lui porta du café, et ils le burent au lever du soleil.

La lettre que Kaufman lui envoya de Boston était déconcertante à plus d'un titre. Kaufman croyait que Zack avait des parents riches, et il ne s'attendait pas à le voir abasourdi par la somme de vingt-cinq mille dollars demandée « pour tout mettre en place ».

Il donnait des détails.

> *À trente kilomètres environ de Boston, il y a une fabrique de chaussures abandonnée pourvue d'un grand château d'eau ; voilà pour l'antenne. En ville, il y a un conseil municipal, et c'est là que tu vas chercher un permis pour pratiquer ton activité. J'ai éclaté de rire en essayant d'expliquer à un conseiller municipal ce que tu comptais faire. Il faudrait que tu verses environ deux cents dollars à la ville pour ce permis.*
>
> *L'équipement n'est pas bon marché, et si tu veux diffuser vraiment loin, il va te falloir une génératrice assez puissante. Quant aux avocats spécialisés en propriété industrielle, ils ne sont pas non plus bon*

marché parce qu'ils savent à quel point les gens sont désireux d'obtenir un brevet.

Mais tout ça est à ta portée. Pour moi, vingt-cinq mille dollars seraient une fortune, mon vieux.

Vingt-cinq mille dollars.

Mais, continuait Kaufman, *comme on dit, il faut choisir son moment. Nous savons, toi et moi, qu'il se passe des choses bizarres autour de chaque invention. Il y a toujours un autre type, là, prêt à te coiffer au poteau. Ç'a été le cas pour la machine à écrire, et même maintenant avec les Français qui croient avoir inventé le phonographe : ils ont même des papiers pour le prouver. Qui a inventé l'automobile ? Je suppose que si on a tous quelqu'un qui cherche à nous coiffer au poteau, c'est que tout le monde lit les recherches des autres – à moins que ce ne soit ce qu'on appelle le* Zeitgeist, *l'esprit de l'époque. Selon la Bible, il y a un moment pour tout : il faut que tu sois le premier pour tout et que tu obtiennes le brevet.*

Viens donc t'installer par ici et lançons les choses. Il faudra tout un tas de tests et de discussions, parce que les gens qui ont le fric ne veulent pas prendre de risques. Mais je t'ai toujours considéré comme un gagnant. Je parie que ta femme est jolie. Tu en mérites une jolie parce que tu es sympa. Une femme peut vraiment aider un homme. C'est le but de l'affaire, non ?

Vingt-cinq mille dollars.

Zack avait pensé à quelques milliers au maximum, et il avait cru que cette somme serait proposée ou avancée par un « tiers intéressé ».

Il était absurde de songer à demander un prêt à Connor ; même s'il prenait le projet au sérieux, il refuserait Zack Metlen. Connor n'avait pas besoin d'une fortune supplémentaire.

Zack se rendit en voiture à Butte, ville des rois du cuivre et de la banque Metals, fondée par W.A. Clark en personne qui, à sa mort, avait laissé soixante-quinze millions de dollars et un château dans la ville de New York.

« Metlen, lui dit le banquier d'un air pensif, je me souviens de votre père, John Metlen. » Il parlait comme si John était mort. Il discutait avec Zack dans une pièce à part. Quand Zack exposa son idée, il aurait aussi bien pu parler d'aller sur la lune. « Vous voyez ce que ce sera, dit Zack. Un divertissement populaire. »

À cette époque, les banquiers n'aimaient pas le mot « divertissement ». Il évoque quelque chose d'éphémère ; et puis comment faire confiance aux gens qui s'intéressent à ce secteur ? Il suffit de regarder autour de soi. Quant à croire que le grand public veuille une boîte à la maison pour recevoir un divertissement arrivant par les airs…

Une autre banque. Même chose.

Zack rentra à Grayling.

Ils tinrent une réunion familiale. Une bonne idée. Une décision formulée par plusieurs personnes a davantage de poids.

La réunion familiale se termina par quelque chose qui ressemblait à de l'euphorie. Chez Anne, cette euphorie était peut-être teintée d'hystérie. Le bébé ne prenait plus de poids. Elle espérait que ça n'avait rien à voir avec sa maladie des os, que c'était le genre de chose qui aurait pu affecter n'importe quel petit enfant.

Le médecin du coin ne fut pas de cet avis. Anne n'en souffla pas mot à Zack. Le petit garçon continuait à sourire, confiant dans la vie. Anne, debout au-dessus de lui, disait : « Tu vivras, je le jure. »

Jadis, quand son grand-père estimait avoir des dons de divination, elle était plutôt amusée. Mais la vie elle-même est si étrange... Est-ce que dans cette étrangeté ne peuvent pas entrer des pouvoirs bizarres ? Les légendes l'affirment. N'était-il pas possible que la petite-fille ait hérité des pouvoirs du grand-père ? Qu'elle soit capable de voir l'avenir, un enfant devenu grand et fort par la seule volonté de sa mère ? L'état d'esprit dans lequel elle se trouvait était probablement irréaliste et excessif, mais imaginons qu'elle ait eu la possibilité de donner un peu plus que sa vie pour que le petit garçon puisse vivre en bonne santé ? Mourir pour un enfant ne serait rien.

Il fut décidé à la réunion familiale que Zack irait à Chicago par le train. Pourquoi n'avaient-ils pas encore pensé à Chicago ? Cette ville tournée vers l'avenir, la deuxième des États-Unis par la taille, s'était relevée tel un phénix d'un grand incendie, et c'était le pays des Potter Palmer et des Marshall Field. C'était là que Cyrus McCormick[1] avait vécu, sans doute bien après qu'un imbécile de banquier de Butte ou de Salt Lake City l'eut envoyé paître quand il était venu, chapeau bas, présenter son projet de moissonneuse. Chicago ! Il devait bien y avoir là-bas un banquier qui aurait des tripes et de l'imagination ! Vingt-cinq mille dollars, était-ce donc une telle somme, à Chicago ?

Son père, sa femme et son fils accompagnèrent Zack au train pour lui souhaiter bon voyage. Ils transformèrent cet événement en petite fête, et quand le train s'éloigna ils agitèrent la main jusqu'à ce qu'il disparaisse dans le premier virage. Oui, agiter la main, continuer à

1. Potter Palmer (1826-1902) fit fortune dans l'immobilier après l'incendie qui ravagea Chicago en 1871. Marshall Field (1834-1906) fut propriétaire du premier grand magasin de Chicago. Cyrus McCormick (1809-1884) inventa en 1831 la moissonneuse mécanique ; elle était tirée par des chevaux.

le faire jusqu'à ce que le train soit hors de vue, c'était indispensable.

Ainsi, Zack Metlen fut absent lors de la célébration du trentième anniversaire de la fondation de Grayling, Montana.

Les préparatifs duraient depuis des mois. On avait engagé des Indiens de la réserve du sud de l'Idaho : il devaient s'habiller avec des peaux de daim, mettre leurs coiffes de plumes et « attaquer » un groupe de pionniers blancs en train de se prélasser autour de trois chariots recouverts de toile. Il n'est pas facile de reconstruire un chariot de pionniers couvert de toile, et personne ne s'avisa qu'en 1880, date à laquelle on estimait que Grayling avait été fondée, ces véhicules n'existaient plus depuis longtemps, ce qui rendait le spectacle du champ de foire tout à fait anachronique. Mais les Indiens et les chariots de pionniers devaient absolument être la vérité du passé. Quant aux Indiens, dont le transport serait payé par la ville de Grayling, ils allaient devoir confectionner de nouvelles coiffes de plumes ainsi que des arcs et des flèches. Les leurs, les vrais, avaient été vendus depuis longtemps à des touristes et à des musées publics.

La grande attraction serait le rodéo. On fit intervenir en sous-main des gens bien placés, et l'Association américaine de rodéo annonça que celui de Grayling compterait pour le championnat ; les meilleurs monteurs de mustangs et de taureaux de tout l'Ouest, les hommes les plus adroits au lasso seraient donc présents. Il y aurait aussi des clowns. Le *Grayling Examiner* révéla qu'on verrait plusieurs cavalières sur des mustangs – des femmes qui portaient des noms tels que Bonnie, La Verne et Arlene. Elles habitaient sous des tentes ou dans des pensions, menant des vies qui défiaient toute compréhension avec des hommes qui souvent n'étaient pas leur mari. Elles fumaient, buvaient de l'alcool et se conduisaient comme les gens du spectacle qu'elles étaient, conscientes de la brièveté de la vie.

Les festivités se termineraient par une course de diligences sur le champ de foire. On avait emprunté plusieurs de ces véhicules à une douzaine d'autres villes du Montana, lesquelles, n'ayant qu'un passé très bref dont elles étaient cependant fières, exposaient une diligence en guise d'attraction touristique. Avec quelle soudaineté un moyen de transport se trouve irrémédiablement dépassé ! Il est déjà fréquent de voir une locomotive à vapeur encore capable d'exercer toute sa puissance présentée seule sur un petit bout de voie ferrée au milieu d'un parc public où des pères tentent d'expliquer à leurs enfants ce que c'est.

La fête de Grayling devait durer tout un vendredi et tout un samedi du milieu du mois de juin 1920. Il avait été question de la prolonger jusqu'au dimanche, mais une foule de baptistes et d'autres contribuables fondamentalistes s'étaient insurgés contre de telles activités ludiques incitant à la débauche le jour du Seigneur.

Au moment où Zack partit pour Chicago, toute une troupe de solides gaillards avaient commencé à mettre en place des stands couverts de bâches en cas de pluie. On y vendrait des hot dogs (on ne connaissait pas encore l'appellation « saucisse de Francfort »), des hamburgers et des sodas à l'orange. Il y aurait des baraques où l'on pourrait lancer des balles de baseball sur des canards en bois : ils défileraient sur une bande de toile devant un décor peint figurant une étendue d'eau. Si l'on arrivait à toucher et à renverser un canard, on gagnerait un prix qui, de loin, ressemblait à une couverture indienne. Mais si l'on était accompagné d'une fille, elle préférerait peut-être la poupée en celluloïd, un bébé avec une houppe sur la tête.

Au moment précis où Zack s'en allait, on installait les barrières entre lesquelles on immobiliserait les chevaux sauvages pour que le cavalier puisse se hisser sur leur dos. Et puis, lorsque Zack arriva à Fargo, dans le Dakota du Nord, l'air du champ de foire était déjà lourd de poussière, de crottin frais et de graisse frite. Les membres de l'orchestre du lycée inspectaient leurs uniformes, et leur chef, L.A. Gregory, leur imposait une ultime répétition dans le gymnase du lycée, lieu caverneux encore orné des guirlandes en papier crépon jaune et bleu utilisées pour le bal des troisième année.

L'apparition en ville d'importants personnages venus de loin devait donner un cachet particulier à cette célébration. Les maires de Great Falls et de Missoula prendraient place dans les tribunes en compagnie du président de l'université. Plusieurs des rois du cuivre avaient accepté de venir de Butte. Le clou, c'était le gouverneur de l'État. La venue des sénateurs du Montana aurait peut-être été encore mieux, mais, hélas, ils étaient retenus au Congrès par les réparations de guerre et le plan Dawes. On était soulagé de savoir que des gens aussi dévoués et capables représentaient le Montana dans une affaire aussi complexe – l'un avec ses sourcils broussailleux et sa crinière blanche, l'autre tout mince, renfrogné et tenace. Avant peu, ces deux messieurs si distingués allaient mettre le gouvernement Harding dans de telles difficultés par la cruauté de leurs questions que des têtes allaient tomber.

Mais un gouverneur est un gouverneur, et d'ailleurs il peut très bien devenir sénateur à son tour. Son épouse avait une présence remarquable, et elle fréquentait des milieux très raffinés. Ils ne pourraient être là que le samedi, et, le soir, ils honoreraient de leur présence la table principale du dîner dansant qui se tiendrait dans la salle à manger de l'hôtel Andrews avec l'orchestre Baxter-Tonrey.

La liste des invités à la salle à manger de l'hôtel Andrews montrerait clairement qui comptait à Grayling. Il n'y aurait pas de place pour tout le monde, à peine suffisamment pour les premiers colons, leurs enfants et leur belle-famille, ainsi que pour quelques couples qu'on glisserait entre les autres parce qu'ils avaient amassé des richesses. Les Metlen avaient reçu une invitation. Même s'ils avaient tout perdu, les Metlen restaient les Metlen ; refuser de les inviter reviendrait à afficher une opinion cruelle mais dangereuse sur la signification de l'argent, opinion que nul nobliau local n'osait revendiquer. Lui aussi pouvait se retrouver un jour à court d'argent et exclu de certains lieux.

Les Metlen ne répondirent pas à l'invitation, ce qui déçut un bon nombre de gens. Quel dommage que Lizzie ne soit pas en vie pour venir ce soir-là avec John. Pendant des années, on avait attendu un face-à-face explosif entre Lizzie et le père Connor ; on regrettait qu'ils soient tous les deux morts, incapables de s'affronter. Quand ils s'étaient retrouvés dans des réunions mondaines, Lizzie s'était toujours montrée excessivement polie à l'égard de Martin Connor, mais en arborant un sourire méprisant. Telle une maladie, leur animosité avait été transmise à la génération suivante.

Il y avait eu de la bagarre à Salmon, Idaho, et le jeune Connor avait mordu la poussière. La femme de Zack Metlen était mêlée à cette histoire, et on aurait été heureux de la voir à ce dîner pour plusieurs raisons. D'abord, c'était en soi un joyau, une attraction pour touristes au moins aussi impressionnante qu'une diligence restaurée, une chute d'eau spectaculaire, une grotte naturelle ou un édifice majestueux. Et l'on aurait pu assister à une belle manifestation d'émotions, avec la présence du jeune Connor, de Zachary Metlen et de sa femme, ainsi que celle de la royale épouse du gouverneur. On aurait pu s'attendre à n'importe quoi – et pourquoi se rend-on quelque part, sinon pour assister à ce n'importe quoi ?

Lors du rodéo du vendredi, un cavalier du Montana avait nettement surclassé ses rivaux de l'Idaho, du Colorado, du Wyoming et du Dakota du Nord. Il y avait d'abord eu un défilé d'hommes et de femmes à cheval le long du pourtour du champ de foire. Comme les chevaux eux-mêmes, un certain nombre de ces cavaliers commençaient à faire partie du passé. Ils avaient donc saisi cette occasion pour emprunter des chevaux et s'insérer, l'espace d'une journée, dans le mythe du cow-boy. Car ce mythe, par son côté insouciant, haut en couleur, tragique et même courageux, représente peut-être l'unique véritable culture populaire américaine ; en plus, il constitue une source d'énormes profits pour le cinéma. Le maire de Grayling avait pris la tête du défilé, réussissant non sans mal à tenir en même temps les rênes et le drapeau américain. Des douzaines d'hommes suivaient, portant des bottes de cow-boy et de grands chapeaux Stetson. Quelques femmes avaient des jupes-culottes en cuir avec des franges comme celle d'Annie Oakley, tandis que d'autres avaient osé mettre des Levi's d'homme qu'elles avaient retouchés – notamment en relâchant quelques coutures – et rapiécés à grand-peine pour les ajuster à leurs hanches et leur derrière de femmes. La défécation des chevaux, nécessaire mais déplaisante, gâtait un peu la scène pour les plus délicats, et le défilé connut un moment de désordre quand l'un d'eux s'arrêta net pour uriner pendant que son cavalier tentait de prendre un air dégagé en regardant au loin. La parade s'enrichit d'une addition incongrue avec l'arrivée d'une voiture de tourisme toute neuve, une Stutz bien trop chère pour la bourse des gens assis sur les gradins. Mais elle ne roulait que sur trois roues – façon sournoise de laisser entendre que tout est possible.

Le plus mémorable, en ce vendredi après-midi, alors qu'un soleil haut et brûlant rejaillissait sur le cuivre des trombones et des tubas de l'orchestre, ce fut un clown qui se fit encorner par un taureau – un zébu américain – qui avait démonté son cavalier. Ces clowns étaient chargés de détourner l'attention des taureaux pour qu'ils n'attaquent pas les cavaliers jetés à terre, et ils étaient déguisés exactement comme ceux des cirques : nez bulbeux, sourcils arqués, bouches semblables à des balafres, ridicules chapeaux pointus. En général, ils étaient aussi adroits que des toreros pour ce qui était d'éviter les cornes effilées. Une ambulance arriva à toute vitesse par une barrière ménagée à côté du passage étroit où l'on immobilisait les montures – un tel accident avait donc été envisagé. On ne sut pas avant quelque temps si le clown était mort, car aussitôt démarrèrent les épreuves de monte où le jeune homme du Montana battit tous les autres.

Le clown mourut à l'hôpital avant même que l'infirmière lui eût enlevé son maquillage. Mais cet homme avait choisi de son plein gré une vocation dangereuse ; quand on fait ce choix, on doit être prêt à payer la vie étincelante et insouciante qu'on a voulue. Les hommes qui marchent sur les poutrelles en acier autour des gratte-ciel le savent bien.

La course de diligences, le samedi, souleva beaucoup de poussière ; le soleil était toujours haut dans le ciel et brûlant. On vit l'épouse du gouverneur, assise à l'écart avec d'autres célébrités dans une loge tendue d'étamine rouge-blanc-bleu, presser un mouchoir contre son visage. Elle toussa beaucoup et elle fut heureuse, cet après-midi-là de rentrer dans la chambre d'angle qu'elle occupait à l'hôtel Andrews. Elle y retrouvait un lieu frais et sans contrainte. En compagnie du gouverneur, elle commanda une carafe d'eau bien froide et un seau de glace. Le gouverneur serrait une bouteille dans sa main et versa un peu de son contenu dans un verre de l'hôtel avant d'y mélanger des glaçons.

« Je suis mûr pour un verre, dit-il. Tu en veux un aussi maintenant ?

— Combien de temps nous reste-t-il avant le dîner ? Je ne voudrais pas qu'un de ces individus anti-boisson le sente à mon haleine. Vous, les hommes, vous avez la belle vie. Vous n'avez à répondre de vos actes à personne. Votre seul souci, c'est de devoir vous raser. »

Il sortit sa montre. « Il nous reste deux heures.

— Dans ce cas, j'en prends un, absolument. »

En ville, les bars étaient bondés ; impossible d'entrer chez Lucille. Passant parmi ses clients, elle hochait la tête et souriait, jouant les grandes dames. Les putes des chambres rouge-blanc-bleu se lavaient les parties intimes et arrangeaient leur coiffure pour lui donner des formes attrayantes. Il est presque impossible de se friser les cheveux sans en brûler quelques-uns, et cette odeur de brûlé peut vous faire grincer des dents – surtout quand on se met à penser à certaines choses.

Mais, dans la rue à côté de l'hôpital où mourait le clown, les trottoirs étaient déserts. Dans la salle de séjour silencieuse des Metlen, John, assis à une table avec un paquet de cartes, faisait une réussite.

Depuis Adam, la vie des hommes est en grand désordre. Comme ils cherchent un ordre et un sens, les hommes ont inventé des dieux auxquels ils ont adressé leurs prières ; ils ont fait des vœux en voyant des étoiles filantes, ils ont noté le vol des oiseaux et examiné les entrailles d'animaux sacrifiés. Ils interprètent les rêves, observent la disposition des feuilles de thé – et retournent des cartes sur une table.

À ces cartes John avait posé une question, tout en se demandant si c'était bien la peine. Il s'agissait de l'ultime question, que seuls, peut-être, peuvent poser des gens ayant souffert bien plus que lui. Car John n'avait perdu que des biens terrestres ; sa femme lui avait été enlevée par une maladie qui l'avait étouffée, et il désespérait de la survie de son petit-fils – des malheurs dérisoires, si on les comparait à d'autres. Mais il avait quand même demandé aux cartes : Y a-t-il une raison d'espérer ?

Il ne l'avait pas demandé pour lui-même (se disait-il), mais pour les autres, pour la génération suivante. Il arrivait, lui, presque au bout de son temps, et bientôt une autre petite procession se formerait au pied de la colline. Mais égoïstement, il avait quand même, tout au fond, interrogé les cartes pour lui aussi. S'il gagnait, il pourrait espérer, il aurait une raison de le faire. Sinon – c'est le genre de risque que prend tout joueur –, s'il perdait dans un jeu aussi absurde, l'échec serait pour lui. Ce n'est pas une question qu'on peut poser deux fois. Si la réponse est négative, on doit vivre avec, comme tant de gens le font. La première carte, il s'en souvenait, avait été le quatre de carreau.

Le téléphone sonna. Son cœur marqua un temps d'arrêt.

Dans cette maison, le téléphone avait sonné pour la première fois vingt ans plus tôt. C'était John qui avait décidé qu'il leur fallait un téléphone, c'était lui qui était allé trouver la compagnie du téléphone, qui avait suivi des yeux l'homme qui grimpait au poteau avec des crampons de fer attachés à ses pieds, qui avait regardé comment il tendait les fils et comment il vissait le combiné au mur de l'entrée. Mais quand l'appareil avait sonné pour la première fois, son cœur avait marqué un temps d'arrêt.

Et il venait de recommencer. John sentit sa bouche se dessécher. Il posa avec soin le paquet de cartes, mais avant qu'il ait pu quitter la table – ses jambes refusaient de lui obéir –, il entendit Anne dans l'escalier. Elle se dépêchait d'aller décrocher et, quand elle passa devant John, ils échangèrent des sourires fugitifs. Comme nous faisons semblant ! Le crâne lui-même ne semble-t-il pas sourire ?

Il entendit Anne dire « Zack ». Et parce que l'appareil se trouvait dans l'entrée, il ne pouvait pas voir le visage d'Anne. Pendant quelques instants, elle resta muette. Puis : « Nous t'attendrons au train de mardi. »

Cela signifiait que Zack partait de Chicago dans l'heure. Mais qu'y avait-il dans la voix d'Anne ? Elle avait cette particularité étrange : quand elle disait quelque chose, on pouvait en tirer deux sens distincts. Deux personnes y entendaient des choses différentes, de même que ces cartes étalées devant lui pouvaient dire une chose à quelqu'un et une autre à quelqu'un d'autre.

Ses genoux lui permirent de se lever. Quand Anne revint, elle s'arrêta et demeura absolument sans bouger devant lui. Bon, l'immobilité est l'immobilité, n'est-ce pas ? Mais celle d'Anne était encore autre chose et possédait une dimension infinie dans laquelle tout devenait possible – sauf qu'Anne restait personnellement hors d'atteinte pour tout autre que Zack Metlen. Pourquoi seulement pour lui ? Zack était un brave jeune homme, mais il n'était pas plus beau que son père – qui pourtant ne l'était pas tellement. John s'était souvent étonné de la chance qu'il avait eue avec Lizzie ;

il s'était souvent dit qu'elle aurait été tout aussi heureuse avec un autre ; elle avait le don de s'accommoder des situations. Mais Anne ne voulait que Zack. Il avait été choisi. Mis à part. Avait-elle une vision de lui claire pour elle et obscure pour les autres ? Pourquoi ces deux-là s'étaient-ils mutuellement pris ?

Elle parla. « Il ne peut pas trouver l'argent. »

Telle était donc la réponse à la question qu'il avait posée, et il l'avait sans même avoir encore étalé toutes les cartes. Il était sur le point de lâcher une banalité, de sourire et de dire : « Bon, ce n'est pas la fin du monde. »

Mais, pour l'un d'entre eux, ça l'était peut-être.

Il était incapable d'ouvrir la bouche. Ce fut Anne qui parla. « Je monte, je vais m'habiller. Je vais dîner à l'hôtel Andrews. »

Elle passa devant John qui comprit alors le verset du Livre de Job, IV-15 : *« Sur ma face un souffle passa, et les poils se dressèrent sur ma chair. »*

17

CETTE ANNÉE-LÀ, LA MODE EXIGEAIT DES MÈTRES DE TISSU façonnés en festons, des ganses, des glands, des franges, des plumes et de la fourrure de singe. Mais la robe que portait Anne, achetée au Magasin sublime avec la démarque accordée au personnel, était d'une simplicité saisissante : c'était un fourreau de velours noir, que l'on aurait pu croire expédié de New York par erreur. Car à Grayling, les femmes ne mettaient du noir que pour rendre visite aux morts ou pour s'asseoir dans une pièce à peine éclairée où, dans une alcôve, quelqu'un agonisait. À part un cordon de soie qui devait ceindre la taille et qu'Anne avait tout de suite enlevé, la robe était entièrement dépourvue d'ornements, ce qui ramenait toute l'attention sur celle qui la portait. Anne ne l'avait encore jamais mise.

Assise devant sa coiffeuse – qui avait été celle de Lizzie –, elle se voyait dans les trois miroirs. Au-dessous, dans un tiroir, se trouvait ce qui restait des bijoux de Lizzie. Aucun n'avait grande valeur. Tout avait été vendu pour sauver le ranch, et on qualifierait aujourd'hui les pièces restantes de bijoux de fantaisie. À l'époque, on les disait « informels », ces bouts de turquoise sertis dans de l'argent, ces boucles d'oreilles en corail sculptées en forme de rose ou encore cette broche de verre ovale recouvrant une mèche de cheveux. Anne n'avait jamais possédé de bijoux et elle n'en avait jamais souhaité. Mais probablement, ce soir, elle avait envie de mettre quelque chose ayant appartenu à la mère de Zack. Peut-être en guise de porte-bonheur. Elle avait sous la main un collier de fausses perles ; elles étaient d'une belle couleur et soulignaient la simplicité frappante du fourreau de velours noir.

Devant les trois miroirs, elle ramena ses cheveux noirs en un grand chignon au sommet de sa tête. Elle se leva.

Elle rangea l'invitation adressée aux Metlen dans sa pochette ornée de perles noires, jeta une cape sur ses épaules et descendit.

« Le petit John est en train de dormir, dit-elle.

— S'il se réveille, répondit John, je sais ce que je dois faire. »

Elle lui mit la main sur l'épaule. « En effet. »

Elle aussi savait ce qu'elle devait faire.

Elle sortit de la maison et se dirigea vers le garage ; c'était l'heure où les coquelicots replient leurs pétales contre l'obscurité.

Dans la salle à manger de l'hôtel Andrews, tout le monde était sur le point de s'asseoir. Anne tendit son carton à un serveur placé derrière les portes vitrées garnies de rideaux. Il devait interdire l'entrée à ceux qui n'avaient pas été invités.

« Bonsoir, madame Metlen, dit-il. Zack n'est pas là ?

— Il est dans l'Est. »

Il y eut, comme toujours quand elle entrait quelque part, un bref silence. Anne se dirigea aussitôt vers le gouverneur et sa femme.

« C'est très aimable à vous de venir jusqu'ici pour la fête », dit-elle.

Le gouverneur était affable. « Pas du tout. Ma femme me dit que je suis jaloux de mon territoire comme un loup.

— Comme un coyote, rectifia sa femme. Madame, je suis très heureuse de faire votre connaissance. »

Elle paraissait sincère et l'était probablement. Cette femme qui avait beaucoup de présence et une dose normale de curiosité avait sans doute entendu parler d'Anne Metlen.

En plus, elle n'avait rien à craindre d'Anne et n'était pas trop impressionnée : c'étaient deux femmes puissantes. La plus âgée l'était du fait qu'elle était l'épouse du gouverneur et que peut-être elle participait un peu à l'exercice du pouvoir – ne serait-ce que de temps à autre, quand son mari ne se sentait pas bien. Quant à la plus jeune, elle l'était simplement de par sa nature.

À côté des portes battantes donnant sur les cuisines se trouvait un carillon suspendu au son mélodieux. Il se mit à sonner. Le gouverneur fit asseoir sa femme, et les autres hommes l'imitèrent. Comme Anne l'avait espéré – elle avait pris cela pour un bon présage –, elle fut placée presque en face de Harry Connor. Les serveurs commencèrent à rôder autour d'eux. Le regard de Harry Connor rencontra le sien, et elle lui adressa un faible sourire.

Lors des préparatifs de la célébration, on s'était posé des questions sur l'opportunité de servir du vin au dîner. La Prohibition était désormais inscrite dans la loi du pays, et un gouverneur se devait de l'observer. Mais l'avait-il toujours fait ? Non. On savait qu'il avait pris des verres – des vrais – avec des douzaines d'hommes assis ce soir dans cette salle. Mais jamais en public. Les journaux n'allaient sans doute pas publier le nom des clients surpris en train de boire chez Tina, à la sortie de Butte, ou dans une centaine d'autres auberges de bord de route. Ceux qui effectuaient des reportages pour les journaux, s'ils se trouvaient dans ces lieux, y étaient davantage pour vider quelques verres que pour mener des enquêtes. Tout le monde sait ce que sont les journalistes et pourquoi. Ils en ont simplement trop vu.

En revanche, parmi les invités présents dans cette salle à manger, certaines personnes, depuis déjà bien avant la Prohibition, voulaient bannir l'alcool, invoquant pour cela des passages de la Bible que personne ne connaissait. Il est vrai que, dans l'Ancien Testament, il est parfois demandé à l'homme d'être « sobre », mais cela peut signifier qu'on lui prescrit d'être sérieux et de ne pas toujours penser à s'amuser, à trouver de nouvelles femmes, à jouer aux cartes, à picoler, à se balader dans des voitures volées et autres choses du même genre.

Mais le gouverneur n'était-il pas au-dessus d'une loi votée pour empêcher les gens de faire ce qu'ils allaient faire de toute façon ? Avec sa femme, il fréquentait des cercles très fermés où le gin et le whisky étaient de rigueur, et cela jusque sur la côte Est.

On servit donc du vin. En pichets, car il arrivait en vrac de Butte où il était produit par la nombreuse population italienne. On l'appelait d'ailleurs le « rouge rital ». Il n'était pas fameux, mais il était bon pour la fête, il donnait un coup de fouet, et le gouverneur ne serait pas obligé de partir en pensant que Grayling était un repaire de bigots. Tout le monde savait aussi ce qui se passerait après le dîner. Il n'y avait pratiquement pas une seule voiture garée devant l'hôtel où ne se trouvât de bouteille contenant un breuvage bien plus fort que le rouge rital, et dès qu'on aurait commencé à danser, on pouvait être sûr que ces bouteilles feraient leur apparition.

Si la femme du gouverneur savait qu'on ne doit pas servir de vin rouge avec du poulet rôti, elle ne souleva en tout cas aucune objection et laissa remplir son verre. À sa gauche était assis le maire de Grayling, par ailleurs propriétaire du magasin de semences et d'aliments pour animaux Grayling Feed and Seed. C'était un homme de grande taille, voûté, les cheveux gris. Dans sa jeunesse, alors qu'il était simple employé de Feed and Seed, il s'était presque tué à soulever des sacs pour prouver qu'il méritait son salaire. Et, comme il comprenait la souffrance des gens, il avait du mal à harceler ses clients pour qu'ils règlent leur dû. La plupart d'entre eux payaient. Ceux qui ne le faisaient pas étaient ceux qui ne pouvaient pas.

Lorsque tout le monde fut assis et que le vin fut versé, il se leva en homme honoré, respecté et élu à trois reprises pour représenter la ville. Il proposa un toast. Tous les toasts sont source de gêne, comme lorsqu'on doit chanter « *Happy Birthday* ».

« Portons un toast », dit-il. Tout le monde se leva. « À la ville de Grayling. » Il but une gorgée de vin. Les autres firent de même. « Notre ville est petite, mais notre cœur est grand. » Il y avait peu de cœurs comme le sien, et tout le monde l'acclama. Il n'est pas facile de parler devant des gens dont certains sont des inconnus.

Les serveurs repassèrent avec les pichets et remplirent de nouveau les verres. On observa que la femme du gouverneur avait mis sa main à plat juste au-dessus du sien pour signifier qu'elle en avait assez. Il n'est pas avantageux pour tout le monde de passer pour un bon vivant ; certains doivent rester sur la réserve pour que d'autres osent aussi le faire. On ne remarqua pas qu'Anne avait refusé le premier verre et le deuxième.

Elle ressentait un besoin profond que le rouge rital ne pouvait pas combler.

Il ne faut pas longtemps pour manger du blanc de poulet en lamelles, des pommes de terre transformées en purée sous la torture d'une cuiller à glace, le jus pâle de la purée, des petits pois livides ayant absorbé le goût de la boîte en fer et enfin de la sauce aux canneberges. Ce condiment familial de couleur écarlate – remarquablement malvenu en un mois de juin – évoquait chez quelques convives la désillusion des grands jours de fête. Existait-il un seul Noël aussi parfait qu'on l'avait espéré ? Un seul Noël où l'on n'eût pas été déçu et où l'on n'eût pas eu des pensées qu'on avait préféré taire ?

Les bavardages qui allaient bon train de gauche à droite étaient ceux-là mêmes qui intéressaient Zachary Metlen. Les hommes parlaient entre eux comme si leurs femmes étaient transparentes, et ils déploraient le manque de vent dans la région de Grayling ; bien des agriculteurs vivant loin des ruisseaux dépendaient en effet d'éoliennes pour avoir de l'eau. Les femmes parlaient entre elles comme si leurs maris étaient transparents, et elles déploraient la cherté de la vie malgré, d'après ce qu'elles avaient entendu dire, la récente dépression économique. Mais les mots « patrons de mode Butterick » surgirent, et il fut alors question de l'étonnant changement de longueur que venaient de subir les robes.

« Oui, bon, je ne sais pas, dit un homme d'une voix qui laissait entendre qu'en réalité il savait. Oui, bon, je ne sais pas, mais ce Harding m'apparaît comme celui qu'on devrait désigner à la candidature. Il a tout d'un futur Président. »

Cet homme était le jeune Harry Connor. En tant que banquier, il était censé savoir de quoi il parlait ; la politique et la banque vont de pair, et si l'on ne connaît rien à la politique on ne peut pas être très fort comme banquier. « Il a fait de grandes choses pour l'Ohio. »

Un inconnu venant de Butte sembla l'approuver. « En tout cas, il a pavé toutes les routes de l'Ohio avec de la brique. Ça, on peut le mettre à son actif.

— En effet, c'est le cas, affirma Harry Connor.

— Et Warren G. Harding, poursuivit l'inconnu, a reçu un petit pourcentage sur chaque brique qu'on a posée. »

On nous conseille vivement de ne pas discuter de politique, de religion ou de préférences sexuelles avec ceux que nous espérons garder comme amis. L'inconnu aurait obtenu le même effet en annonçant qu'il ne pouvait pas prendre au sérieux toute personne qui n'était pas de confession épiscopalienne. Un silence s'abattit sur l'assemblée. Si ce que disait cet inconnu était vrai, Harry Connor soutenait un individu malhonnête. Si Harry Connor ne savait pas que Warren G. Harding s'était rempli les poches grâce à cette affaire de briques, alors il n'était pas informé comme il l'aurait dû.

Harry Connor se tut, et son silence attira les regards. Quand un homme extrêmement beau garde le silence, ce silence devient lui aussi extrême. Il y a quelque chose de très fort, chez un homme beau, ou du moins apparemment, comme on s'en aperçut plus tard pour Warren G. Harding[1].

Personne n'aime les disputes, et l'on fut soulagé quand la tranche napolitaine commença à fondre et que l'orchestre Baxter-Tonrey apparut avec ses instruments dans leurs étuis de cuir noir. Le piano droit – un

1. Élu président des États-Unis, Warren G. Harding fut compromis dans divers scandales financiers et mourut subitement (peut-être empoisonné) en 1923.

Kimball – était déjà en place. Puis l'on déplaça ou l'on enleva les tables, et le parquet de bois dur fut saupoudré de granules de cire facilitant la danse. Tout ce mouvement recouvrit l'altercation qui venait d'avoir lieu. Cinq musiciens composaient l'orchestre Baxter-Tonrey. Mme Baxter jouait du piano ; bien que s'accrochant encore à sa jeunesse, elle était obligée de scruter la partition de près. Tous les cinq, y compris Mme Baxter, portaient des blazers bleu clair à boutons de bronze. Seule Mme Baxter n'arborait pas un beau mouchoir blanc et propre, bien plié dans sa poche de poitrine. Ces ornements sont réservés aux hommes, mais, sur la poche de poitrine de madame comme sur celle des autres, étaient brodées au fil d'or les lettres B/T. C'est une petite chose bien agréable qu'un monogramme.

À cette époque, on considérait qu'un mouchoir servait surtout – sinon uniquement, hélas – à se moucher. On ne tenait pas pour horriblement sale l'habitude consistant à remettre le mouchoir dans sa poche et à l'utiliser de nouveau. Mais une compréhension de plus en plus répandue de l'hygiène conduisit à l'apparition des kleenex qui sont, on le voit bien, absolument partout : roulés en boule sous des lits, accrochés aux branches des grands arbres ou voltigeant autour des arbustes. Un mouchoir pouvait cependant être aussi une décoration, et il indiquait qu'on ne serait pas pris au dépourvu.

Mme Baxter fit retentir un *la* sur le Kimball. Son mari le reproduisit sur son violon qu'il accorda. Tonrey tira de son étui un banjo à cinq cordes. Puis le saxophone et enfin le tambour furent extraits de leurs sacs de toile.

Tandis que l'orchestre se préparait, les gens allaient et venaient ; surgirent des bouteilles dont certaines contenaient des liquides sucrés, verts ou orange. On les mélangeait à de l'alcool pour les offrir aux dames qui avaient moins de gêne à boire quelque chose de joliment coloré : des cocktails de gin et de jus d'orange, ou de gin avec du jus de citron et du sirop de grenadine, ou encore d'autres à base de crème de menthe.

L'orchestre lança « Dardanella » puis « Hello, Frisco » pour plaire aux plus âgés, mais un bon nombre d'anciens étaient déjà partis. Il était en effet près de neuf heures, et il fallait rentrer à la maison pour vider le bac sous la glacière. Certaines de ces personnes âgées ne comprenaient pas la nouvelle musique et ne la tenaient pas en grande estime. Ils avaient adoré et compris le quadrille, mais ils n'avaient pas été séduits par la valse. Quant au fox-trot, même les jeunes avaient l'air un peu bêtes en le dansant, et les vieux qui jouaient les jeunes en s'y mettant faisaient carrément pitié. On pouvait pourtant tirer son chapeau à Mme Baxter pour ses tentatives.

Parmi ceux qui s'en allèrent se trouvaient le gouverneur et son épouse ; quelques admirateurs qui n'avaient pas trop bu les suivirent dans le hall carrelé de blanc.

« Mais la soirée commence juste à s'animer, monsieur le gouverneur », déclara l'entrepreneur des pompes funèbres. Étant politicien dans un État à forte population conservatrice, le gouverneur savait précisément que lorsque la soirée s'animait il avait intérêt à s'éclipser. Leur chauffeur les suivit dans l'obscurité de la rue devant l'hôtel Andrews.

Tout le monde pouvait voir que le gouverneur n'était pas ivre. En revanche, l'abstinence de ceux à qui il tournait maintenant le dos n'était pas aussi facile à constater.

« Je voudrais que vous me prêtiez de l'argent », déclara Anne Metlen à Harry Connor.

On ne savait jamais le degré précis d'ivresse auquel

était parvenu Harry Connor ; c'était l'un de ses grands atouts. Il avait demandé à Anne de danser avec lui. Ceux qui étaient près de lui l'avaient entendu l'inviter, et puis tout le monde, ceux qui étaient près comme ceux qui étaient loin, les avait vus danser. Les gens s'étaient dit : Bon, on ne peut pas en vouloir à quelqu'un éternellement. Dans cette vie si courte, tout le monde est bien obligé de composer.

Les trois danses étaient des valses – par exemple « La valse d'or et d'argent » de l'opérette *La Veuve joyeuse*. On s'attendait à continuer jusqu'à minuit ou même plus tard. Ce n'est pas sans fierté qu'une femme dira : « Nous avons dansé jusqu'à trois heures du matin. » « Voilà comme nous étions amoureux », sous-entend-elle.

Quand Anne Metlen mentionna le prêt qu'elle voulait, il était tout juste dix heures et demie. L'horloge du palais de justice venait de sonner la demi-heure, et il était bien trop tôt pour mettre un terme aux réjouissances. Il n'y avait pas de souci pour les enfants à la maison ; leur mère était avec eux, ou une grand-mère heureuse de se trouver en leur compagnie.

Mais, soudain, la soirée vira bizarrement, prenant une vilaine tournure. On allait assister à quelque chose dont on se souviendrait sa vie durant.

« De quoi est-ce que tu te souviens le mieux ? demandez-vous.

— De la première fois où j'ai vu ma femme.

— De la première fois où j'ai vu mon mari. »

Répondre autre chose paraît déloyal. En plus, c'est peut-être vrai. Bien des gens ne peuvent pas se permettre d'être francs quand il s'agit de leurs souvenirs. Ils ne vont pas admettre des actes atroces, les estimant trop exceptionnels. Les souvenirs ne devraient pas être faits de choses de ce genre.

On entend donc mentionner une scène d'enfance à

l'époque où la vie devait durer toujours et brillait de mille feux. « Mon premier vélo. »

Une femme répond en souriant : « Quand je me suis fait percer les oreilles. » Car ces oreilles percées faisaient d'elle une femme tout aussi sûrement que son hymen déchiré. Une boucle passée dans le trou d'un lobe d'oreille et assujettie par un solide petit écrou risque moins de tomber entre deux coussins de canapé. Une femme aux oreilles percées aura le plaisir de porter, sans trop avoir peur de les perdre, des perles authentiques et des diamants parfaits.

« J'ai besoin d'emprunter de l'argent. »

On ne doit pas parler d'argent en public. Le solde de votre compte en banque ne vous sera pas révélé au téléphone, sauf si l'employé de banque reconnaît votre voix et si vous faites une remarque lui démontrant qu'il vous connaît. La quantité d'argent que vous possédez ou pas est la mesure exacte de la façon dont la majorité des gens vous traiteront. L'argent vous ouvrira la plupart des portes, voire toutes. C'est le produit de base qui vous procurera pratiquement tout.

Demander ainsi de l'argent équivalait à peu près, pour Anne Metlen, à parler de sexe en public – un sujet rarement abordé à cause des ennuis qu'il entraîne.

« Votre mari n'est pas suffisamment homme pour demander lui-même ? C'est pour son projet foireux ?

— Je vous en supplie. »

Ces mots auraient dû éveiller la prudence de Connor. Car Anne Metlen n'était pas du genre à supplier. Elle était en train de lui tendre un piège.

« Vous voulez combien ?

— Vingt-cinq mille dollars.

— Vingt-cinq mille dollars. » Il répéta ces paroles d'un ton froidement sarcastique. « Il n'est pas suffisamment homme pour le demander, mais vous êtes suffisamment femme pour le faire. Qu'est-ce qui vous reste pour garantir un emprunt, à part le bordel de l'autre côté de la voie ferrée ? »

Elle tendit sa main, la paume vers le haut, vide. Mais quelle main c'était. Quel réseau exquis de veinules bleues, quels doigts longs et effilés pour chercher et caresser. « Vous avez ma parole.

— C'est donc vous la garantie ? »

Les membres de l'orchestre avaient rangé leurs instruments et ils partaient par la porte-fenêtre.

« La banque ne peut rien vous prêter, dit-il. Mais je vous donnerai mille dollars. »

Elle eut un sourire et dit : « Mille dollars, ce n'est pas beaucoup pour quelqu'un qui passe pour riche. »

Il sourit alors à son tour. « Je vous donne mille dollars si vous montez sur cette table et vous déshabillez. »

Elle retira sa main. Un verre était devant elle ; elle le but et le reposa à l'endroit exact où il avait été. « Vingt-cinq mille dollars. »

Leurs regards se rencontrèrent. Il hésita.

Elle dit : « Vingt-cinq billets de mille dollars. »

Les billets de mille dollars sont aujourd'hui aussi rares que la mention, lors d'un cocktail, du président dont l'effigie figure dessus, à savoir Grover Cleveland. Mais il a existé une époque où ils étaient très prisés des flambeurs et de ceux qui se prétendaient au fait des courses de chevaux et des bonnes concessions pétrolières. Ils aimaient brandir un rouleau de billets. Si la coupure extérieure était de mille dollars, ces gens-là, quel que puisse être leur aspect et malgré leur ignorance du subjonctif, étaient bien reçus à peu près partout, alors même que le cœur caché de leur rouleau ne comportait que des coupures de un et de cinq dollars.

Vingt-cinq de ces billets, bien tassés, entreraient très commodément dans la pochette d'Anne Metlen.

Quant à Harry Connor, il exhibait à la fois la désinvolture du riche et un goût pour un genre de vengeance que seuls les nantis peuvent se permettre de savourer.

Ceux qui étaient assez près pour entendre restaient assis en silence devant leurs assiettes abandonnées où la tranche napolitaine avait fondu.

Connor se leva. « Je reviens tout de suite. »

D'autres auraient pu saisir cette occasion pour partir, mais ils ne le firent pas, pris dans un filet soudain si serré qu'il devenait difficile de respirer et impossible d'allumer une cigarette. Il n'y a pas d'instinct plus passionné que celui qui vise à humilier. Par son consentement, Anne avait déjà été humiliée. La banque se trouvait pratiquement à côté. Combien de temps faut-il pour parcourir un pâté de maisons, déverrouiller une porte fermée à clé, allumer la lumière, faire pivoter un cylindre de serrure, ouvrir une porte d'acier ?

S'il n'avait pas bu, il est possible que Harry Connor ne soit pas revenu ; il aurait ainsi peut-être évité de se couvrir de honte comme il le fit. Mais Anne pensait qu'il reviendrait. Donc, en l'attendant, elle songea à son mari, remercia Dieu qu'il ne soit pas dans cette ville et implora Dieu pour qu'il n'y soit plus jamais.

Silencieusement, elle demanda : « Sais-tu vraiment que je t'aime, Zack ? »

Connor était de retour.

« Donnez-moi l'argent », dit-elle.

Il le lui donna.

Elle le compta. Elle le fourra dans sa pochette et posa celle-ci sur la table.

Avec l'agilité d'un chat, elle monta sur une chaise et de là sur la table. Elle leva les deux bras et les tendit vers son dos ; on aurait cru que ses doigts avaient des yeux. D'un geste, elle tira le fourreau de velours, le fit passer par-dessus sa tête et le jeta de côté. Elle ôta sa chemise, puis, toujours avec des doigts doués de vue, elle dégrafa son soutien-gorge et exposa ces seins que son enfant avait tétés.

Sur une autre femme, un porte-jarretelles aurait été un accessoire peu attirant – nécessaire, mais sans charme, évoquant trop des articles sans grâce. Seule une Anna Pavlova[1] aurait pu l'égaler dans la façon de l'enlever, puis de se débarrasser de ses bas et de ses chaussures. C'était de la chorégraphie – un bref moment, très tendu –, de l'Offenbach sur un mode dorien.

Elle se tourna une seule fois avec lenteur, s'arrêta, et revint à sa position antérieure. Son regard passa par-dessus la tête des gens jusqu'à l'angle le plus lointain, là où des plantes grimpantes s'accrochaient aux tuyaux. Puis elle défit le collier de fausses perles et le jeta ; il heurta une chaise et cliqueta sur le plancher comme des osselets. Elle se tint un instant devant les gens, aussi nue qu'Aphrodite et tout aussi indifférente.

Certaines des personnes présentes vécurent encore bien des années ; elles parlèrent rarement de cette soirée. Pour le moment, nul ne pipait mot. Lors des minutes précédentes, les gens avaient assisté à une scène qui n'aurait pas dû avoir lieu. Un individu avait exigé ce qu'on ne doit pas exiger, et, à la manière de tous ceux qui se sont livrés à la débauche, tous partirent furtivement, se glissant dans le hall de l'hôtel Andrews et de là dans l'obscurité.

L'horloge du palais de justice sonna onze heures ; les sons tremblants, semblables à ceux d'un gong, passèrent lentement sur la ville et s'évanouirent.

---

1. Danseuse russe (1882-1931).

Douze heures plus tard, le dimanche matin, l'horloge sonna de nouveau – une note laïque au milieu du grossier tapage des cloches d'église appelant ceux qui, croyant en Dieu, supposent qu'Il apprécie l'attention qu'ils Lui portent, ou ceux qui brûlent de donner à Dieu une nouvelle chance de démêler l'affreux pastis dans lequel ils se trouvent. C'était pour une bonne raison que les cloches des églises retentissaient à onze heures. Si elles avaient sonné à dix heures, elles auraient remis en question le dimanche en tant que jour de repos où, pour une fois, les gens peuvent se retourner dans leur lit et se rendormir. Et si elles avaient sonné après onze heures, elles auraient pu gêner le rituel du rôti de porc et de la compote de pommes.

Juste avant qu'elles ne se mettent à carillonner, donc, deux garçons à bicyclette étaient venus attendre le train de Butte. L'un avait environ douze ans et l'autre quatorze – ce dernier souriait moins facilement. Tous les deux avaient une allure professionnelle, car ils portaient autour de leur pantalon, à la hauteur de la cheville, des pinces de cycliste qui empêchaient la chaîne de leur déchirer les vêtements. Une fois que l'homme chargé des bagages leur eut jeté un gros tas de journaux du dimanche (il s'adressait aux deux jeunes en les appelant par leur nom), ils s'agenouillèrent et coupèrent avec leur canif les ficelles entourant les paquets de journaux, fourrèrent ces derniers dans de lourds sacs de toile et repartirent sur leurs vélos. Ils avaient mis les sacs dans un panier de fil métallique placé devant eux sur la roue avant et, tant qu'ils n'avaient pas jeté quelques journaux devant des portes d'entrée, c'était tout juste s'ils arrivaient à voir quoi que ce soit par-dessus cette masse. C'étaient des garçons blonds aux épaules et aux hanches étroites, peut-être deux frères. Leurs vêtements en velours côtelé étaient usés mais bien lavés, et leur visage était propre ; c'étaient les messagers qu'il fallait pour porter les nouvelles du monde. Au son des cloches, ils remontèrent la rue du Pacifique et descendirent la rue Rife. Le lundi, ils livraient le *Grayling Examiner*. Le mercredi, le *Saturday Evening Post*. Le vendredi, ils distribuaient des prospectus pour le cinéma Rex – une semaine, les prospectus étaient rouges, la suivante, verts, et celle d'après, jaunes. Les enfants aimaient les prospectus. On pouvait les collectionner, dessiner dessus, les plier pour les faire voler comme des avions.

Peu avant la fin du service religieux, à peu près au moment où l'enfant de chœur éteignait le cierge du côté de l'Évangile, le plus âgé des deux garçons livra son dernier journal chez des gens du nom de Boone. Il s'approcha de la maison avec prudence à cause du chien.

À midi, les Boone, un couple d'âge mûr, rentrèrent de l'église méthodiste-épiscopalienne pour retrouver leur rôti de porc et leur compote de pommes en train de cuire à feu doux dans le four d'une cuisinière électrique toute neuve. Le rôti était une tentation pour l'odorat et, après tout ce temps, la chaleur avait certainement neutralisé les vers qui résident dans la viande de porc.

Les Boone ne participaient pas du tout aux mondanités de Grayling – pourquoi exactement, c'était difficile à dire, car Boone appartenait au comité directeur d'une petite société de prêts commerciaux et Mme Boone était un membre actif de la communauté paroissiale. Elle se rendait régulièrement aux réunions de prières du mercredi soir et faisait la collecte de vieux vêtements qu'elle aidait à entasser dans des barils – lesquels, une fois expédiés, servaient à habiller ceux qui n'avaient plus rien à se mettre et qui, par gratitude, pourraient bien se tourner vers Jésus leur Sauveur. Une reproduction du tableau de Holman Hunt, *La Lumière du monde*[1], trônait dans leur salle de séjour en compagnie de deux gravures protégées par une couche de verre délicatement teinté – gravures représentant manifestement un seul et même bébé. Le diptyque s'appelait *Un petit coin de paradis* ; sous l'une des gravures étaient imprimés les mots IL VEILLE et sous l'autre, IL DORT. Mais les Boone n'avaient pas d'enfant et avaient adopté un airedale, race dont on ne parle plus guère. Ce chien, du nom de Laddie, considérait pratiquement tout le monde comme dangereux pour les Boone auxquels il devait tout. Même de vieux amis, quand ils passaient chez les Boone, prenaient grand soin de crier clairement leur nom après avoir sonné pour qu'on puisse faire taire le cabot et l'enfermer loin d'eux. Il y avait parfois des gens qui oubliaient et entraient sans autre formalité.

« Vous auriez dû vous en souvenir ! » C'était tout ce que Mme Boone trouvait à dire. « Vraiment, vous auriez dû vous en souvenir. »

Ce jour-là, en entrant dans la maison, elle continua à parler. C'était l'épilogue d'un long discours : « ... et elle ne pourra jamais plus se montrer en ville. »

M. Boone avait fait partie de ceux qui s'arrêtaient en pleine rue quand, tous les jours de la semaine, Anne Metlen passait dans la vieille Locomobile. Il ne savait à peu près rien de ce qui venait de se passer. « Oui, mais je n'en suis pas si sûr que ça, dit-il.

— Pas si sûr que ça ? Une femme toute nue – qui se déshabille et se tient toute nue devant des douzaines de

1. Hunt, peintre britannique, termina en 1904 cette allégorie du Christ éclairant les ténèbres du monde. Ce tableau a connu une très grande popularité tant au Royaume-Uni qu'aux États-Unis.

gens parmi lesquels il y a de parfaits inconnus ? Et tu n'en es pas si sûr que ça ?

— Il y avait peut-être des circonstances particulières.

— Évidemment, qu'il y en avait. Elle était soûle. Comment aurait-il pu en être autrement ? Imagine que je fasse une chose pareille.

— Oui, mais évidemment, tu ne le ferais pas. » C'était une idée qu'il trouvait répugnante, mais pas pour la raison qu'elle croyait. Quelle tristesse, de voir à quoi la pesanteur, les sucres et l'âge réduisent le corps humain. Au-delà de quarante ans, la sagesse recommande de rester couvert.

« Écoute bien ce que je te dis, déclara Mme Boone. Elle ne se montrera jamais plus en ville. » C'est assez excitant de se rendre compte qu'il existe des gens, en ce monde, qui ne peuvent plus se montrer. Que vont-ils donc faire, ces gens, s'ils ne peuvent plus se montrer ? Partir pour une autre ville ? Mais le passé les rattrapera. Se suicider ? Les journaux sont pleins de nouvelles de ce genre.

Et quel dommage qu'on soit dimanche, un jour où Anne Metlen ne passait jamais dans sa vieille grosse voiture parce que les magasins étaient fermés. Mais tout le monde pouvait bien s'imaginer ce qu'elle ressentait. Très certainement, elle allait baisser les stores pour se cacher de ceux qui risquaient de rouler devant sa maison en prétextant quelque course, avides de voir la femme qui ne pourrait jamais plus se montrer en ville.

Ah, que ce dimanche fut long à passer.

Le journal du dimanche en provenance de Butte ne fut pas d'un grand secours. La police avait fait irruption dans deux maisons de jeu et cinq maisons de passe, les fermant toutes. Mais des hommes continuaient à jouer de l'argent juste de l'autre côté de la rue et les putes poursuivaient leur travail, même si elles avaient dû changer de quartier. La rue Mercury resterait peut-être un an en jachère. On s'amusait bien, à Butte.

On y mentionnait aussi le sieur Warren G. Harding. L'ALLEMAGNE SERA OBLIGÉE DE PAYER, DÉCLARE SOLON. Mais de payer avec quoi ? Dans ce même journal était publiée la photo d'un vieillard poussant une brouette remplie de billets – des marks allemands – qu'il allait échanger contre une miche de pain. Butte était déjà à cent kilomètres, et l'Allemagne encore beaucoup plus loin.

Qu'y avait-il de si choquant à voir une femme nue en public ? La chose aurait-elle été aussi épouvantable s'il s'était agi d'un homme ? Si l'ambiance de la ville était aujourd'hui aussi étrange, était-ce parce qu'une femme avait exposé l'ouverture cachée qui accueille la semence de la vie humaine ? De cette vie humaine dont le but n'a jamais été bien expliqué et qui se termine pour tous par l'agonie et la mort ? Elle est lourde, la responsabilité de créer une vie humaine.

Ce dimanche-là, on avait l'impression que c'était la mort d'un être important qui s'était produite, une de ces morts qui font fermer boutiques et magasins pendant une demi-journée et qui obligent les petits enfants à observer une minute de silence en classe.

Le lundi ne fut guère meilleur. Le nouveau camion d'arrosage quitta le garage municipal à cinq heures du matin pour stabiliser la poussière ; les fines gouttelettes donnèrent un peu d'espoir aux maigres touffes d'herbe qui se mouraient le long du trottoir.

Les filles dans les chambres rouge-blanc-bleu dormaient, épuisées après un week-end actif. On se demande ce qu'elles avaient bien pu penser de l'événement.

À six heures, Brown, l'homme de couleur, commença à passer la serpillière sur le carrelage blanc de l'hôtel

Andrews. Ceux qui étaient de service de nuit avaient terminé leur travail : un cuisinier du café Sugar Bowl, le gardien de l'école normale et le télégraphiste de la gare de l'Union Pacific. Dans son bureau, derrière un guichet aux barreaux de bronze qui laissait juste assez de place en bas pour glisser une main tenant un billet ou un télégramme, il invitait en pleine nuit certaines personnes à venir prendre un café noir bien fort qu'il préparait sur un réchaud méta. Il avait passé la première partie de sa vie au Pérou et il continuait à parler couramment l'espagnol. Parmi les visiteurs qu'il recevait de temps à autre se trouvait un lycéen qui avait appris l'espagnol dans le cours de Mlle Schoenborn, laquelle n'était pas plus espagnole que ses talons cubains sans fantaisie.

Ce garçon, comme il aurait voulu avoir grandi au Pérou et comme il aurait souhaité que tant de choses, oui, tant de choses dont il ne pouvait pas parler, soient différentes pour lui ! Quant à la dame à qui tout cela était arrivé, elle lui avait souri un jour depuis sa voiture, dans la rue. Rien de plus, mais il s'était senti des ailes.

Nous connaissons de nombreux petits détails sur les personnes qui nous attirent ; d'autres que nous se chargent de les découvrir. Ils savent où ces personnes attrayantes achètent leurs robes et dans quel tissu elles les font couper, ce qu'elles aiment voir dans leur assiette au restaurant, quels livres elles lisent. À travers ce que nous savons d'elles, nous nous les approprions un peu, car parfois elles modèlent nos rêves et modifient notre façon d'être. En fait, sans elles nous ne serions pas nous.

On savait d'Anne Metlen que le lundi matin, juste après neuf heures, elle passait dans la rue Rife au volant de sa Locomobile, puis tournait dans la rue du

Pacifique. Toute la rue en était changée : pendant quelques instants, Grayling était une autre ville.

On était de nouveau lundi matin à huit heures quarante-cinq. Dans la rue du Pacifique, de petits groupes attendaient sans trop attirer les regards. Quatre personnes s'étaient placées près de la porte à tambour de l'hôtel Andrews tandis qu'à la gare, appuyés sur leurs coudes, quelques hommes se tenaient près du wagon à bagages vert.

Ce qu'ils savaient était de seconde main. Les hommes qui s'étaient trouvés dans la salle à manger de l'hôtel Andrews, en effet, n'étaient pas là – peut-être chacun d'eux craignait-il de croiser le regard d'un autre qui, comme lui, était resté alors qu'il aurait pu partir et qui, du coup, se trouvait désormais marqué pour avoir été témoin d'un spectacle qu'il n'aurait pas dû voir. Il avait beau être baptiste, épiscopalien ou catholique, prompt à s'acquitter de ses dettes et patient avec les jeunes enfants, au fond de lui il savait que les dieux antiques punissaient de cécité un tel sacrilège.

L'horloge du palais de justice avait déjà sonné neuf heures.

Au bout de quelques minutes, les badauds commencèrent à partir. La femme avait évidemment usé de son dernier recours : celui de rester invisible. C'était ce qu'aurait fait n'importe qui. Ils avaient cependant espéré quelque chose de plus. Un exemple. Pour eux, les choses demeureraient telles qu'elles avaient toujours été ; les heures passeraient comme d'habitude et se termineraient un jour sans aucune magie nulle part.

Seul le lycéen s'attendait à autre chose. Peut-être n'avait-il pas encore fait l'expérience de l'humiliation et du besoin de se cacher. Peut-être. Mais il avait placé son avenir dans les mains de cette femme – c'était pour lui la moindre des choses. Et tandis que les autres s'étaient égaillés, il était resté, le soleil dans le dos et les yeux rivés sur un endroit à l'autre bout de la rue du Pacifique. L'hiver, le soleil se levait juste derrière le silo à céréales ; maintenant, pendant l'été, il se levait derrière le vieil hôtel Metlen, légèrement au sud ou au nord du bâtiment. Il était déjà si haut qu'on ne pouvait plus deviner où il s'était levé au juste.

Mais à neuf heures sept, il inonda le pare-brise d'une voiture qui, venant de la rue Rife, tournait dans la rue du Pacifique.

Warren G. Harding fut élu ce mois de novembre-là par une nation dégoûtée de la guerre et dégoûtée de l'Europe. Les Américains brûlaient de retourner à leurs affaires, c'est-à-dire aux affaires d'argent. Harding semblait parfait pour être président. Son discours inaugural fut diffusé par radio – un événement historique rendu possible entre autres par un circuit mis au point et breveté par Zachary Metlen. La femme de Zachary n'entendit pas ce discours radiodiffusé. Avec John, son petit garçon, elle avait déjà pris le bateau pour la France.

Thomas Savage

La reine de l'Idaho

Élevé dans une grande famille d'éleveurs de l'Ouest américain, Thomas Burton est écrivain. Un beau matin, il apprend l'existence d'une sœur dont personne ne lui a jamais parlé. Bouleversé, Thomas s'efforce alors de retracer l'existence de ceux qu'il pensait connaître : sa mère à la beauté altière, son père excentrique et sa grand-mère maternelle, la reine de l'Idaho. En évoquant ces destins extraordinaires et ces vies brisées au cœur des paysages grandioses du Montana, Thomas Savage redonne vie à une histoire digne d'un roman, celle des siens.

n° 3780 – 8,60 €

DOMAINE ÉTRANGER, DES ROMANS D'AILLEURS ET D'AUJOURD'HUI

Thomas Savage

Le pouvoir du chien

Années 20, un ranch au cœur du Montana, tenu par deux frères solitaires et inséparables, liés par des rapports de force ambigus plus que par une véritable entente. Il y a des dominés, les employés et George le cadet, et bien sûr un maître absolu, Phil, insupportable tyran qui se fait une fierté de sa vie ascétique. Mais cet ordre sacré est subitement déstabilisé par l'intrusion de Rose, que George vient d'épouser, et de son fils, être pur et sensible : la rudesse mythique du grand Ouest se mue en violence atavique, et le huis clos familial tourne au drame...

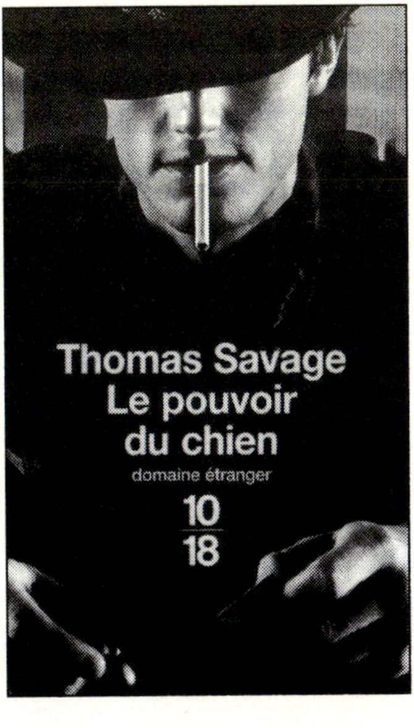

n° 3616 – 7,90 €

DOMAINE ÉTRANGER, DES ROMANS D'AILLEURS ET D'AUJOURD'HUI

Richard Russo

Le déclin de l'empire Whiting

Bienvenue à Empire Falls, dans le Maine, autrefois puissant centre industriel à présent livré à la faillite et l'ennui. Miles Roby, le gérant du grill, nous guide dans cet univers de petites misères et grande décadence où tout le monde se connaît et où Mrs Whiting, incarnation tyrannique d'un passé prospère, règne en maître. Mais la découverte de lourds secrets de famille va bientôt bouleverser la vie de Miles…

Impression réalisée sur Presse Offset par

CPI

Brodard & Taupin

La Flèche (Sarthe), 47620

Dépôt légal : juin 2008
N° d'édition : 4074

Imprimé en France